THE
GIRLS

女孩们

[美] 艾玛·克莱因 著　韩冬 译

EMMA CLINE

北京联合出版公司
Beijing United Publishing Co.,Ltd.

那片笑声，让我抬起头来；那些女孩，让我移不开目光。

我先注意到她们的头发，长长的，没梳过的样子。再是身上的首饰，反射着灼人的阳光。她们三个离我有些远，只够看清轮廓，但没关系——我知道她们与公园里别的人都不一样。人们排着队，围成一个松散的圈，等着烤架上的香肠和汉堡；穿格子衬衣的女人们三步两步跑到男友身边；孩子们朝鸡身上扔桉树果，那些鸡野性未驯，飞奔着穿过狭长的林道。那些长发女孩，似乎从身边这一切的上空滑过，悲戚又疏离，像流亡中的皇族。

我盯着那几个女孩，不知羞地张着嘴，心想反正她们不大可能朝我这边看。汉堡搁在腿上忘了吃。微风徐来，空气中飘散着河里的鱼腥味。在当时那个年纪，我总会迅速打量别的女孩，并立即分出个胖瘦美丑，心里也不停琢磨自己哪一点比不上别人。我一眼就看出,那个黑头发女孩是最漂亮的。虽然还没看清她们的脸,但我敢肯定是这样。她浑身散发出陌生世界的气息,一件脏兮兮的罩衫,几乎没遮住屁股。她两边的女孩,一个红头发,瘦瘦的,另一个年龄大点儿,都穿着同样破烂的二手货,像从湖里捞出来的。她们手上廉价的戒指像多出来的指关节。这些女孩很难让人做出确切的评价,可以说漂亮,也可以说丑。人们的目光在她们身后留下一道道涟漪。母亲们四下张望,寻找自己的孩子,心中袭来一阵莫名的感觉。女人们把手伸向男友的手中。阳光刺过枝叶,柳树昏昏欲睡,热浪拂过野餐毯——一切如常,然而几个女孩从日复一日的世界里穿行而过,扰乱了这一天的寻常。她们像一群光洁的鲨鱼,肆无忌惮,破浪前行。

第一部

开始时是这样的。福特车在狭窄的小道上缓缓驶近那栋房子，忍冬花的馥郁甜香染浓了八月的空气。后座的女孩们手拉着手，车窗摇下，夜色泻了进来。收音机一直响着，直到司机突然紧张起来，啪地关掉了它。

他们爬上还挂着圣诞彩灯的大门。首先看到的是看守人的小屋，屋里一片迟钝的寂静：看守人在沙发上打着盹儿，光着的脚像两条长面包一样紧挨着。他的女友正在浴室里擦洇开的新月形眼妆。

接着他们进入主屋。客房里正在看书的女人吓了一跳，床头柜上玻璃杯里的水颤抖着，她的棉质内裤潮湿起来。五岁的儿子躺在她身边，咕哝着谁也听不懂的话抗议入睡。

他们把每个人都赶到客厅里，人们在这个惊恐的时刻领会到了日常生活的甜蜜——在清晨喝下一杯鲜橙汁，骑车时斜出一道弧线——这些都不会再有了。他们变了神色，像按下快门的瞬间，眼底深处的东西乍现。

我如此频繁地想象过那个夜晚。幽暗的山路，阴沉无光的海面，一个女人在夜间的草坪上倒下。多年过去，尽管这些细节已渐渐消褪，长出一层又一层外壳，但在半夜三更听到锁芯扭动的声音时，第一个跳入我脑海的仍是这个场景。

门口有陌生人。

我听着房子另一头远远传来的嘈杂声，想辨明它的来源。邻居小孩撞到人行道上的垃圾桶，或者一只鹿蹿进了灌木丛。只可能是这些了，我告诉自己。我试着想象日光重现的样子，这块小天地看上去还会是那么安全、宁静，危险无法触及。

但声音仍在继续，赫然闯进了真实的生活。现在隔壁房间里出现了笑声。各种声音齐鸣，冰箱压缩制冷的声音嗡嗡着。我思索着有哪些可能，但脑子里总是冒出最坏的念头。一切的一切过后，结局将是这样：困在别人的房子里，周身是别人的生活物件和生活习惯。我的双腿赤裸，上面乱爬着曲张的静脉。当他们找上我时，看到的会是多么虚弱的我啊——一个中年女人摸扒着墙角。

我躺在床上，呼吸浅缓地盯着门，等着入侵者。恐惧在想象中披上了人形外衣，幽灵般地占据了整个房间——不会有壮烈之举的，我明白。只有漫长的恐惧，和肉体必须经受的痛楚，我不会试着逃跑。

我听到外面有女孩子的声音才起身下床。她的声音尖细，听起来没有恶意。尽管这一点不应该是宽慰人的——苏珊和其余的几个都是女孩子，而这一点没有帮到任何人。

这所房子是我借住的，窗外黯淡的柏树沿着海岸紧密抱排在一起，带着咸味的风抽搐般地刮着。我吃起东西来仍带着儿时的凶蛮——过量的意大利面，上面覆盖着奶酪。苏打水里的气泡在喉咙里弹跳着。我每周为丹的植物浇一次水，把它们一盆一盆搬到浴缸里，对准水龙头，直到土壤吸满了水，汩汩地冒着泡。我不止一次在浴缸里和枯叶子一起淋浴。

电影里外祖母的影像曾是她留给我的遗产——她在荧幕上鹰一般的笑容，还有一头光洁的鬓发——但这些遗产我在十年前就耗光了。我的工作是住家护理，处于他人生存空间的中间地带。我穿着没有性别特征的衣服，自身培植出一种文雅有礼的隐形感，脸上的表情既令人愉悦又意义含糊，一如草坪上的装饰人偶。令人愉悦这部分很重要，只有在实现事物的正确秩序时，隐形感魔法般的诀窍才会奏效，就好像隐形也是我本身想要的。我负责照顾的人形形色色：有个需要特殊护理的小孩，害怕电源插座和红绿灯；还有个年长的女人，在她看脱口秀的时候，我给她数出一碟药丸，淡粉色的胶囊像精致的糖果。

我上一份工作结束后，青黄不接。丹把他的度假屋交给我打理，这是作为老朋友的一种关怀姿态，好像我去住倒是帮了他的忙。散入的天光使房间里弥漫着水族馆那般朦胧的暗，木制品因为潮湿而膨胀、隆起，好似整个房子在呼吸。

沙滩上人迹罕至，天气太冷，连牡蛎也见不着。贯穿小镇的只有一条路，道路两旁横七竖八地排列着拖车房——插着的纸风车在风中啪嗒作响，晒褪色的游泳圈和救生用品堆满了门廊——这些是低微的人们的装饰品。有时候我抽一点儿毛糙刺鼻的大麻，大麻是从老房东那儿得来的，然后步行去镇里的商店。我是按照洗盘子的定义来完成任务的，盘子要么是干净的，要么是脏的，我接受这些二元对立，它们撑起了一天的时光。

我很少看见外面有人。镇上仅有的年轻人似乎都以可怖又乡村的方式自杀了——我听说他们的皮卡车在凌晨两点撞毁；有的在拖车车库待一晚上，最后死于一氧化碳中毒；还有一个死了的橄榄球四分卫。我不知道这是不是由于乡村生活而产生的问题，有太多的时间、太多的无聊、太多的休闲拖车；或者这只是加利福尼亚特有的现象，光线中的一个颗粒催生出冒险之举和愚蠢的电影式噱头。

我从来没到过大海里。咖啡馆里的一名女招待告诉我，这是一片孕育了许多伟大白人的土地。

他们在厨房明晃晃灯光的沐浴下抬起头，就像浣熊翻垃圾桶时被人撞见一样。女孩尖叫起来，男孩直起瘦长的身板。他们只有两个人。我的心怦怦狂跳起来，但他们太年轻了，我猜可能是本地人闯入了度假屋。我应该不会死。

"这他妈的是怎么回事？"男孩放下手里的啤酒瓶，女孩紧紧贴在他身边。男孩看起来二十岁左右，穿着有大口袋的短裤和白色高筒袜，稀麻布似的胡须下面有颗玫瑰色的青春痘。但女孩还只是个小家伙，十五六岁，苍白的双腿略微泛着蓝色。

我尽力搜寻一切能保持的威信，使劲拉着T恤下摆，好遮住我的大腿。当我说要报警的时候，男孩轻蔑地哼了一声。

"你报啊，"他搂紧身边的女孩，"快报。你知道吗？"他掏出手机，"去他妈的，我自己来报。"

心中因为恐惧而一直横着的玻璃窗，突然消融了。

"朱利安？"

我差点儿笑出来——上次看到他的时候他还只有十三岁，瘦骨伶仃的，一副还没发育完全的样子。他是丹和艾莉森的独生子，从小受到父母过度的关切，被带着参加遍了美国西部的各种大提琴比赛。每周四他要跟着家教学中国普通话，平时吃的是黑麦面包和维生素软糖，父母用庇护的篱笆将他与一切挫折隔开了。但这些用心后来都不了了之，最终他上了个长滩[1]还是尔湾[2]的加州州立大学[3]。我记得他在那儿遇到了些麻烦，好像是受到了开除的处分，也可能比那个版本温和点儿，被下放到专科院校读一年。他以前是个害羞、很情绪化的孩子，畏惧汽车收音机和不熟悉的食物。现在他已长出了坚硬的线条，衬衫下面匍匐着文身。他已经不记得我了，他有什么理由记得呢？我不在他投去情欲目光的那类女人里。

"我在这儿待几个星期，"我说，意识到自己正裸着双腿，并为刚刚那样夸张地说要报警感到尴尬，"我是你父亲的朋友。"

我能看出他正努力地把我归放位置、赋予意义。

"伊薇。"我说。

还是一无所获。

"我以前住在伯克利的公寓里……离你的大提琴老师家很近的……"

丹和朱利安有时会在大提琴课结束后去我那里。朱利安抱着牛奶瓶大口咕嘟着，踢踏着机器人的动作在桌腿上磨来擦去。

"哦，妈的，"朱利安说，"是的。"我分辨不出他是真的记

---

1 长滩：Long Beach，美国加利福尼亚州南部沿海港口城市。
2 尔湾：Irvine，加州南部橘子郡的城市。
3 加州州立大学：California State University（CSU），加州的一个公立大学体系。

起我了,还是只是我提供的足够多的回忆细节让他感到安心。

那个女孩转向朱利安,脸上的表情空白得像个勺子。

"没事的,宝贝儿。"他说,吻了一下她的额头——出人意料地温柔。

朱利安对我微笑了一下,我意识到他喝醉了,或者只是大麻抽上劲儿了。尽管他脸上黏糊糊的,皮肤泛着不健康的潮湿,但他所受的上层阶级教养还是像母语那样生效了。

"这是萨莎。"他说,用肘轻推了一下旁边的女孩。

"嘿。"她不自在地瞥了我一眼。我已经忘了少女们身上的那种愚稚:她们脸上闪现着对爱的渴望,赤裸得让我感到尴尬。

"萨莎,"他说,"这是——"

朱利安的眼神努力往我身上集中。

"伊薇。"我提醒他。

"对,"他说,"伊薇。伙计。"

他喝了口啤酒,琥珀色的瓶子反射出耀眼的光。他的眼神越过我,环顾着家具和书架上的东西,好像这是我的房子,他才是外来者。"天哪,你肯定以为我们是在闯门什么的。"

"我以为你们是本地人。"

"这里以前确实被人闯入过,"朱利安说,"那时候我还很小,我们正好不在房子里。他们只偷走了几套湿衣服和冰箱里的一堆鲍鱼。"他又喝了口酒。

萨莎的眼神没有离开过朱利安。她穿着牛仔短裤，对于寒冷的海边来说完全不适合，上身套着过于宽大的卫衣，肯定是朱利安的，袖口被咬过，看上去湿答答的。她化的妆很糟糕，但我觉得这更多的是一种象征。看得出我的注视让她有些紧张，我明白这种担心。像她这么大的时候，我也不确定该怎样举手投足、走路是不是太快了、别人看不看得出我的不安和僵硬，就好像每个人都拿着把尺子一直在衡量我的表现，然后说我哪里哪里不行。我发觉萨莎太年轻了，还没到可以跟朱利安来这儿住的年龄。她似乎知道我在想什么，挑衅地盯着我。

"抱歉，你父亲没有告诉你我会住在这儿。"我说，"如果你们想要大床的话，我可以睡别的房间。或者你们想要独处的话，我就自己想办法找——"

"别，"朱利安说，"萨莎和我睡哪儿都行，对不，宝贝儿？我们要去北方，只是路过这儿。"他说，"运点儿草[1]，车我开，从洛杉矶开到洪堡[2]，每个月至少一次。"

我发现朱利安以为我会觉得这样很了不起。

萨莎看起来有点儿担心，我会让他们惹上麻烦吗？

"你是怎么认识我爸爸来着的？"朱利安说。他喝干了啤

---

1 草：Weed，大麻。

2 洪堡：Humboldt，加州北部郡。

酒，又开了一瓶。他们带了些六瓶装。其他的储备食物映入眼帘：零食包里的混合果仁颗粒，一袋没打开的酸软糖，一个放了很久、皱巴巴的快餐袋。

"我们在洛杉矶遇到的，"我说，"合租过一段时间。"

七十年代末，我和丹在威尼斯海滩[1]共住一所公寓。威尼斯有许多第三世界风格的小巷子，棕榈树在温暖的夜风中拍打着窗户。那时候我正在考护士资格证，靠祖母拍电影留下的钱生活。丹想当演员，但演戏对于他来说是一辈子都不可能发生的事。后来他娶了个有点儿家产的女人，开了家冷冻素食公司。现在他在太平洋高地[2]有栋抗震的房子。

"等等，威尼斯的朋友？"朱利安的反应似乎一下子活跃起来，"你叫什么来着？"

"伊薇·博伊德。"我说。

他的脸色突然一变，惊到了我。那是一种多少认出来的表情，更带着真正的兴趣。

"等等，"他说，把胳膊从女孩身上移开，随着他的离身，女孩好像被抽光了元气，"你就是那位女士？"

可能丹已经告诉了他我的过去有多糟。想到这儿，我感到

---

1 威尼斯海滩：Venice Beach，这里和下文的威尼斯指的是位于加州洛杉矶市西部的海滨社区。"威尼斯海滩"是国际旅游胜地，以稀奇古怪著称的文化中心。
2 太平洋高地：Pacific Heights，加州旧金山富人住宅区。

很难堪,条件反射般地摸了摸脸。这个丢人的老习惯是我从青春期就有的,为的是遮住脸上的某颗痘痘:不经意地把手放在下巴上,摆弄着嘴巴,好像这样不会把注意力吸引过来反而弄得更显眼似的。

朱利安现在很兴奋。"她以前在一个邪教组织待过。"他告诉女孩。"对吗?"他说,转向我。

恐惧在我胃里掀起一阵旋涡。朱利安一直看着我,热切地期待着。他的呼吸时断时续的,一股啤酒味儿。

那个夏天我十四岁,苏珊十九岁。那群人有时会焚一些香,让人变得昏沉沉、软塌塌的。苏珊大声念着一本过期的《花花公子》,我们把那些艳丽下流的宝丽来相片偷偷藏起来,像棒球卡片一样做交换。

我知道这多么容易发生,过去近在眼前,无可奈何,就像因视觉假象而犯的认知错误。某一天的氛围与一些特定的东西连接在一起:我母亲的雪纺围巾,切开的南瓜的湿气,阴影的某些图形。即便是一辆白色汽车前盖上的一抹阳光,也能在我心中荡起瞬息的涟漪,分开回到过去的一线缝隙。我看见旧的雅德利口红[1]——现在已成了蜡屑——在网上卖到将近一百美元。这样年长的女人就能够再次闻到它,那化学的、花香的、闷闷的气息。人们就是这样迫切地需要它,需要知道自己的人

---

[1] 雅德利口红:Yardley slickers,20世纪60年代的经典款口红。

生真实地发生过，那个曾经的自己仍然在体内存在着。

许许多多的事连翩回现。酱油的浓重口感，某个人头发里的烟味儿，漫山的草绿在六月换上金黄。眼角余光看见橡树和石块的某种罗列形状，会让我胸口某个东西裂开，手掌因肾上腺素而忽然变得湿滑滑的。

我期待着朱利安的嫌恶，甚至是害怕。这才是合乎逻辑的反应。但他看我的眼神让我感到困惑，那是一种类似敬畏的眼神。

他的父亲一定告诉过他那个夏天发生的事：摇摇欲坠的房子，蹒跚学步的孩子在烈日下被晒伤。我第一次想把我的故事告诉丹是在某个夜里，当时威尼斯正在限电，我们点上蜡烛，烛光中世界末日般的亲密氛围被召唤出来。丹听了后爆笑起来，把我声音里的肃静错当成肆意放纵后的疲倦。即便后来我让他相信了那些都是真事，他讲起农场来依然带着戏仿的傻气，就像一部特效极差的恐怖电影，录音架伸进了镜头里，把一场屠杀的画面染成了喜剧。夸大自己与那件事的距离给了我安慰，把我的参与整理进奇闻逸事那井然有序的包裹里。

庆幸的是，大部分写这件事的书里都没提到我。那些平装书的书名渗着血，内页是泛着光的犯罪现场照片；还有首席检察官写的那本大部头的书，没那么受欢迎，但更精准，细节具体到了令人反胃的地步，比如他们在小男孩的肚子里发现了还没消化完的意大利面。确实有几行字提到过我，是一个前诗人写的,那本书已经绝版,而且他把我的名字弄错了,也没有扯出一点儿外祖母和我的关系。那个诗人还声称中央情报局在制作色情电影,由吸了毒的玛丽莲·梦露主演,这些电影被卖给政客和外国元首。

"这是很久以前的事了。"我对萨莎说,但她的表情一片空白。

"然而,"朱利安说,脸上放光,"我一直认为这很美妙,虽然恶心,但仍然很美妙。"他说,"这是一次搞砸了的表达,但仍然是一次表达,你知道的,一次艺术的冲动。你得毁灭才能创造,反正是那套印度教的屁话。"

看得出他把我不知所措的震惊理解成了赞同。

"天哪,我简直不能想象,"朱利安说,"能真正参与那种事情。"

他在等我的回应。我突然遭到厨房灯光的伏击,头晕眼花。他们没有注意到房间太亮了吗?我怀疑那个女孩是不是真的好看,她的牙齿有些泛黄。

朱利安用肘轻轻推了推她:"萨莎连我们在讲什么都不知道。"

几乎每个人都至少知道一个可怖的细节。大学生们有时会在万圣节扮成拉塞尔的样子,双手沾满从食堂里讨来的番茄酱。一支黑金属乐队把那颗心放在专辑封面上,就是苏珊在米奇的墙上留下的那颗歪歪扭扭的心,用的是那个女人的血。但是萨莎看起来这么年轻,她为什么会听说过这件事呢?她又为什么会在意?她已迷失在那种深深的确定感里——自身经验之外的任何东西都是不存在的。就好像事情只会朝一个方向发展,时光引着你穿过走廊,进入室内,那个必然的自我在里面等着你,宛如胚胎,已做好让你发现的准备。多么悲伤啊!有些时候,你意识到自己是永远到不了那儿了,意识到自己已是浮光掠影般地度过了所有的日子,任年华流逝,而人如刍狗。

朱利安拍了拍萨莎的头发:"那真算得上他妈的一件大事了,嬉皮士在马林[1]边上把那几个人给杀了。"

他脸上的狂热似曾相识。那些常驻网络论坛的人也有相同的狂热,这种狂热看起来永远不会减弱或冷却。他们争相显示自己才是知情人,都持着一副心照不宣的口吻,披着研究学问的外衣,底下真正的是食尸鬼的狂热。关于这件事,全都是一些陈词滥调,他们在其中翻来覆去找什么呢?好像连那天的天气都与这件事有关系似的。米奇厨房里收音机调到的频道,死者身上有几处刀伤,伤口有多深,当那辆汽车行驶过那条小道时,阴影会怎样在车身上摇曳——好像只要考虑的时间足够长,所有这些信息碎片都会显得很重要。

"我只是和他们瞎晃了几个月,"我说,"没什么大不了的。"

朱利安似乎有些失望。他看着我时,我开始想象自己在他

---

[1] 马林:Marin,加州中西部沿海郡,南邻旧金山。

眼中的形象：头发乱蓬蓬的，眼睛里流露着担心，眼旁是小逗号一样的皱纹。

"不过，确实，"我说，"我经常待在那儿。"

这个回答又把我牢牢拽回到他注意力的中心。

我静静等着这一刻过去。

我没有告诉他我希望自己从来没遇见过苏珊。我希望自己一直都安全地待在卧室里，在佩塔卢马[1]附近那片干旱的丘陵上，卧室里有一排排书架，金箔书脊紧密地挨着，都是我童年最珍爱的书。我的确希望是这样。但在某些夜晚，我无法入眠，站在水池边一点儿一点儿地削苹果，卷曲的果皮在刀刃的寒光下渐渐延长，周围一片幽暗，有时这种感觉竟不像后悔，而是错过。

朱利安嘘了一声，把萨莎赶到另一个卧室里，像个温顺的牧羊青年。在道晚安前他问我有没有什么需要的。我吃了一惊，他让我想到那些学校里的男孩子，他们嗑了药，却变得更有礼貌，更举止有度。他们在high[2]的时候会尽职尽责地去洗家里晚饭的盘子，肥皂泡在致幻的作用下像魔法一样迷住了他们。

---

1 佩塔卢马：Petaluma，加州索诺玛郡的一个城市，索诺玛郡南邻马林郡。
2 high：（吸毒后）极度兴奋的状态。

"睡个好觉。"朱利安说，关门之前，朝我微微鞠了一个艺伎式的躬。

我床上的床单还是一团糟，恐惧留下的强烈冲击依然在房间里徘徊不去。我被吓成那样，真是太可笑了。然而，即便是无恶意的人的突然出现也会让我感到不安。我不想让内心已经腐烂的部分被展示出来，哪怕是偶然。从这方面看，独居是可怕的。没有人监督你是不是暴露了自我，是不是泄露了原始欲望，就好像用你赤裸的癖好在周身结一层茧，从不按人该有的真实生活那样去清理。

我依然很警觉，费了很大力气去试着放松，调整呼吸。房子是安全的，我告诉自己，我没事。这次误打误撞的经历突然显得很滑稽。透过薄薄的墙壁，我能听见朱利安和萨莎在另一个房间安顿下来了。地板嘎吱作响，壁橱的门也被打开。他们可能正在往光秃秃的床垫上铺床单，抖掉上面积了多年的灰尘。我想象萨莎看着架子上的全家福：朱利安蹒跚学步的时候手里拿着一台巨大的红色电话；朱利安十一二岁时坐在赏鲸小船上，脸上有海水拍打留下的盐的痕迹，看起来是那样妙不可言。她可能正在把照片中小孩子的天真无邪和稚嫩可爱，投射到眼前这个快成年的男人身上，而他此刻已脱下短裤，轻轻拍打着床沿，让她过去一起睡。他胳膊上的业余文身已经模糊，只剩些残余的痕迹随着肌肉滚动。

我听到床垫发出嘎吱嘎吱的声音。

我一点儿也不惊讶他们会做爱。然而接着萨莎的声音传过来，呻吟声像黄色电影里那样，尖细而凝固。难道他们不知道我就在隔壁吗？我翻身背对着墙，闭上了眼睛。

朱利安在咆哮。

"你是不是个婊子？"他说。床头板撞击着墙壁。

"是不是？"

过了一会儿，我想，朱利安肯定知道我什么都听得到。

1969

1

　　那是六十年代最后的一段日子，也许是稍前一点儿的夏天，正是那种感觉——一个无体无形、无穷无尽的夏天。海特区[1]到处是身穿白袍的进程教[2]教徒，向人们分发着燕麦色的小册子。那一年路旁的茉莉花绽放得格外饱满、馥郁。每个人都很健康，皮肤晒得黝黑，饰物戴了一身。如果你不是这些人中的一员，那也别有特色，你可以是某种月亮生物：灯罩上盖着薄纱，吃印度米豆粥食疗排毒，盘子上全是姜黄粉留下的渍。

　　但是这些都发生在别的地方，不在佩塔卢马。佩塔卢马有着低矮的牧场斜顶房，大篷车永远停在Hi-Ho饭店门口，人行

---

[1] 海特区：The Haight，旧金山市的一个社区，是嬉皮士反主流文化的起源地和中心。
[2] 进程教：The Process，全称"最终审判进程教会"，相信耶稣和撒旦的对立与统一，查尔斯·曼森与其有联系。

横道被烈日炙烤着。那年我十四岁，人们喜欢对我说我看上去要比实际年龄小很多，康妮却发誓说我可以冒充十六岁，不过我们经常对彼此撒谎。整个初中我们一直是朋友，康妮总是在教室外面等我，耐心得像头牛，我们把所有的精力都花在这样的友情戏上。她有点儿胖，却总想打扮成比实际要瘦的样子，穿着短一截的棉布衬衫，上面有墨西哥刺绣，裙子又总是太紧，在大腿上部勒出一条愤怒的曲线。我一直都挺喜欢她，是那种自然而然的喜欢，自然得就像我拥有双手一样。

到九月份，我就会被送进一所寄宿学校，我母亲也在那里上过学。那是一所精心维护的校园，建在蒙特雷[1]一家老修道院附近。草地平展而倾斜，晨雾丝丝缕缕，附近的海水间或随风拍打过来。那是一所女校，我必须穿制服——水手衫配海军领带，低帮鞋，不能化妆。那个地方是租来的，就围了个石墙，里面住满了各个家庭送去的女儿，她们都平淡乏味，有着圆圆的脸。"营火女孩"[2]们和"未来的老师"[3]们被遣送出去学速记法，一分钟记160个单词。她们还互相许下梦幻的、过度

---

[1] 蒙特雷：Monterey，加州蒙特雷郡的城市，在加州中部海岸的北部，蒙特雷海湾南端。
[2] 营火女孩：Camp Fire Girls，"美国营火女孩"是在美国专为女生们创立的非宗教性多元文化组织，着重露营和其他户外活动。
[3] 未来的老师：Future Teachers，美国针对高中生的教师培训。

热情的承诺,约定在皇家夏威夷酒店[1]的婚礼上当对方的伴娘。

即将到来的离别,使我和康妮的友谊新近产生了危险的距离感。我几乎是违心地开始注意到某些现象。康妮会这样讲:"放下一个人最好的办法是去上另一个人。"好像我们是伦敦的女售货员,而不是住在索诺玛郡农业区尚未涉世的青少年。我们用舌尖轻舔电池,感受那种来自金属的刺激,听说这种快感能达到性高潮的十八分之一。一想到别人是怎么看我们二人组的,我的心就感到一阵刺痛:被标记为那类属于彼此的女生,中学里那些没有性特征的装置。

每天放学后,我们严丝合缝地踏进下午时光那熟悉的轨迹里。在一些任务上勤奋地虚度着:按照维达·沙宣[2]的建议,用生鸡蛋奶昔增强发质,或者用消了毒的缝衣针挑出黑头。女孩自我形象的永恒工程似乎需要这些奇怪而又精确的用心。

回望当初,我惊叹于那被浪费掉的大把时间。我们学到的是世界上有盛宴也有饥荒,杂志上的倒计时却催促我们要提前三十天为开学第一天做准备。

第28天:敷一张鳄梨蜂蜜面膜。

第14天:检查你的妆容在不同光线下的效果(自然光线、

---

[1] 皇家夏威夷酒店:Royal Hawaiian Hotel,人称"太平洋上的粉色宫殿",位于夏威夷岛怀基基海滩,是奢华和浪漫的象征。

[2] 维达·沙宣:Vidal Sassoon,美国著名发型设计大师。洗发水品牌沙宣即用其名。

办公室光线、黄昏光线）。

那时的我太想要得到他人的关注了。打扮是为了激发别人的爱意，我把衣服领口拉低一点儿；只要进入公众场合，我就会一脸哀愁，凝视的眼眸里露出深沉、希冀的情思，以备任何人投来一瞥。还是小孩子的时候，我参演过一次慈善狗狗秀，负责牵一只漂亮的柯利牧羊犬走台，它的脖子上围着一条印花丝巾。在那场被正式许可的演出里我是多么激动啊：我走向陌生的人们，让他们欣赏那只狗，脸上笑得像女售货员那样放纵、一丝不变。当表演结束后，我又感到多么空虚，没有人再需要看我一眼了。

我等着有人来告诉自己好在哪里。后来我想，这大概也是农场里女人远远多过男人的原因。那一整段时光，我都花在了准备自己上。那些文章告诉我，生活不过是一间等候室，直到某个人注意到了你。那一整段时光，男孩们花在了成为自己上。

在公园的那天是我第一次遇见苏珊她们。我是骑自行车去的，前往升起阵阵青烟的烧烤架。一路上没有人和我说话，除了那个烤架后面的男人，他把汉堡按在铁条上，发出单调的吱吱声。橡树的影子在我光着的手臂上游移，自行车斜躺在草地上。一个戴着牛仔帽的大男孩撞到了我，我故意放慢动作，这样他就会往前再撞我一次。这是康妮会玩的调情把戏，像军事演习一样练过。

"你是怎么回事？"他咕哝了一句。我张口道歉，但他已经走开了，好像已经知道不需要去听我说什么一样。

夏天在我面前张口打着哈欠——散漫的日子，行进的时光，母亲像个陌生人似的在房子里四处游荡。我和父亲只在电话里说过几回话，对他来说，这似乎也是一种煎熬。他会问我一些感觉怪怪的很正式的问题，就像一个远房的表叔，关于我，他只知道一些从别人那儿听来的信息：伊薇今年十四岁，伊薇个子不高。如果我们之间的沉默带着些难过或愧疚的话，那还能让人好受点儿，可事实比这糟糕——我能听出他很开心自己已经离开了。

我独自坐在长椅上，膝盖上铺着餐巾，开始吃我的汉堡。

这是我很久以来第一次吃肉。我的母亲，珍，从离婚后的第四个月开始戒了荤食，她还戒了其他很多东西。过去她会确保我每个月有新内衣买，会把我的短袜卷成可爱的鸡蛋形状，会给我的娃娃缝衣服，跟我身上穿的搭配起来，连那珍珠般的扣子也一模一样。这样的母亲现在不见了。她已经准备好要照料自己的生活，热切得就像个女学生在解答一道数学难题。她一有空就会做伸展运动，踮起脚瘦小腿；焚香的气味从铝箔纸包里飘出来，熏得我眼泪直流；开始喝一种由芳香树皮制成的新茶，在房子里一边转悠一边抿着，茫然地摸一下喉咙，像正从一场久病中痊愈似的。

病情虽然模糊，疗法却很具体。她新交的朋友推荐她做按摩。她们还建议她去感觉剥夺箱[1]里泡一下盐水，除此之外，还有皮肤电测试仪、格式塔[2]心理学，包括让她只吃满月时种下的高矿物质食物。我不相信母亲真的会采纳她们的建议，但是每个人的话她都听。她是如此迫切地需要一个目标、一个计划，相信只要自己足够努力地尝试，答案就有可能随时随地来到她面前。

她不断地寻找，直到只剩下寻找本身。阿拉米达[3]的占星师曾让我母亲哭泣，说着她上升星座投下的不祥阴影。那些疗法里有一种是这样的，一群人挤在一个房间里，里面到处都包上了护垫，她把身体投向地面，不停地旋转，直到撞上什么东西。回到家里，她皮肤底下都是淡淡的灰雾色，瘀伤深成了暗红色。我看着她摸那些瘀伤，带着类似欢喜的感情。当她抬头发现我正注视着她时，她的脸一下子红了。她新漂染了头发，散发出一股化学品和人造玫瑰的刺鼻气味。

"你喜欢吗？"她说，用指头摩着修剪整齐的发梢。

我点了点头，尽管这种颜色让她的皮肤看起来像得了黄疸。

她一直在变化，一天接着一天，小细节接着小细节。她

---

1 感觉剥夺箱：Sensory deprivation tank，又称隔离箱，密闭的箱子里无光、静音，装放了泻盐、与人体体温相同的水，人漂浮在里面。这是一种替代疗法，据称有益健康。

2 格式塔：Gestalt，源于德国，相信思维能自我组织，形成一个整体。

3 阿拉米达：Alameda，美国加州城市，在旧金山市东部，中间隔着旧金山湾。

从互助会里的女人那儿买手工制作的耳环，回家时耳朵上摇晃着原始的小木片，手腕上戴着珐琅镯子，餐后薄荷糖的颜色跳跃不止。她开始画眼线，把眼线笔放在火苗上旋转，直到笔尖变软，然后给每只眼睛画上线，看上去睡眼蒙眬，像古埃及人。

夜里她外出时在我房门前停了下来，穿着一件番茄红的露肩衬衫，不停地把袖子往下拉，肩膀上洒了一些闪闪发光的粉末。

"你想让我给你化眼妆吗，宝贝儿？"

但是我又没有地方可以去，就算我的眼睛看起来更大更蓝，又有谁会在意呢？

"我可能会晚点儿回来，你好好睡觉。"她俯身亲吻了我的额头，"我们很好，不是吗？我们俩？"

她拍了拍我，冲我笑着，笑得脸好像要裂开了，露出里面喷涌的热望。有一部分的我确实感觉还不错，但也许是我把熟悉感和幸福感弄混了。因为即使爱已经不在了，还有它存在——家庭的网，纯粹由习惯和所谓的家构成。待在家里的时间是那样多不可测，也许这就是你能得到的最好的东西——无穷无尽的包围感，就像你在找一卷磁带的带头，却永远找不着。那里没有接缝，也没有中断，只有你生活中的一些坐标，深深地嵌入你自身，以至于你都察觉不到它们的存在。我忘了为什么会钟爱那个缺了口的印着柳树的餐盘；我太熟悉走廊的壁纸——每丛褪色的浅淡的棕榈树，每朵被我赋予性格的盛开的木槿花——这些都完全无法向另一个人言传。

我母亲不再按时进食，通常会在洗碗池的滤盆里留下一些葡萄，或者从养生烹饪课上带回几玻璃瓶加了莳萝的味噌汤。海藻沙拉滴着令人作呕的琥珀色的油。"每天早餐吃这个，保证你再也不会冒一颗青春痘。"她说。

我正用手指摸着额头上的痘，听到这儿，尴尬地放下了手。

母亲和萨尔经常在深夜规划活动，萨尔是她在小组里遇到的女人，年长一点儿。萨尔在我母亲面前好像一直都有空，经常在奇怪的时间点找上门，急不可耐地要做点儿戏。她总是穿着旗袍领束腰外衣，灰色的头发剪得短短的，耳朵露了出来，看起来像个老男孩。母亲和萨尔谈论针灸，比照着穴位图，谈能量在全身经络穴位的游走。

"我只是想要一些空间，"母亲说，"属于我自己的空间。这个世界把它从你这儿拿走了，不是吗？"

萨尔宽大的臀部换了个边，点点头，顺从得像匹上了笼头的小马。

母亲和萨尔正在喝碗里的树皮茶，这又是她新学的附庸风雅的爱好。"这是欧式的。"她为自己辩护道，可我什么也没说。当我经过厨房时，两个女人停止了谈话，母亲把脸一扬。"宝贝儿，"她说，示意我过去，她眯着眼睛看我，"把你的刘海儿从左边分开，这样更好看。"

我那样分原是为了遮住挤过后结了痂的青春痘。我本来在痘痘上涂了维生素E油，却又忍不住瞎摆弄，用卫生纸包着挤掉，再把血吸走。

萨尔表示同意。"她的脸型是圆的，"她用不容置疑的口气说，"刘海儿也许根本就不适合她。"

我想象着把萨尔从椅子上推翻会是什么感觉，她的一身肉怎样迅速地坠地，树皮茶泼在漆布上。

她们很快就对我失去了兴趣。我母亲重新燃起了热情，继续讲她的老故事，像一个受了惊吓的车祸幸存者回忆现场。她垂下肩膀，好像要更深地沉入那场苦难。

"还有最滑稽的部分，"我母亲继续说，"就是这个真正让我抓狂。"她对着自己的手笑了一下，"卡尔在挣钱，"她说，"货币那套东西，"她又笑了起来，"最后倒真的挣钱了。不过她的工资是用我的钱发的，"她说，"我妈妈拍电影挣的钱，花在了那个女孩身上。"

母亲说的是塔玛，父亲雇来忙他最近大部分生意的助手。他的生意跟货币兑换有关，买进外国货币，然后来回倒卖。父亲坚持认为，只要倒卖足够多次，到手的就是纯利润了，就像一场大型的变戏法。这也是他车里那些法语磁带的用途：他想要推进一项涉及法郎和里拉的业务。

现在他和塔玛一起住在帕洛阿尔托[1]。我只遇见过塔玛几次。父母离婚前，有一次她来学校接我放学，她坐在那辆普利茅斯复仇女神款轿车里，懒洋洋地冲我招手。二十多岁的她苗条而欢快，总是向我提到她周末的计划，还有她想要一所更大的公寓。我无法想象她的生活结构是怎样的。她有一头金发，金得几乎有些泛灰了，松松地扎着，不像我母亲那样梳成光滑的鬈发。那个年纪的我总是用野蛮的不含感情的目光评判女人，评估她们胸部的曲线如何，想象她们在各种粗野的姿势下看起来会怎样。塔玛非常漂亮。她用一把塑料梳子把头发梳拢，在脖子那儿散开，一边开车一边对着我笑。

"要口香糖吗？"

我撕开两片口香糖的银色包装纸。大腿紧贴着椅皮，坐在塔玛身边，我感到一种近似于爱的东西。只有女孩们才能互相给予这种密切的注意，我们把这种注意等同于被爱。我们能察觉到彼此想让人察觉的东西，我对塔玛就是这样，我回应她身上的一切标记，她的发型、衣着和她身上比翼双飞[2]香水的味道，就像这些都是重要的资料，能够反映出她的内在。我把她的美当成我私人的事。

我们到了家门口，碎石在车轮底下噼啪爆响，她提出想用

---

[1] 帕洛阿尔托：Palo Alto，加州的城市，在旧金山湾的南部。
[2] 比翼双飞：L'Air du Temps，莲娜丽姿（Nina Ricci）的经典款香水。

一下卫生间。

"当然可以。"我说,微微有些激动,把她踏进这栋房子视为贵宾来访。我向她展示了漂亮的卫生间。紧挨着的是我父母的卧室。塔玛瞥了一眼那张床,皱了皱鼻子。"被子还真丑。"她轻声说道。

在那一刻之前,那只是一床我父母的被子,但我突然为母亲感到了一种二手的羞耻,为她挑的俗气被子,她能被这样的品位取悦,简直近于愚蠢。

我坐在餐桌旁,听见塔玛消了音的小便声、水龙头的流水声。她在里面待了很久,等到终于出现的时候,她看起来有些不一样。我过了一会儿才反应过来,她涂了我母亲的口红。当她发现我注意到她时,就好像我打断了一场她正在看的电影,她的脸上充满了对另一种生活预景的痴喜。

我最喜欢的幻想是在《娃娃谷》[1]里读到的安眠疗法:医生在病房里诱导尼莉进入长期睡眠,这是她唯一的解药,可怜又要强的尼莉在杜冷丁[2]的作用下慢慢昏睡过去。这听起来很完美——我的身体有安静可靠的机器来维持生命,大脑休憩在一片水域里,像玻璃缸里的金鱼一样不受侵扰。几周后我将醒

---

1 娃娃谷:*Valley of the Dolls*,美国20世纪60年代经典畅销小说。
2 杜冷丁:Demerol,一种镇痛药。

来，尽管生活会滑回那令人失望的地方，但仍会有一段僵硬的延后时间——那一片空白。

让我上寄宿学校的目的是矫正，我需要这种推力。我的父母，尽管全神贯注地沉浸在各自的世界里，但仍然对我感到失望，为我平庸的学习成绩而沮丧。我是个普通的女孩，这是所有失望中最大的失望——在我身上看不到一点儿伟大的光亮。我的长相没漂亮到可以代替成绩的程度，天平不肯热心地往长相或聪明上偏一丁点儿。有时我被一股虔诚的冲动压倒，想要做到更好、更努力，不过最后当然一切都没有改变。似乎冥冥之中有别的神秘力量在起作用。课桌旁边一扇窗户开着，于是我浪费整节数学课去注视树叶的震颤。钢笔漏墨水了，于是我做不了笔记。我擅长的事情没有任何实际用处：在信封上用泡泡字写姓名、地址，在封口那儿画上一些有笑脸的小东西；做一杯泥乎乎的咖啡，庄重地喝下去；在收音机上找某一首想听的歌，就像灵媒搜索死人的消息那样。

母亲说我长得像外祖母，但这话听起来很可疑，像是一厢情愿的谎言，为的是可以有点儿虚假的希望。我熟知外祖母的故事，重复过无数次，已经像祷告词那样可以脱口而出了。哈莉特，种椰枣的农民的女儿，被从印地欧[1]灼热、默默无闻的土地上采摘下来，送往洛杉矶。她的下巴线条柔和，眼睛水汪

---

1 印地欧：Indio，加州南部城市，科罗拉多沙漠区内，在洛杉矶往西约200公里。

汪的，牙齿小而整齐，又略有些尖，像只陌生又美丽的猫。制片厂体系宠溺她，给她供食打成奶泡的牛奶加鸡蛋，或者烤肝加五个胡萝卜，在我童年时期，她每晚吃的就是这些东西。退休之后，她与家人蛰居在佩塔卢马的大农场里。外祖母种一些从路德·伯班克[1]那里插枝过的观赏玫瑰，还养马。

外祖母去世后，我们靠她留下来的钱生活，那片山区就像我们的王国，尽管我也可以骑自行车到镇上去。这种距离更多是心理上的——作为成年人，我惊讶于我们当时如此与世隔绝。母亲总是小心翼翼地围着父亲转，我也一样——他总是斜着眼瞧我们，劝我们多吃蛋白质，读狄更斯，或者呼吸再深一点儿。他自己吃生鸡蛋、放了盐的牛排，还在冰箱里放一盘鞑靼牛肉，每天舀着吃五到六次。"你外在的身体反映着内在的自我。"他在泳池旁的日本垫子上边做运动边说，我坐在他的背上，他做五十个俯卧撑。这种感觉像一种魔法，我跨坐着，被举到空中，鼻子里是燕麦草的气息，还有渐凉的大地气息。

有一次，一只郊狼从山上奔下来，与我们的狗厮斗，那可怕的急促的嘶嘶声吓坏了我。父亲就会射杀那只狼。一切似乎就是那样简单。我对着一本画册描上面的马，石墨的马鬃渐扫渐深；临摹一幅山猫叼走田鼠的画，那造化的利牙。后来我知道恐惧是如何一直都在那儿的。当母亲留我独自和保姆卡尔森

---

[1] 路德·伯班克：Luther Burbank，美国著名植物学家、园艺家。

在一起时，我就感到慌张，她身上有一股潮湿的味道，她总是坐错椅子。当他们告诉我我一直很快乐时，我却无法说明自己并不快乐。即使是那些幸福的时刻，也伴随着失望：父亲的笑声，他大步远远地走在前面，我必须使劲跑才能追上；母亲的手放在我烧得发烫的额头上，可紧接着就是病房里绝望的孤独，她消失在门外，用一种我认不出的声音与别人通电话。桌上有一盘丽兹饼干和一碗变凉的鸡汤面，灰黄色的鸡肉从薄布似的油脂层里凸出来。即使是个小孩，我也感受到了一种星空般的浩渺与空幽，近乎死亡。

我毫不好奇母亲是如何度过那些日子的。她一定是坐在空荡荡的厨房里，桌子散发着一股用久了的海绵的霉味，等着我吵吵闹闹地放学回来，等着我父亲回家。

我的父亲，他给她的吻形式化得让我们都很尴尬；他把啤酒瓶留在台阶上，困住了误飞进去的黄蜂；他早上捶击赤裸的胸口来强健肺部。他紧紧依附于自己的肉身世界，厚螺纹短袜露在鞋子上面，被他放在抽屉里的雪松香囊染得斑斑点点。他在汽车引擎盖上照一下自己，并对此开个玩笑。我试过梳理我的生活，攒下一些故事讲给他听，好激起他一星半点的兴趣。直到成年，我才觉出其中的奇怪——我对他知道得那么多，他对我却似乎一无所知。我知道他热爱达芬奇是因为他发明了太阳能，而且出身贫寒；他能通过听发动机的声音判断出一辆汽车的构造；他还认为每个人都应该知道树木的名字。当他说商学院是一个骗局时,我表示赞同;当镇里有个青年在他的汽车上画了个和平标志,他称那个青年为卖国贼,而我为此点头时,他露出喜欢的神色。他曾经提到过我应该学习古典吉他,尽管我从来没见他听过任何音乐,除了那些花哨的牛仔乐队,歌手们穿着翠绿色的牛仔靴踩着拍子,唱着关于黄玫瑰的歌。他还认为身高是阻碍他走向成功的唯一因素。

"罗伯特·米彻姆[1]个子也不高。"他有一次对我说,"他们让他站在装橙子的板条箱上。"

我一看到那些女孩从公园里穿过,注意力就被牢牢吸引住了。黑发女孩和她的随从们,她们的欢笑对于我的孤独是一种责备。我在等着什么事情发生,却又不知道那是什么。然后,它就发生了。虽然它转瞬即逝,但还是被我看到了:有那么一秒,黑发女孩扯下衣服的领口,露出了赤裸的乳房上红色的乳头。就发生在公园里蜂拥的人群中央。我还没来得及完全相信眼前的一幕,那个女孩又把衣服拉了回去。她们都在笑着,既风骚又肆无忌惮,她们中甚至都没有一个人抬眼看一下是不是有人在看。

那群女孩走进饭店旁边的巷子里,离烤架很远,看起来胸有成竹,动作娴熟。我目光紧跟着她们:那个大一点儿的女孩

---

[1] 罗伯特·米彻姆:Robert Mitchum,美国好莱坞著名男影星。

掀开大垃圾箱的盖子，红头发的女孩蹲下去，黑发女孩踩着她的膝盖当作台阶，攀上大垃圾箱的边缘。她在里面翻找什么东西。但我想象不出那究竟是什么。我站起身把餐巾纸扔进垃圾箱，立在旁边看着。黑发女孩正在把大垃圾箱里的东西递给其他人：一袋还没拆包装的面包，一棵像得了贫血病的卷心菜，她们嗅了嗅又给扔了回去。这一连串的动作看起来训练有素。她们真的会吃那些食物吗？当黑发女孩最后一次出现时，她爬上大垃圾箱的边缘，晃悠悠地落到地上，手里拿着一样东西，那东西形状很奇怪，颜色和我的肤色相近。我挪近了一点儿。

我意识到那是一只未加工的生鸡，裹在塑料袋里闪着光。我一定是看得太用力了，因为黑发女孩转过头，迎上了我的目光。她笑了一下，我的胃直往下坠，仿佛有某种东西在我们之间传递，空气在微妙地重组。她坦荡荡、毫无愧色地接住了我的凝视。但这时饭店的纱门砰的一声被撞开，把她的注意力惊了回去。门里出来一个叫骂着的壮硕男人，像赶一群狗一样赶她们。女孩们抓着那袋面包和那只鸡开始奔跑。那个男人停下来看了一分钟，大手在围裙上搓了一搓，胸膛起伏着。

女孩们跑过了一个街区，她们的头发在身后如旗帜般飘扬。一辆黑色的校车驶过去，慢慢减速，她们三个消失在车里面。

女孩们的画面，瘆人的胎儿质地的生鸡，黑发女孩樱桃般的乳头，所有这些印象都太过鲜明，可能这就是我一直无法忘怀的原因。但我思考不出所以然来，为什么这些女孩需要到垃圾箱中找食物？谁在开那辆黑色的车？什么样的人会把车漆成那个颜色？我能看出她们关系很亲密，那群女孩已进入一种家族式的契约关系中——她们确定自己是为了什么在一起的。眼前即将降临的漫漫长夜，还有母亲与萨尔的外出，似乎突然让人无法忍受了。

那是我第一次看见苏珊，即使我们离得很远，一头黑发也让她格外显眼，她对我的微笑直接又带着审视。我无法对自己解释，为什么望着她时心中会一阵绞扭。她看起来像那些陌生、野性的花朵，每五年妖艳地盛放一次，那淫丽、刺痒的挑逗几乎等同于美。她看着我时，会从我身上看到什么呢？

我在用饭店里的卫生间时，看到墙上用记号笔写得潦草的字——"加油干"，还有"苔丝·派尔吃鸡巴"，旁边的插图已经被抹掉，全是这类愚蠢、呓语般的标记，写这些的人退居在这方小天地里，用这种马马虎虎的东西切换了生活的轨道。他们想表示一点儿小小的抗议。最糟糕的是用铅笔写的一个"肏"字。

我洗洗手，用一条僵硬的毛巾擦干，同时在水池上方的镜子里研究自己。有那么一刻，我试着用黑发女孩的眼睛来看自己，甚至是用那个牛仔帽男孩的眼睛，我研究自己的相貌，以感受皮肤之下的震颤。这种努力在我脸上一眼可见,我感到羞耻。难怪那个男孩看起来那么反感,他一定看到了我的这种渴望,看到我的脸怎样因为欲求而不顾羞耻,就像一个孤儿手上的空盘子。而这就是我和那个黑发女孩之间的不同——她的脸已经回答了自身的所有疑问。

  我不想知道自己身上的这些事情,于是开始往脸上拍水——冷水,就像康妮曾经告诉过我的那样。"冷水能让毛孔闭合。"可能这是真的:我感觉皮肤变紧了,水从脸上和脖子上滴下来。我和康妮那么不顾一切地以为,只要我们遵从了这些仪式——用冷水洗脸,睡前用猪鬃梳把头发梳到满是静电的蓬飞——某些事情就会自证其实,新的生活就会展现在我们眼前。

2

　　叮当，康妮家车库里的老虎机开动了，彼得的脸庞浸在玫瑰色的光晕中，像动画片里那样。彼得十八岁，是康妮的哥哥，手臂的肤色像烤过的面包片一样。他的朋友亨利总是盘旋在他身边。康妮决定喜欢上亨利，所以我们会把周五晚上用来坐在举重椅上，亨利的橙色摩托车靠在旁边，像匹得了奖的小马驹。我们会看着男孩们，他们玩老虎机，喝着康妮父亲放在车库冰箱里的杂牌啤酒。过一会儿他们就会用BB枪射空酒瓶，射爆了就得意地欢呼一阵。

　　我知道那天晚上会见到彼得，所以穿上了绣花衬衫，头发喷了定型胶，黏糊糊的。我将梅尔·诺曼[1]的浅米色粉底液涂在下巴的痘痘上，结果它们都聚在了痘痘边缘，弄得痘痘油亮

---

[1] 梅尔·诺曼：Merle Norman，美国美容品牌，创立于1931年。

油亮的。只要头发能乖乖定住，我看起来就挺漂亮，至少我是这样认为的。我把衬衫掖进裤腰里，好露出我小小乳房的上部，还有那用胸罩人为挤出来的乳沟。这种暴露的感觉给我一种不安的愉悦，让我站得更直，脑袋立在脖子上，就像放在杯子里的鸡蛋。我尽力变得更像公园里的那个黑发女孩，脸上有那种从容的神色。康妮看见我的时候眯起了眼睛，嘴巴上的肌肉抽动了一下，但她什么也没说。

两周前彼得第一次真正和我说话，当时我正在等康妮下楼。康妮的卧室比我的小很多，她家的房子也要简陋一些，但我们大部分的时间都是待在那儿。房子的装修是海洋主题，她父亲尝试接近女性化的装饰风格，但被误导了。我为她的父亲感到难过：他在乳品加工厂上夜班，患有关节炎的手经常紧张地握住又松开。康妮的母亲住在新墨西哥的某个地方，在一处温泉附近，有无人提及的一对双胞胎儿子，过着无人提及的另一种生活。有一次圣诞节她给康妮寄来一个带镜小粉盒，里面的腮红摔碎了；还有一件费尔岛毛衣，毛衣太小，我和康妮的头都钻不出领口的洞。

"颜色很漂亮。"我怀着希望说。

康妮只是耸了耸肩："她是个婊子。"

彼得从前门撞进来，把一本书往厨房桌子上一扔，用他那温和的方式向我点了点头，开始做三明治。他拿出几片白面包、一瓶泛着亮光的芥末酱。

"我的小公主去哪儿了?"他说。他的嘴唇皲裂,露出触目惊心的肉粉色,上面薄薄覆盖了层东西,我猜是大麻膏[1]。

"她在穿夹克。"

"噢。"他把两片面包拍在一起咬了一口,一边嚼一边望着我。

"最近看起来不错嘛,博伊德。"他说,用力地咽了一口三明治。他的评价让我急剧地失去了平衡,我几乎以为这句话是我想象出来的。我是不是该回一句什么?我已经在反复回味他这句话了。

前门传来一阵声音,他转过头。是一个穿着牛仔夹克的女孩,身影被屏风模糊了。那是他的女朋友帕米拉,他们是恒定的一对,渗进了彼此;总是穿着相似的衣服,躺在沙发上静静地一来一往互传着报纸,或是一起边看《秘密特工》[2]边为对方拈衣服上的线头,就像拈自己身上的一样。我在中学校园里见过帕米拉,每次我骑车路过那栋褐色大楼时都能看到。校园里矩形的草地干枯过半,台阶又低又宽,那些大女孩坐在台阶上面,穿着"穷小子"衫[3],小指勾着小指,手里拿着肯特烟。死

---

[1] 大麻膏: Resin,成分是焦油、灰、碳,以及印度大麻里的大麻素,一般为大麻匮乏时的替代物。

[2] 《秘密特工》: The Man from U.N.C.L.E.,20世纪60年代的一部经典电视剧。

[3] "穷小子"衫: Poor-boy shirts,20世纪60年代流行的一种衬衫,有短袖、无袖之分。

亡的气息环绕着她们——那些在潮湿丛林里的男朋友[1]。她们像大人一样，甚至在弹烟灰的时候也像，手腕厌倦地一扭。

"嘿，伊薇。"帕米拉说。

有些女孩很容易就表现得友善，她们能记住你的名字。帕米拉很漂亮，这是事实，她让我感到一种沉潜的吸引力，在美貌面前人人都会有这种感觉。她的牛仔夹克袖子卷到肘部，眼睛因为画了眼线而看起来有些恍惚，光着的腿被晒成了小麦色。我自己的腿被蚊子咬得到处都是包，我担心那些地方会变成创口，小腿上长出了浅白的绒毛。

"宝贝儿。"彼得鼓着嘴说，大步走过去给了她一个拥抱，把脸埋进她脖子里。帕米拉尖叫着把他推开。她笑起来的时候露出了一口不太整齐的牙。

"太恶心了。"康妮嘀咕着进了房间。但我很安静，试着想象那会是什么感觉——和某个人如此熟悉，以至于你们几乎成了同一个人。

过了一会儿，我和康妮在楼上抽起了她从彼得那儿偷来的大麻，我们把毛巾扭得厚厚的，塞在门底下。她必须不停地用手指把卷烟的纸捏住。我们待在温室般的房间里，安静而肃穆地抽着。能看到窗外彼得的车，停得歪歪扭扭的，像是在危急

---

1 潮湿丛林里的男朋友：指越战士兵。

情势下不得不丢弃的样子。我总是能注意到彼得，就像我也会被他那个年龄别的大男孩吸引一样，仅仅是他们的存在就能让我心神不定。但我的感受突然被无限放大，压迫着我，像在梦中一样夸张变形，无可逃避。我的脑子里塞满了关于他的再普通不过的细节：他换的每件T恤，他脖子后面消失在衣领里的柔软的皮肤，从他卧室里传来的保罗·瑞弗和奇袭者乐队[1]循环的铜号声。有时候他在房子里跟跟跄跄地转悠着，带着骄傲又公开的秘密，我就知道他又嗑了药。他会小心翼翼地把厨房里的玻璃杯一次又一次地灌满水。

有一次趁着康妮洗澡，我进了彼得的卧室。空气中散发着一股潮湿的疝气味，后来我把那认作他自慰留下的。他所有的物品充满了神秘的意义：低矮的日式床垫，枕头旁放着一只塑料袋，里面装满了灰一样的大麻，还有一本成为见习技工的手册。地板上的玻璃杯沾满了油腻腻的指纹，里面有半杯放了很久的水。衣柜顶端排了一列从河里捡的光滑的石头。有几次我看见他戴着廉价的铜手镯。我把这一切都吸收进来，就好像能解读每个物件私有的意义，再把这些意义像拼图那样拼出他生活的内在构造。

在那个年纪，有太多的欲望不过是任性之举。我们竭尽全

---

[1] 保罗·瑞弗和奇袭者乐队：Paul Revere and the Raiders，20世纪60年代中期至70年代早期美国成功的主流摇滚乐队。

力，要把男孩们粗糙、令人失望的棱角磨掉，变成我们心中理想情人的形状。我们用生搬硬套、滚瓜烂熟的语言诉说着对他们的渴求，就像照戏本读台词。后来我看清了这一点：我们的爱是多么不通情理又贪得无厌，在这个世界里东敲西打，想要找到一个主人，赋予我们的愿望实形。

我年轻的时候，曾在浴室抽屉里看到过一些杂志——那些是我父亲的杂志，纸张因潮湿而发胀，内页满是女人，她们的网眼丝袜拉至胯部，薄纱似的光使她们的皮肤泛着苍白的色泽。其中我最喜欢的一个女孩脖子上绑着格子缎带蝴蝶结。这不寻常又很撩人：光着身子，脖子上却绑着一条缎带，这使她的裸露变得正式了。

我隔段时间就翻出这本杂志，像罪人定期做忏悔一样，每次都小心翼翼地把它放回原处。然后我带着喘不过气来的病态快感锁上浴室的门，这种快感很快演变为用地毯或床垫的边缘摩擦胯部，或者用沙发背。这种快感到底是如何产生的？那个女孩的画面在我脑中盘桓不去，先是化成一片薄纸似的快感，慢慢增厚，直到一发不可收拾，变成了一遍又一遍地想要那种感觉。我脑子里想的是个女孩，而不是男孩，这似乎有些奇怪。但我还会被其他一些奇怪的东西引发快感：比如我童话书里的彩色插图，上面画的是一个女孩被困在蜘蛛网里，那个邪恶的怪物用凸起的多面的眼睛望着她；比如我回忆起父亲隔着女邻居湿漉漉的泳衣用手罩住她的屁股。

我以前也做过一些跟性有关的事情,不是真正的性,但很接近。学校举办舞会时走廊里焦渴的摸索;在父母的沙发里热得快要窒息,膝盖窝黏糊糊的;亚历克斯·波斯纳的手钻进我的内裤,不带感情地探索着,听到脚步声后猛地抽回了手。所有这些——亲吻,我内裤里弯曲的手,我握住的生猛跳动的阴茎——没有一种近似于我一个人时的感觉:压迫感延伸,就像一级一级爬楼梯。我几乎是把想象彼得当作对我的纷乱欲望的矫正,可他本身携带的冲动有时也会让我害怕。

我躺在康妮床上盖着的薄花毯上。她的皮肤晒伤得很厉害,我看着她擦着肩膀上松脱的灰色皮肤并揉成灰色的小球。我想到彼得才减轻了一点儿轻微的厌恶,她和彼得住在同一所房子里,呼吸着同样的空气,用着同样的餐具。他们在根本上是一体的,就像同一个实验室里养的两个不同的物种。

我听见楼下传来帕米拉轻快的笑声。

"等我有了男朋友,一定让他带我出去吃晚餐。"康妮用不容置疑的口气说,"她都不在乎彼得带她来只是为了上床。"

彼得从来不穿内裤,康妮抱怨过,我开始想象这件事,感觉有点儿恶心却没那么不快。他总是处于high的状态,眼角耷拉着睡意蒙眬的皱纹。相比起来,康妮就没那么重要了:我一直不相信友谊真的是以友谊为目的,而不是一个模糊的舞台背景，台上我们演着男孩们到底爱不爱你的戏。

康妮站在镜子前，想要跟着歌曲一起摆动——放的是那些45转唱片[1]里甜蜜而忧伤的歌曲之一，我们着迷地循环了又循环。它们煽起了我一本正经的忧伤，还有我想象中的与这个悲惨世界的同盟之情。我多喜欢那样拧自己，给感觉火上浇油，直到自己无法承受。我想要全部的生命都感受到那种狂热，负压在悲兆之下，只有这样才会连颜色、天气、味道都更加鲜明、饱和。这就是那些歌曲所许诺的，是它们从我身上牵引出来的。

有一首歌似乎激起了我内心私密的回响，像标记好了的。歌词很简单，是关于一个女人，关于她背部的曲线，那是她最后一次为那个男人转过身去，还有她留在床上的烟灰。这首歌放完一遍，康妮立刻跳起来快速地翻转唱片。

"再放一遍吧。"我说。我试着想象自己像歌手一样看那个女人：她的银手镯晃荡着，染上一抹绿色，头发披散下来。但我只觉得自己很蠢，睁开眼，看到康妮站在镜子前，用一根安全别针把睫毛分开，内裤夹进了屁股里。这与观察自己的情况不同。只有特定的女孩才会唤起那种注意，比如我在公园里看见的那个女孩，或者是帕米拉和坐在学校台阶上的其他女孩，等着男朋友们未熄火的汽车慢吞吞的低轰声，这是她们跳起来

---

[1] 45转唱片：Forty-fives，黑胶唱片的一种格式，转速是每分钟45转。

的信号。接着她们拂掉座位上的灰尘，驶进明媚充足的阳光里，回头向被留在身后的那些人挥手。

就在那天之后不久，我在康妮睡觉的时候进了彼得的卧室。他在厨房里对我的评价像一张盖了时间戳的邀请函，我必须在过期之前兑现。我和康妮睡觉前喝了啤酒，懒洋洋地靠在柳编家具腿上，用手指从桶里挖卡特基奶酪[1]吃。我比她喝的多得多。我想让别的势能掌控，迫使我行动起来。我不想像康妮一样，从来不会改变，只等着事情发生，她只会吃完一整筒芝麻脆饼，然后在房间里做十个开合跳。我一直醒着，直到康妮逐渐进入焦躁不安的熟睡，直到听见彼得上楼梯的脚步声。

他终于撞进了他房间的门。我等啊等，等到时间似乎已经足够长了才跟过去。我穿着短短的睡衣，沿着走廊像一个幽灵那样悄无声息地潜行，睡衣光滑的涤纶料子令人郁闷地卡在公主裝和华丽内衣中间。房子里的沉默似乎是一个活物，近在眼前，压迫着我，却又给一切染上了一种异域的自由气息，像是更浓密的空气充塞了房间。

彼得的身体静静地裹在毯子下面，露出一双骨节突出的男

---

[1] 卡特基奶酪：Cottage cheese，纯白色，湿润松软，口味清爽，又叫乡村奶酪或茅屋芝士（香港）。

人的脚。他的呼吸声如荆棘般带着刺，是嗑了什么药的后遗症。他的房间像一个摇篮轻轻地托着他。我想，可能这样就足够了——像父母一样看着他睡觉，放肆地享用着快乐幻梦的特权。他的呼吸如念珠，一进一出都是安慰。但我不想这样就够了。

我又靠近了一点儿，适应黑暗之后发现他的脸变得清晰，五官也完整了。我毫无羞耻地放任自己盯着他。彼得睁开了眼睛，不知为何却没有被出现在床边的我吓到。他看了我一眼，眼神柔和得像玻璃杯里的牛奶。

"博伊德。"他用还没睡醒的飘忽声音说，但他眨了眨眼睛，唤我名字的态度里有种无奈的接受，让我觉得他一直在等我，他知道我会来。

我很尴尬地站在那儿。

"你可以坐下来。"他说。我蹲在床垫旁，傻傻地摇晃着，腿酸得开始灼烧起来。他伸出一只手把我整个拉躺到床垫上，我笑了一下，尽管他可能根本看不清我的脸。他很安静，我也是。躺在地上看他的房间很奇怪：柜子的巨大身形，狭长的门口。我无法想象康妮就在那头的房间里。她一定像通常那样在说梦话，有时还蹦出一个数字，像一个糊涂的宾果[1]玩家。

"你冷的话也可以到毯子里来。"他说，打开毯子的一角。

---

[1] 宾果：Bingo，20世纪60年代极为盛行的合法赌博游戏。

我看见了他赤裸的胸膛、光着的身体。我钻进去，在他身边躺下，带着仪式般的沉默。就是这么简单——我进入了一个一直存在的可能。

他没有再说话，我也很安静。他突然把我揽过去，我的背贴上了他的胸膛，还能感觉到他的阳具顶着我的大腿。我不想呼吸，怕会给他造成压力，尽管我的肋骨很烦人地在那儿一起一伏。我用鼻子静悄悄地呼吸，感到头有点儿轻飘飘的。黑暗中他身上刺激的味道，他的毯子，他的床单——一直以来是帕米拉所拥有的，这种对他的存在轻易的占有。他用胳膊环抱着我，这种重量我默默记作男孩手臂的重量。彼得表现得快要睡着了似的，不经意地叹气和挪动身子，但正是这样才把整个事态维持住了。你必须装作一切正常。当他的指尖轻轻掠过我的乳头时，我依然非常安静。我的脖子感受着他均匀的呼吸，他的手不带个人感情地估量。他开始揉搓我的乳头，我重重地吸了一口气，他犹豫了一小会儿又继续摆弄起来。他的阳具黏糊糊地蹭着我的大腿。我明白，他领航着这个夜晚，不管发生什么，我都会顺道而前。没有恐惧，只有一种近于兴奋的感觉，就像一片从机翼看出去的景观。伊薇身上会发生什么呢？

楼下大厅的地板响起一阵嘎吱声，魔法被打破了。彼得突然把手抽回去，转到自己背后，盯着天花板，这样我能看见他的眼睛。

"我得睡觉了。"他用小心流耗过的声音说。这个声音像橡皮擦一样，其中明显的迟钝意有所指——让我怀疑是不是什么也没发生过。我慢慢站起来，有些不知所措，但也带着幸福的眩晕，仿佛那么一丁点儿已经喂饱了我。

男孩们似乎玩了很久的老虎机，我和康妮坐在长椅上摇晃着，注意力不由自主地涣散了。我一直等着从彼得那儿得到一些关于那件事的确认，从他眼中抓住那印刻着我们过往的一瞥。但他没有看我。潮湿的车库里散发着混凝土的冰冷味儿，还有没干就叠起来的露营帐篷的闷臭味儿。墙上挂着加油站日历：一个浴缸里的女人，有着动物标本似的静止的眼睛和裸露的牙齿。我很庆幸帕米拉当晚不在，康妮告诉我他们吵架了。我还想知道更多的细节，但她脸上有种警告的表情——我不能对这个太感兴趣。

"你们这些小孩就没地方可去吗？"亨利问，"怎么不去别处吃点儿冰激凌？"

康妮甩了甩头发，起身过去再拿些啤酒，亨利饶有兴趣地看着她走近。

"把它们给我。"康妮不耐烦似的叫嚷着。亨利手中拿着两瓶啤酒，让她够不着。我记得这是我第一次注意到她这么大声，声音硬邦邦的，带着愚蠢的攻击性。康妮上演着闹嚷、假装生气的笑，当然，这是练习过的。一旦我开始注意到这些，像一个男孩子那样——罗列出她的缺点，我们之间就裂开了缝隙。我后悔自己当初是那么不友善，以为只要和她拉开距离，就能治好自己身上同样的病。

"你拿什么来换瓶子呢？"亨利说，"世上没有一样东西是免费的，康妮。"

她耸耸肩，冲过去要拿啤酒。亨利用结实的身体顶住她，咧嘴笑着看她挣扎。彼得翻了翻白眼，他也不喜欢这类把戏。他有年纪大一些的朋友，那些人消失在缓滞的丛林里，河里泥水一色的混浊；那些人回来后喋喋不休，对细小的黑色香烟上了瘾，家乡的女朋友们畏畏缩缩地跟在他们身后，像一团小小的不安的影子。我试着坐得更直一点儿，让脸上充满成年人的厌倦，希望彼得能朝我这边看。我想要他身上的我确定帕米拉看不到的部分，有时我能从他的凝视中捕捉到忧伤的刺痛，或者是他对康妮隐秘的善良，那年他们的母亲完全忘记了康妮的生日，他带我们去了箭头湖。帕米拉不知道这些事情，我紧紧抓住这一点确定，抓住任何一点可能独属于我的优势。

亨利捏了一下康妮短裤裤腰上面的柔软皮肤："最近是不是饿着了啊？"

"别碰我，你这个变态，"她说，打开了他的手，咯咯笑了一下，"肏你妈。"

"别，"他抓着康妮的手腕说，"你肏我吧。"康妮半真半假地想要挣脱，叫嚷着，直到他终于松开手。她揉着手腕。

"混蛋。"她咕哝了一句，但她并没有真的生气。这就是身为女孩会有的事：不管得到什么回应，你都得顺从。你要是发火，那你就是个疯子；你要是不做反应，那你就是个婊子。你能做的只有：在被他们逼进的角落里摆出笑脸，让自己参与到玩笑中，即使玩笑的靶子总是你。

我不喜欢啤酒的口感，那颗粒般的苦味儿，没一点儿比得上我父亲的马天尼，那令人愉悦的洁净、清凉。但我还是喝了一瓶又一瓶。男孩们抓着购物塑料袋里满满的硬币往老虎机里喂，直到硬币快没了。

"我们需要这台机子的钥匙，"彼得说，从口袋里掏出一根细细的大麻烟并点燃，"这样我们才能把它打开。"

"我去拿，"康妮说，"不要太想我。"她对亨利柔情地说，离开前还轻快地挥了挥手，冲我只扬了一下眉毛。我明白这是她策划的想要俘获亨利注意力的计划之一：先离开，再回来。可能这是她从杂志上读到的。

那是我们的错误，我想，许多错误中的一个。我们相信男孩们做事情是有逻辑的，我们总有一天会弄懂；相信他们的行为不只是不过脑的冲动，而是有含义的。我们就像阴谋论分子，在每个细节中都看到迹象和意图，不顾一切地希望自己重要到能成为他们计划和猜测的对象。但他们只是男孩子，幼稚、年轻、直来直去，他们并没有隐藏任何东西。

彼得把控制杆嘀嘀嗒嗒地拉到开始的位置，退后，让亨利来玩下一轮。他们俩一来一回地递着大麻，都穿着洗得稀薄的白色T恤。当老虎机哗啦啦吐出一堆硬币时，彼得对着这狂欢似的喧闹笑了起来，但他看起来心不在焉，又喝完一瓶啤酒，抽着大麻，直到它被碾碎，变得油腻腻的。他们低声说着什么，我只听到一点儿零零碎碎的。

他们谈论的是威利·泼特莱克：我们都知道他，佩塔卢马第一个参军的男孩，是他父亲逼他去注册的。后来我在汉堡哈姆雷特餐厅见过他和一个身材娇小、头发深褐色的女孩在一起，那个女孩流着鼻涕。她固执地叫他的全名，威-廉-姆，好像这个多出来的音节是一个秘密口令，能把他变成一个成熟、负责任的男人。她像个刺果似的粘在他身上。

"他老在车库外面洗他的车，"彼得说，"搞得跟以前没什么不同似的。他现在还能开车？我不觉得。"

这是从另一个世界里来的消息。看着彼得的脸，我不禁感到羞愧，在真实的感情面前我只有矫揉造作的分儿，只能通过歌曲抵达那个世界。而彼得是真的有可能被派去当兵，真的会死。他不必强迫自己去那样感觉，就像我和康妮乐此不疲做的情感练习：要是父亲去世了，你该怎么办？怀孕了该怎么办？要是老师想和你发生关系，你该怎么办？就像加里森先生对帕特丽夏·贝儿做的。

"他的残肢上全是褶子，"彼得说，"粉红色的。"

"真恶心,"亨利在老虎机那儿说,盯着身前屏幕上滚圈的樱桃图案,"你想杀人,那最好也能接受别人炸掉你的腿。"

"他自己还很骄傲,"彼得抬高了声音,把手中的大麻烟头弹到车库的地板上,看着它熄灭,"他想让人们都看到,这才真是疯了。"他们戏剧般的谈话让我也有了戏剧化的感觉。酒精刺激着我,胸口似火烧,我不断地夸大这种感觉,直到一种不属于我自己的权威感掌控了我。我站了起来。男孩们没有发觉,他们在谈一部在旧金山看过的电影。我听过那个名字——这部电影没有在镇上上映,因为被认为有伤风化,尽管我记不起为什么会有伤风化。

等我成年后终于看了这部电影,里面性爱场面那毫无遮掩的天真让我很是惊讶。女演员阴毛上方那一团肉温顺、胖乎乎的。她一边笑着一边把游艇船长的脸埋进她那垂下的可爱的乳房中间。淫秽里有一种友善,就像好玩仍然是色情的一部分。不像后来的那些电影,女孩们忸忸怩怩的,两条腿毫无生气地吊在那儿。

亨利翻着眼皮,猥亵地半伸着舌头,模仿电影中的某个场景。

彼得笑了起来:"恶心。"

他们大声好奇着那个女演员是不是真的被上了,好像并不在乎我就站在那里。

"你能看出来她很享受。"亨利说,"噢——"他夹着嗓子模仿女人的尖细声音,"噢——耶——嗯——"用屁股撞着老虎机。

"我也看了。"我想都没想就说。我需要一个加入谈话的切入点,哪怕是说谎。他们同时望向我。

"好吧。"亨利说,"幽灵终于说话了。"

我的脸噌地红了。

"你真看了?"彼得看起来有点儿怀疑。我告诉自己他只是想保护我。

"是啊,"我说,"挺野的。"

他们交换了个眼色。难道我真的认为他们会相信我大老远搭车去城里,还是去看一场算得上是真正的黄片?

"那你说说,"亨利的眼睛闪着光,"你最喜欢哪部分?"

"就是你们说的那部分,"我说,"有那个女孩的。"

"但是这一部分里你又最喜欢什么?"亨利说。

"别惹她了。"彼得无精打采地说,他已经有些厌倦了。

"你喜欢圣诞节那一幕吗?"亨利继续说。他的笑容使我放松了警惕,以为我们真的在进行一场谈话,以为自己离加入他们又近了一点儿。"那棵大树?还有全是雪?"

我点点头,几乎相信了自己的谎言。

亨利笑了起来:"那部电影是在斐济拍的,整个故事都发生在一个岛上。"亨利笑得鼻子打起了哼,扫了一眼彼得。彼得似乎为我感到尴尬,这种尴尬就像他为街上摔了跤的陌生人感到的尴尬一样,就像我们之间什么也没发生过。

我推了一下亨利的摩托车。我没想让它真的倒下去,可能只想让它晃一晃,足够打断亨利,他大概会被吓住一两秒,开玩笑地惊叫一声,然后就忘了我说的谎。但是我用了大劲儿推过去,结果摩托车倒了下去,狠狠地摔在水泥地上。

亨利盯着我:"你这个小贱人。"他急匆匆地奔往倒下的摩托车,就像它是中了枪的宠物,熟练地把它抱在怀里。

"又没摔坏。"我大脑短路地说。

"你真他妈是个疯子。"他咕哝着说。他沿着车身抚摸着,举起一块橙色的金属碎片给彼得看:"这种屁事你能信?"

彼得看着我的时候,脸上凝满了同情,然而这比愤怒还要糟糕。我就像个孩子,不够懂事。

康妮出现在门口。

"当啷。"她叫道,钥匙勾在手指上。她撞见了这一幕:亨利蹲在摩托车旁边,彼得双手交叉抱在胸前。

亨利发出一声刺耳的笑。"你朋友真是个婊子。"他说,冷冷地扫了我一眼。

"伊薇把它推倒了。"彼得说。

"你们这帮小屁孩,"亨利说,"下次还是找个保姆吧,别跟我们一块儿玩了,他妈的!"

"对不起。"我说,我的声音很小,但是已经没有人听我说话了。

彼得帮亨利扶正摩托车，近距离检查了缺口——"就是一层壳而已，"他声称，"我们很快就能修好。"——我明白别的地方也摔坏了。康妮带着拷问一般的眼神冷冰冰地盯着我，就像我背叛了她一样，也许我真的背叛了她。我做了我们不该做的事情。它照出了一片隐秘的脆弱，暴露了焦灼、惴惴的心。

3

　　Flying A的店主是个胖子,柜台切进了他的肚子,他用肘撑着倚在那儿,用眼神跟踪我在走道的一举一动。我的钱包撞着大腿。他面前摊开一份报纸,但看样子他永远不打算翻页。他身上有种职务在身的厌倦神气,既官僚又神秘,像一个命中注定要永世守卫洞口的人。

　　那天下午我是一个人。估计康妮在她的小房间里抽上了,放着《说的就是第四街》¹,沉溺在受伤的、正义的放纵里。一想到彼得,我就感到被掏空了——我想要从那个夜晚飞掠过去,把我的羞耻变成某种模糊的可塑的石灰样的东西,就像关于陌生人的谣言。我试过对康妮道歉,男孩们像战地医护兵一

1《说的就是第四街》: Positively 4th Street,鲍勃·迪伦1965年录制的单曲,唱的是破裂的友情,有讽刺,有伤感。

样仍然担忧地围着摩托车。我甚至提出要掏修理费,把钱包翻了个精光,凑了八美元。亨利收下钱时用僵硬的下巴对着我。过了一会儿,康妮说最好是我直接回家。

几天后,我又去了康妮家——她父亲几乎立刻就开了门,就像正等着我来似的。他通常在乳制品厂工作到后半夜,所以我看到他在家实在觉得很奇怪。

"康妮在楼上。"他说。我看见他身后的桌子上放着一杯威士忌,泛着粼粼的光。我一心只想着自己的计划,都没有注意到这个房子里的危机气息,还有她父亲大白天在家这个不寻常的信息。

康妮躺在床上,裙子被勾住了,我能看见她胯部的白色内裤,还有布满斑点的整个大腿。我进门时,她坐起来,眨了眨眼。

"妆化得挺好看,"她说,"你是特意为我化的吗?"她又往枕头上仰面一躺,"你绝对会喜欢这个大新闻。彼得走了,是真的走了,和帕米拉一起,真是个'惊喜'。"她翻了个白眼,但说帕米拉名字的时候带着幸灾乐祸的神情。她扫了我一眼。

"你说什么?走了?"我的声音早已被恐慌搅乱。

"他太自私了。"她说,"爸爸说我们可能必须搬到圣地亚哥[1]。第二天他就走了，还带走了一包衣服和其他用的东西。我觉得他们可能去了帕米拉姐姐在波特兰[2]的家。我的意思是，我确定他们会去那儿。"她对着刘海儿吹了口气，"他是个胆小鬼，而帕米拉就是那种一生完小孩就会变胖的女人。"

"帕米拉怀孕了？"

她看了我一眼："真稀奇——你居然不关心我可能要搬到圣地亚哥去？"

我知道此刻我应该开始细数我有多么爱她，说些如果她走了我该有多伤心之类的话，但是我几乎像被催眠了一样，脑子一直重复着这样一个画面：他们正开车远行，帕米拉靠着彼得的肩头慢慢睡着。他们脚下的阿维斯[3]地图被汉堡的油浸得透明，后座堆满了衣服和他的技工手册。彼得低下头，就会看见帕米拉头发分边的那道头皮白线。他心底会涌起家的温柔，他会亲吻她，即使她已经睡着，永远都不会知道。

"可能他只是随便逛逛呢。"我说，"我的意思是，他不会再出现吗？"

"去你的。"康妮说。她似乎也被我的话惊到了。

"我到底对你做什么了？"我说。

---

1 圣地亚哥：San Diego，加州最南部的城市，临太平洋，南接墨西哥。
2 波特兰：Portland，俄勒冈州的城市。俄勒冈州毗邻加州北部。
3 阿维斯：Avis，美国第三大汽车出租公司。

当然我们都明白。

"我现在更想一个人待着。"康妮一本正经地说，用力地盯着窗外。

彼得，带着一个可能怀了他孩子的女朋友逃往北方——不去想这个生理变化是不可能的，帕米拉肚子里的蛋白质将会成倍增加。但是康妮就在这里，躺在床上，我对她胖乎乎的身体那么熟悉，甚至能数出她的雀斑，指出她肩膀上出水痘留下的斑点。康妮一直都在这里，我突然发现我是多么爱她。

"我们一起去看电影吧，或者干点儿别的。"我说。

她哼了一声，研究着指甲上苍白的边缘。"彼得都不在了，"她说，"所以你真的没必要留在这儿了，反正你也要去上寄宿学校。"

我的绝望在嗡嗡叫着："或者我们可以一起去 Flying A？"

康妮咬了一下嘴唇："梅说你对我也不是很好。"

梅是牙医的女儿。她穿格子裤配背心，像个会计助理。

"你说过梅很无聊。"

康妮没说话。过去我们替梅感到难过，她有钱，但很可笑。不过，我知道现在是康妮替我感到难过，她看着我渴求彼得，即使他已远走，可能正计划着去波特兰几个星期，甚至几个月。

"梅挺好的，"康妮说，"很好。"

"我们可以三个一起看场电影。"我现在就像在奋力踩踏板，有任何一种牵引力都行，我需要一个抵御这个空虚夏天的堡垒。梅也不是那么糟糕，我告诉自己，虽然她戴着牙套，连糖或爆米花都不能吃。是的，我可以想象我们三个人在一起。

"她觉得你挺垃圾的。"康妮说。她扭头对着窗户。我盯着蕾丝花边窗帘，那花边是我们十二岁时我帮康妮用胶水做的。我已经等了太久，继续待在这个房间里是个明显的错误，很清楚——我什么也做不了，只有离开。我在楼下喉咙发紧地和康妮的父亲说了再见——他心不在焉地冲我点了下头——然后哐当哐当地骑着自行车到了街上。

我以前这样孤单过吗？有一整天的时间要消磨，没有一个人可以关心。我几乎把胸口里的痛楚当成了愉快。我告诉自己，现在要忙起来，把时间平滑地耗掉。我按照父亲教的方法做了一杯马天尼，苦艾酒晃到了手上，还有一些洒在桌上，我没去理会。我一直很讨厌马天尼酒杯——杯颈和滑稽的身形看起来很尴尬，就像那些用力过猛想有大人样的大人。我把酒倒进一个镶着金边的果汁杯子里，强迫自己喝下去，然后又做了一杯喝光了。在我自己的房子里感到松弛而愉悦，这是一件很有趣的事情，在满溢的快乐中，我意识到那些家具一直都是那么丑陋，椅子像滴水嘴兽一样又重又老气。我发现寂静在空气中凝固，窗帘一直是拉着的。于是，我把它们都拉开，使劲把窗户撑起来。外面很热——我想，要是父亲在，又该噼里啪啦地说我把热气都放进来了——但我还是任由窗户开着。

　　我母亲一整天都在外面，只有喝酒这种例行的孤独排解法帮助我。奇怪的是，我的感觉原来这么容易就能变得不一样，原来有确切的方法可以软化悲伤的硬渣儿。我不停地喝着，喝到问题看上去简洁而美观，成了我可以欣赏的样子。我强迫自己爱上马天尼的味道，感到恶心时就放慢呼吸，最后我喉咙里咕噜着酸刺的东西，吐在了地毯上，再打扫干净，这样房间里就只剩下一股酸酸的、凝固的气味，我几乎有些喜欢这个味儿了。我打翻了一盏灯，给自己画上暗色调的眼妆，虽然手法很不熟练，却劲头十足，全神贯注。坐在母亲的带灯梳妆镜前，我不断调着各种灯光：办公室光线、白昼光线、黄昏光线。不同颜色的光在脸上变换，我惨白的面孔如幽灵一般，在一次又一次的咔嗒声中耗尽虚幻空洞的一天。

　　年轻的时候我会读那些我喜爱的书里的章节。宠坏的小女孩被秘密驱逐，发配往一个由小妖精统治的城市。小女孩穿着一条稚气的裙子，裸露着膝盖。木版画上是一座座黑暗的森林。小女孩被缚的画激起了我的快感，所以我必须分配好看这些画的时间。我希望自己也能画些类似的东西，比如某个人心灵深处可怕的景观，或者画下我在镇上看到的黑发女孩的脸——久久地端详她，直到看出她的五官是怎样组合在一起的。许多时候我迷失在自慰中，脸压进枕头里，感受到传出的一些爱抚。不一会儿，我会头疼，肌肉跳动，双腿虚弱地颤抖，大腿根部，内裤湿了。

另一本书：一个银匠不小心把熔化的银子泼在了手臂上。他的胳膊和手上的伤口结痂又脱落，看起来差不多像被剥了皮，皮肤紧致、粉红、新鲜，没有毛发，也没有斑点。我想起威利和他的残肢，他挥舞着水管用温热的水冲洗车子，水落在柏油地面上聚成潭，又慢慢地蒸发掉。我装作自己的胳膊也被烧伤了，练习削橙子——从手掌一直到肘部都没有皮肤，也没有指甲。

死亡对我来说就像旅馆里的大厅，那一间间文雅的阳光充沛的客房，你可以随意进入或离开。镇上有个男孩卖伪造的抽奖券而被抓住，于是在地下室里开枪自杀了。我没去想凝固的血块、湿乎乎的脑浆，而是想着他扣动扳机之前的解脱，那一刻世界是多么纯净，滤去了一切杂质。所有的失望，所有庸常的生活，带着它的惩罚与侮辱，都在一个利落的动作中成了多余之物。

商店的走道在我眼里似乎完全陌生，酒让我的思绪飘忽不定。灯光闪烁不停，放陈了的马天尼酒躺在垃圾箱里，化妆品被分门别类，摆放成讨人喜欢的丰足、琳琅的样子。我打开一支口红的盖子，照我读到的那样把它抹在手腕上试色。门口响起了迎客的音乐，我抬头看去。是公园里的那个黑发女孩，她脚上穿一双牛仔运动鞋，身上的衣服是从肩膀那里剪去了袖子。激动传遍了我全身,我已经在试着想象要对她说什么了。她的突然出现使这一天似乎与"共时性"[1]紧紧缠绕在了一起,光线的重量改变,角度有了新的倾斜。

那个女孩并不漂亮,再见到她时,我发现了这一点。是某种别的东西,就像我在演员约翰·休斯顿[2]的女儿的照片中看到的那样,她的脸本来是个败笔,但有些其他的进程在起作用,比漂亮更吸引人。

柜台后的男人怒气冲冲的。

"我跟你们说过,"他说,"我不会让你们中任何一个进来,再也不会了。走开。"

那个女孩懒洋洋地冲他一笑,抬起手。我看见了她腋窝下的一丛毛。"嘿,"她说,"我只是想买卫生纸。"

"你偷我的东西。"那个男人说,红色淹没了他的脸,"你还有你的那伙朋友,连鞋都不穿,光着一双脏脚跑来跑去,想瞒过我。"

如果这怒火是冲着我来的,我恐怕早就被吓坏了,但这个女孩很平静,甚至有些戏谑的意味。"我觉得你说的并不对。"

---

[1] 共时性:Synchronicity,荣格第一次对该词做出解释,大意是,如果发生的事情之间没有因果关系,但又看上去有意味深长的联系,则称它们是"有意味的巧合"。例如,说曹操,曹操就到。

[2] 约翰·休斯顿:John Huston(1906—1987),著名演员、导演,代表作《马耳他之鹰》《浴血金沙》等。

她昂着头,"可能是别的什么人呢。"

他双手交叉在胸前:"我记得你。"

那个女孩变了脸色,眼神坚硬起来,但仍然笑着。"好吧,"她说,"我才不稀罕你的东西呢。"她往我这儿看了一眼,又酷又冷,几乎没看见我似的。我心里欲望升腾,真不想她就这样消失,这个念头强烈得我自己都被惊到了。

"出去吧。"那个男人说,"快!"

离开前,她朝那个男人吐了吐舌头,只微微露出一点儿,像只滑稽的小猫。

我没犹豫多久就跟着那个女孩出去了,但她已经迈着轻快的步子穿过了停车场。我匆匆地跟在后面。

"嘿。"我冲她叫了声。她继续走着。

我又大声叫了一遍,她停下来,等我赶上她。

"真是个浑蛋。"我说。我看起来一定像个闪闪发亮的苹果,双颊因为半醉而泛红。

她狠狠地瞪着商店的方向。"死胖子,"她说,"我连卫生纸都买不了。"

她似乎终于确认了我的存在,盯着我的脸看了好一会儿。我能看出她觉得我挺小。我穿着一件围兜衬衫,这是母亲送我的礼物,她觉得这件衣服很别致。我想做出些更大的事情,来证明我不仅仅是她眼前看到的这样一个幼稚的人,于是不假思索地提出要献力。

"我去把它拿来。"我说，声音活泼得不自然，"卫生纸，小意思。我一直从那儿偷东西。"

我不知道她是否相信，我那么轻巧地随口编了个谎，这一点绝对很明显。不过也许她尊重我的做法，她能看到我热切的渴望。也许她只是想看看演出会怎样进行——一个富家女孩，要去干偷偷摸摸的事。

"你确定？"她说。

我耸耸肩，心却怦怦狂跳。不知道她会不会为我感到惋惜，我没有看见她有这种表情。

我莫名其妙地回到店里，让柜台后的男人很不安。

"又回来了？"

即使我确实计划要偷点儿东西，实际上也已经不可能了。我在走道上磨蹭着，努力想抹去脸上任何偷窃的迹象，但那个男人一直不错眼。他瞪着我，直到我抓起卫生纸，拿到柜台，我禁不住为自己的这一习惯性动作感到羞愧。我当然做不到偷东西，这永远也不可能发生。

他录卫生纸的时候开起了连珠炮。"像你这样的好孩子不应该和那种女孩混在一起，"他说，"那群人太肮脏了，有个人还带了条黑狗。"他看起来有些受了刺激，"在我的店里就是不行。"

透过有凹槽的玻璃，我能看到那个女孩在外面的停车场上踱着步子，手遮在额头上。这真是个突然又意外的惊喜：她在等我。

结账后，那个男的看了我好一会儿。"你还是个孩子，"他说，"为什么不回家去呢？"

那一刻我对他的厌恶一扫而光。"我不需要袋子。"我说，把卫生纸塞进我的包里。他找零时，我没有说话，他舔了舔嘴唇，像是要弹掉什么难以忍受的味道。

看到我走过去，那个女孩一下子活跃起来。

"你拿到了？"

我点点头，她用胳膊推着我，急匆匆地把我挤到街角。我几乎要相信自己真的偷了东西，我把包递给她，一阵兴奋使我的情绪高涨起来。

"哈，"她往里面瞥了一眼说道，"他就是活该，真是个浑蛋。还顺利吗？"

"很顺利，"我说，"而且他一点儿都没发现。"我为我们的合谋感到激动，好像通过这个我们成了一伙的。那个女孩的衣服扣子没扣全，露出一块三角形的肚皮。她那么容易就唤起一种慵懒又肉欲的感觉，就像她的衣服是匆匆套上才出完汗的胴体。

"对了，我是苏珊。"她说。

"伊薇。"我伸出一只手,她却笑了,笑的样子让我明白握手是个错误动作,是规规矩矩的世界里空洞的象征。我脸红了。没有这些通常的礼节仪式,就很难知道该怎样动作了。我不知道用什么来代替它们。于是出现了一阵沉默:我搜肠刮肚地想要填补这段空白。

"我不久前还见过你。"我说,"在 Hi-Ho 饭店附近。"

她没有回答,我没有东西可以抓。

"你和其他女孩一起,"我说,"然后上了一辆校车?"

"噢,"她说,表情又焕发出光彩,"是的,那个傻瓜真够疯的。"她在回忆中放松了下来,"我必须让其他女孩排成直列跑,要不她们就会摔成一团,我们都会被抓住。"我丝毫不掩饰对她的兴趣,一直盯着她看。她就让我那么看着,没有一点儿自觉状。

"我记得你的头发。"我说。

苏珊似乎有些欢喜,漫不经心地碰了碰发梢:"我从来不剪头发。"

之后我才了解到,是拉塞尔要她们这样做的。

苏珊把卫生纸抱在胸前,突然变得很自尊:"你需要我把卫生纸的钱给你吗?"

可她既没有口袋,也没有钱包。

"不用,"我说,"这没什么,我也没花钱。"

"好吧,谢谢你。"她说,明显松了一口气,"你住在附近吗?"

"很近,"我说。"和我妈妈一起。"

苏珊点点头:"哪条街?"

"晨星街。"

她惊讶地哼了一声:"很不错嘛。"

我住在这个镇上的富人区,能看出这个事实对她意味着一些东西,但除了所有年轻人共有的轻微仇富心理,我想不出还有别的什么。年轻人总是把富人、媒体和政府搅和在一起,当作某种暧昧不明的邪恶化身,把它们视为一个惊天大骗局的元凶。我才开始学怎样带着歉意粉饰一些确定的信息,怎样赶在人们开口之前先自嘲一番。

"你呢?"

她用手指做了个摆手的动作。"噢,"她说,"你是知道的,我们有事情要做。不过是很多人聚在一起,"——她举起袋子——"这意味着有很多屁股要擦。我们有点儿缺钱,最近是特殊时期,不过情况会好转的,我相信。"

"我们",那个女孩是"我们"的一部分,我羡慕她的这种自在,羡慕她能确定离开停车场后该去哪里。和她一起在公园里的那两个女孩,还有和她住在一起的不管哪个人,大家会在意她的离开,也会大声呼喊着欢迎她回来。

"你怎么不说话了?"过了一会儿,苏珊说。

"抱歉。"我下决心不让自己去挠蚊子咬的包,虽然皮肤痒得快抽筋了。我转动脑子想着该跟她谈点儿什么，可是浮现的所有选项都是不能说的事。我不能告诉她从那天起我是怎样在百无聊赖时经常想起她的，也不能告诉她我没有朋友，还即将被打发到寄宿学校——那个没人要的孩子的永恒自治国，更不能让她知道我在彼得那里连一个小光点儿都算不上。

"没事的。"她挥挥手，"人们该是什么样就是什么样，你知道吗？我遇见你的时候就能看出来，"她继续说，"你是一个有想法的人。你走过的路，都被你记在心里。"

我还没有习惯这种直接的关注，尤其是来自一个女孩的关注。这种关注通常是男孩子的眼神瞄上了我，然后又带着歉意离开。我放任地想象着自己是一个有想法的人。苏珊的神色起了变化，我能看出这是她打算离开的前兆，但是我想不出该怎样扩大我们的交集。

"嗯，"她说，"我得去那儿了。"她冲一辆停在阴凉地的汽车点了点头。那是辆劳斯莱斯，上面覆满了泥尘。她看到我困惑的表情，笑了一下。

"我们借来的。"她说，似乎这句话就解释了一切。

我目送她走远，没有试图留住她。我不想太贪心，我对已得到的任何东西都应感到快乐。

4

母亲又开始约会了。第一个男人,自我介绍说叫维斯马亚,经常用鹰爪一般的手指按摩我母亲的头皮,还告诉我我的生日位于水瓶座和双鱼座相交的那一天,意味着我的两个信条是"我相信"和"我了解"。

"是哪一个?"维斯马亚问我,"你相信你所了解的,还是你了解你所相信的?"

接下来是一个驾驶小型银色飞机的男人,他告诉我隔着衬衣能看到我的乳头,他说得很直率,好像这是什么有帮助的信息。他给原住印第安人画粉彩肖像,希望我母亲能帮他在亚利桑那州开一家博物馆专门展出他的作品。第三个男人是个来自蒂伯龙[1]的房地产开发商,他带我们出去吃中国菜,总鼓励我

---

1 蒂伯龙:Tiburon,加州马林郡的城镇,在旧金山北部,隔湾相望。

见他的女儿，一遍又一遍地说他确定我们能打得火热。然后我发现他的女儿才十一岁。康妮看见了一定会笑，条分缕析他怎样把饭嚼得粘满了牙，不过自从那天我从她家离开就再也没有和她讲过话。

"我十四岁。"我说。那个男人看着我的母亲，她点了点头。

"当然了，"他说，嘴里呼出一股浓烈的酱油味儿，"我看你现在其实已经是个大人了。"

"对不起。"我的母亲隔着桌子做了个口型，但当那个男人转身喂她一叉子看起来黏糊糊的荷兰豆时，她像等待被喂食的小鸟一样顺从地张开了嘴。

在这些约会里，母亲让我心生同情，这同情是新鲜的，让我不舒服，但同时又觉得理应携带在身上——一个丧气的私人责任，就像身上的疾病。

我父母曾办过一场鸡尾酒会，就在离婚前一年。这是父亲的主意——他离开之前，母亲并不热衷于社交，每逢聚会或活动，我都能感觉到她深深的焦虑，她将那种不安强行转化成脸上僵硬的笑容。那场晚会是为了庆祝我父亲找到投资者。我觉得那是他第一次从别处赚钱而不是拿我母亲的钱，他在兴奋头上有点儿忘了形，客人还没到，他就喝起酒来了。他头发上的维塔利斯定型水抹得透湿，散发出浓厚的父亲般的香味，呼吸时喷着酒气。

母亲用番茄酱做了中国叉烧排骨，上面覆着一层光，像涂了漆似的。还有罐头橄榄、黄油坚果、奶酪条、柑橘做的泥状甜点——这是她在《麦考尔》[1]上看到的食谱。客人到来之前，她一边抚平身上的花缎裙子，一边问我她看起来如何，我记得当时被这个问题惊到了。

"很漂亮。"我说，心里一阵无名的烦乱。她允许我喝一点儿粉红色雕花玻璃杯里的雪利酒。我很喜欢杯身上丑丑的褶皱，于是又偷喝了一杯。

来的人大多是父亲的朋友，他另一种生活的宽广让我吃惊，这是我只能站在界外观望的生活。因为这里的人似乎都认识他，他们和他一起用午餐，去金门马场，谈论桑迪·库法斯[2]，通过这些构起了他的形象。母亲紧张地徘徊在餐具桌旁，摆出一副副筷子，却没有人愿意使用，看得出这让她有些失望。她力劝一个身材魁梧的男人和他妻子尝试用筷子，他们却摇摇头，那个男人还开了个什么玩笑，我没有听清。我看见母亲的脸庞滑落一丝绝望。她也开始喝酒了。在这种聚会上，每个人都会很快喝醉，所有的谈话都变得蒙上了一层模糊的雾。早些时候，我父亲的一个朋友点了根大麻，我看见母亲的表情从不喜欢滑到耐心的纵容。天光变得暗淡起来。妻子们都仰头

1《麦考尔》：McCall's，美国超级流行的女性杂志，20世纪60年代达到顶峰。
2 桑迪·库法斯：Sandy Koufax，美国20世纪60年代传奇棒球手。

盯着一架飞过上空的飞机,飞机划着弧线飞往旧金山。有人在泳池里丢了一个玻璃杯,我看着它慢慢漂晃,然后沉入池底,也可能是一个烟灰缸。

我在聚会上四处游荡着,感觉像个小了不少的孩子,既想要隐身,又巴望着以邻近的方式参与其中。一些小小的事情就足以让我高兴,比如给别人指卫生间的位置,把黄油坚果包进餐巾纸里,坐在游泳池边吃掉,一颗接一颗,细盐粒沾满了指头。我享受着作为小孩的自由,没有人从你身上期待任何东西。

塔玛那天接我放学之后,我就没见过她,我记得看到她来时感到一阵沮丧——有她在场见证,我就必须表现得像个大人了。她带了个男人来,比她大点儿。她把他介绍了一圈,和别人寒暄握手,亲吻对方的脸颊。每个人似乎都认识她。我嫉妒地看着,在塔玛和别人说话的时候,她男朋友把手搁在她背上,就放在她上衣和裙子间银白色的皮肤那儿。我想让塔玛看到我在喝酒。等她去吧台时我就跟了过去,又给自己倒了一杯雪利酒。

"我喜欢你的套装。"我被胸腔里的灼热推着向她说道。她背对着我,没有听见。我又重复了一遍,她被吓了一跳。

"伊薇,"她说,表现出了足够的喜悦,"你吓了我一大跳。"

"抱歉。"我觉得自己很蠢,穿的连衣裙也笨拙。她的套装崭新又鲜艳,上面紫罗兰色、红色、绿色的钻石泛着粼粼的光。

"聚会真有意思。"她说,眼睛扫视着人群。

我还没想好怎么回答,本来想说句俏皮话,表明我知道提基[1]火把很傻,这时我母亲加入了谈话。我立刻把酒杯放回桌上。我恨这种感觉:塔玛来之前的舒服自在,现在全转化成了痛苦的警觉,屋子里的每样摆设、父母的每个小细节,好像我对这一切都负有责任似的。母亲让我尴尬,她的宽下摆连衣裙和塔玛的衣服相比显得过时了,她热切地向塔玛打招呼,脖子上因为紧张起了红斑。她们礼貌地叽叽喳喳,我趁她们不注意,偷偷溜走了。

我感到恶心、反胃,又被太阳晒得不舒服。我想坐在一个地方,在那里我不需要跟任何人说话,也犯不着去追踪塔玛的视线,更不想看见我母亲边用筷子,边兴高采烈地宣布其实没那么难,即使她夹住的柑橘又掉回了盘子里。我真希望康妮也在这儿——那时候我们还是朋友。我在泳池边的位子被一群七嘴八舌的妻子占了。隔着院子我听见父亲突然迸发的一阵大笑,他周围的一群人也跟着笑了。我笨手笨脚地把裙子往下拉了拉,想念着手上杯子的重量。塔玛的男朋友就站在附近,吃着排骨。

"你是卡尔的女儿,"他说,"对吧?"

---

[1] 提基:Tiki,新西兰毛利文化中的人形木雕或石雕。

我记得当时奇怪为什么他和塔玛走散了，就一个人站在那儿，从盘子里汲取力量。更奇怪的是他居然想和我讲话。我点了点头。

"房子不错，"他嘴里塞满食物说道，嘴唇因吃排骨而油亮油亮的。他挺英俊，却有种卡通般的滑稽感，他的鼻孔有些外翻，下巴上多出一圈肉。"面积可真大。"他补充道。

"这是我外祖母的房子。"

他换了个眼神。"我听说过她，"他说，"你的外祖母，我小时候经常看她的电影。"直到那一刻我才意识到他醉得多厉害，他的舌头不听话地在嘴里打着转，"她在喷泉里发现短吻鳄的那一段，真是太经典了。"

我习惯了人们说起我外祖母的时候饱含深情。他们的钦慕溢于言表，告诉我他们是看着电视屏幕里的她长大的，她从屏幕上闪耀进他们的客厅，就像成了另一个更好的家庭成员。

"这就说得通了，"塔玛的男朋友环顾四周说道，"这是她的地方。因为你老爹买不起，不可能的事。"

我反应过来他是在侮辱我父亲。

"真是奇怪，"他说，用手擦了擦嘴，"你母亲怎么受得了。"

我的表情一定很空洞。他冲着塔玛晃了晃手指。她还在吧台那边，父亲也跟了过去，和她站在一起。母亲不知影踪。塔玛晃动玻璃杯时手镯乱响着，她只是在和我父亲说话，并没有什么异常发生。我不明白为何她的男友笑容里带着那么多的痛恨,他在等我说点儿什么。

"能夤到手的你父亲都要夤。"他说。

"我可以把你的盘子拿走吗?"我问他,我太过震惊,都忘了退缩。这是我从母亲那里学到的:还以礼貌,用一种文雅的姿态切断痛苦,就像杰奎琳·肯尼迪那样。这是属于她们那一代人的美德,是一种转移不适的能力,用礼节把它拍平。可是现在那一套已经过时了,我看到他递给我盘子时眼神里某种类似蔑视的东西,不过这也可能是我的想象。

天黑之后,聚会结束了。有几束提基火把还在燃烧,跃舞的朦胧的火焰飘升进深蓝色的夜空里。一辆辆色彩鲜艳的大汽车在车道上笨重地行驶,父亲与人们大声道别,此时母亲正叠放用过的餐巾,刷洗橄榄核,洗碗池里有别人的口水,沾在她摊开的手掌上。我的父亲重新打开了唱片机,我透过卧室窗户里看到他想邀我母亲跳舞。"我将遥望明月……"他唱着。那个时候,月亮迢遥的脸上还寄托了那么多的遐想。

我知道我应该恨父亲。但我只感到蠢,也感到尴尬——不是为他,而是为母亲。那些尴尬的时刻:她抚平宽下摆裙子,问我她看起来如何。有时候她牙齿上沾了食物,我告诉她的时候,她的脸红了。那些父亲回家很晚的时候,她站在窗前,盯着空空如也的车道,试图从中解读出新的意义。

她一定知道发生了什么——她没法不知道——但是无论如

何，她需要他，就像康妮跳起来去抢亨利手上的啤酒，明知道自己会看起来很蠢。即使是塔玛的男朋友，也用他狂热的、无底洞似的欲望在那儿大嚼特嚼，快得都来不及咽下去，他知道饥饿会怎样暴露一个人。

  酒劲儿渐渐过去，我又困又空虚，很不舒服地被扔回了自己身上。我嘲弄一切：我的留着儿时痕迹的房间，桌子周围的蕾丝花边。塑料唱片机上粗短的胶木把手，总是粘着我腿后面的豆袋椅亮得像上面有层水。宴会上摆着的热切的各式开胃菜，男人们身上的夏威夷花衬衫，穿出了节日般的喧闹。所有这一切加在一起似乎能解释为什么我父亲想要别的东西。我想象着塔玛的喉咙处系着一圈缎带，躺在帕洛阿尔托某处狭小的公寓里的地毯上。我父亲也在那儿——或许正坐在椅子上望着她？塔玛的粉红色口红电光石火地引人堕落。我想恨她却恨不起来，我连父亲也恨不起来。可以恨的只剩母亲，是她放任这一切发生的，软弱得像任人揉捏的面团。她只知道奉上财物，每晚按时做饭，难怪我父亲想要点儿别的东西——塔玛有分量的意见，她的生活就像一场关于火热夏天的电视秀。

  那个时候我把结婚想象得简单，一厢情愿。在那个时刻，有一个人承诺要照顾你，承诺在你悲伤、在你累了、在你讨厌吃一股冰箱味儿的食物的时候，他都会看在眼里，他还承诺你们在生活中将并肩前行。我母亲一定知道发生的事，但还是留下来了，可这一切对于爱来说又意味着什么呢？爱永远都不是安全的——歌里所有那些悲伤的副歌绝望地吟唱着："你不像我爱你那样地爱我。"

最可怕的是，你无法察觉到这一切的源头，找不到事情发生变化的瞬间。目光流连在穿低胸裙女人的后背上，虽然明知妻子就在另一个房间里。

当音乐停下来时，我知道母亲会过来道晚安。这是我一直害怕的时刻——我不得不注意到她枯萎的鬈发、她嘴唇周围晕开的口红。敲门声响起，我打算装睡，但是房里的灯还亮着，门慢慢地开了。

她微微做了个鬼脸："你衣服还都穿着呢。"

我本来可以不理她或是开她个玩笑，但我不想再给她痛苦了，至少那时不想。我坐了起来。

"聚会很不错，对不？"她说，靠在门框上，"排骨做得挺好的，我觉得。"

也许我真心诚意地认为我母亲想知道，也许我是想让她安慰我，给一个大人般的总结，好让我平静下来。

我清了下嗓子："有事情发生了。"

我感觉到门口处她的紧张。

"噢？"

后来想起这一幕就让我身上一凛。她一定已经知道要发生什么，一定在希望我不要说出来。

"爸爸，"我转向鞋子，专心致志地弄着搭扣，"和塔玛说话了。"

她呼出了一口气。"然后呢？"她露出一丝微笑，看起来波澜不惊。

我很疑惑，她一定知道我的意思。"没有了。"我说。

我母亲看着墙说："唯一不好的就是点心。下次我要换雪球，椰蓉雪球。那些柑橘点心太硬了，根本吃不下。"

我沉默着，震惊让我变得小心谨慎。我脱掉鞋子，把它们并排挨着放在床下。我小声道了晚安，斜伸过头接受她的亲吻。

"需要我关灯吗？"我母亲在门口停了一下，问道。

我摇摇头。她轻轻关上门。她是那样小心翼翼，先转动门把手，这样锁芯只咔嗒了一声门就关上了。我盯着自己发红的脚，上面印着鞋子的轮廓。这双脚被勒得多不像样子，多奇怪，全都走了样，谁会喜欢一个脚长成这样的人呢？

母亲说起父亲走后约会过的男人时，带着重生般的极度乐观。我看见她为此所做的虔诚努力：在起居室里铺的浴巾上做锻炼，紧身衣上一道道的汗迹；舔一下手掌再闻一下，看有没有口气。她出去约会的那些男人，脖子上长着疖子，原是刮胡子时割破的伤口；那些男人在结账的时候摸索着钱包，但在我母亲拿出她的航空旅行卡时露出感激的神情。她发现男人们喜欢这样，似乎对此也很满意。

在我们和这些男人共进晚餐的时候，我会想起彼得。也许他此刻在陌生的俄勒冈小镇上，和帕米拉睡在一间地下室公寓里。奇怪的是，我的嫉妒中还混杂着一种对他们两个人的保护欲，还有对帕米拉肚子里孕育的小生命的。我明白，只有那些女孩会被烙上爱的印记，就像苏珊，仅仅是她的存在就在要求那种回应。

那些男人里母亲最喜欢的是位淘金者。或者说弗兰克是那么介绍自己的，他笑起来的时候，一星唾沫从嘴角飞射出来。

"很荣幸见到你，亲爱的。"第一个晚上他说，用粗壮的胳膊把我揽到怀里，给了我一个笨拙的拥抱。母亲有些轻飘飘的，也有点儿醉了，仿佛生活是一个富含金矿的世界，一块块的金子不是藏在河床中，就是堆聚在岩壁底下，像摘桃子一样唾手可得。

我听见母亲告诉萨尔弗兰克还没离婚，不过也快了。我不知道这是不是真的。弗兰克看起来不像那种会放弃家庭的人。他穿的衬衣缀着奶油色扣子，肩膀那里是红色针线绣的朵朵牡丹花，凸在上面。我母亲表现得很紧张，不断地摸头发，指甲在门牙上来回滑着。她看着我，又看向弗兰克。"伊薇是个很聪明的女孩子，"她说，声音大得有些过分，但我依然很开心听到她这样说，"她在卡特林娜一定会大放光彩的。"

卡特林娜是我要去的寄宿学校，但我觉得离九月份好像还有好几年似的。

"脑子好使，"弗兰克用洪亮的声音说，"那儿出不了错，对不对？"

我不知道他是不是在开玩笑，我母亲似乎也不知道。

我们在餐室里沉默地吃一道砂锅菜，我挑出其中的豆腐，把它们在盘子上堆成一摞。我看着母亲把话咽了下去。

弗兰克长得挺好看，还能逗我母亲开心。但他的衬衣有些奇怪，太花哨，太女气。他没我父亲英俊，但仍然是英俊的。我母亲不停地伸出手用指尖触碰他的胳膊。

"十四岁，是吗？"弗兰克说，"我打赌你肯定有好多男朋友了。"

大人们总拿有男朋友开我玩笑，不过到了某个年纪这就不再是玩笑了，你会想到男孩子们可能真的会想要你。

"噢，有大一堆。"我说。母亲竖起耳朵听着，察觉出了我语气里的冰冷。弗兰克似乎并没注意到，冲我母亲灿烂地笑着，拍了拍她的手。她也在笑，像戴了张面具，目光越过餐桌在我和他之间来回穿梭。

弗兰克在墨西哥有金矿。"那儿没有法规，"他说，"劳动力也廉价。基本上是十拿九稳的事了。"

"你发现了多少金子？"我问，"我的意思是到目前为止。"

"这个嘛，一旦所有设备到位，我能开发一吨。"他从酒杯里喝了一口,指纹在杯子上留下了油腻腻的鬼影。母亲在他的注视下变得柔软,肩膀放松下来,嘴巴微微张着,那天晚上她显得格外年轻。我对她产生了一种怪异的母爱般的同情,这种不舒服的感觉让我不禁打了个寒战。

"也许我会带你们去那儿,"弗兰克说,"你们俩都去,来一场小小的墨西哥之旅。头上插满鲜花。"他屏着呼吸打了个嗝,又咽了下去。我母亲脸红了,手中的酒摇晃着。

母亲很喜欢这个男人。每天做她的那些蠢锻炼,为的是在他面前光着身子的时候也好看。她每天梳洗得干干净净,抹上香膏,脸上满是对爱的渴望。想到母亲需要别的东西,我心里一阵痛,我看着她,想对她笑,让她知道我们很好——就我们俩。但她看的不是我,而是警觉地盯着弗兰克,等着接受弗兰克给的不管什么东西。我的手在桌子下面紧紧攥在一起。

"你老婆怎么样?"我问。

"伊薇。"我母亲压低嗓音制止。

"没关系,"弗兰克抬起双手说,"这个问题很公平。"他使劲揉了揉眼睛,然后放下叉子,"这个事情挺复杂的。"

"也不是那么复杂。"我说。

"你这孩子真没礼貌。"我母亲说。弗兰克把手按在她肩膀上,但是她已经站起来,开始清理盘子,脸上挂着一种冷酷又漠然的忙碌。弗兰克递给她盘子时关切地微笑了一下,把他干燥的手放在牛仔裤上擦了擦。我没看母亲也没看他,撕着指甲边上的皮，直到撕出一道满意的口子。

我母亲离开房间后，弗兰克清了清嗓子。

"你不该让你母亲这么生气，"他说，"她是一位很善良的女士。"

"不关你的事。"我指甲边上的表皮流了一点儿血，我按着伤口，感受那种刺痛。

"嘿，"他说，他的声音很随和，好像正试着和我交朋友，"我知道了，你想离开这个家。和老妈一起住腻了，是吗？"

"可笑。"我做口型说。

他没明白我说了什么，但是他知道我没像他期望的那样回答。"咬指甲是个丑陋的习惯，"他热燥燥地说，"一个丑陋、肮脏的习惯，下等人才会这么做。你是一个丑陋的人吗？"

我母亲重新出现在门口。我确定她什么都听到了，现在她知道弗兰克不是好人了。她应该会很失望，但是我决心要更加体贴，为这个家多做一点儿事。

但是我母亲只是把脸皱了起来："发生了什么事？"

"我只是在告诉伊薇她不该咬指甲。"

"我也告诉过她，"我母亲说，她的声音透露出不安，嘴唇抽搐着，"她会生病的，把细菌都咽下去了。"

我在脑子里把每种可能性都想了一遍。我母亲只是在拖延时间，她需要想个好办法，把弗兰克赶出我们的生活，告诉他轮不到他来管教我。但当她坐下来让弗兰克按摩她的肩膀，甚至靠在他身上时，我明白事态会往什么方向走了。

弗兰克去洗手间的时候，我想着她可能会跟我道歉什么的。

"这件衬衣太紧了，"她低声严厉地说，"不是你这个年龄该穿的。"

我张开嘴想说话。

"明天我要和你谈谈，"她说，"你最好做个准备。"她听见弗兰克返回的脚步声，给了我最后一眼，然后起身去会他了。他们把我一个人留在桌边，头顶的灯光照在我的胳膊和手上，又严厉又讨人厌。

他们去走廊里坐着，母亲把烟蒂丢进美人鱼锡罐里。我在卧室中听到他们断断续续聊天到深夜，母亲笑得没心没肺又肆无忌惮。他们抽的烟从窗前飘过，黑夜在我的体内沸腾。我母亲认为生活就像从地上拾金子一样容易，好像一切对她来就是那个样子。现在不会有康妮来宽慰我的痛苦，只有那个让人窒息的永久的自身，那个麻木、绝望的同伴。

后来我才试着从不同的角度理解母亲。和父亲一起的十五年让她的生活留下了巨大的空白，她需要学着去填补，就像中风患者重新学习汽车、桌子、铅笔这些单词一样。她害羞地盯着镜子里的自己，如同在解读神谕，像一个青春期女孩那样百般挑剔又满怀希望。她努力地吸气收腹，好能拉上新买的牛仔裤拉链。

※※※

早上我走进厨房,发现母亲坐在桌边,碗里的茶已经喝干,留下碗底点点渣滓。她嘴唇紧闭,一副受伤的眼神。我经过她时没有说话,打开一袋咖啡粉,深紫色的粉末香气浓郁,母亲用这个替换了父亲喜爱的桑卡咖啡[1]。

"昨天晚上是怎么回事?"能看出她尽力保持冷静,但话还是夺口而出。

我把咖啡粉倒进咖啡机,扭开火炉,脸上保持着佛教徒般的平静,不为所动地继续煮咖啡。这就是我最有力的武器,我能感觉到她越来越激动。

"好啊,现在你倒是安静了,"她说,"昨晚你对弗兰克太无礼了。"

我没有任何反应。

"你想我过得不开心,是不是?"她站起来,"我在和你说话呢。"她说,伸手啪的一声把炉子关了。

"嘿。"我说,但是看到她的脸时我就立刻闭嘴了。

"你为什么不让我拥有一点儿东西呢?"她说,"哪怕只是一样小东西。"

"他不会离开她的。"我情绪强烈得把自己也吓了一跳,

---

[1] 桑卡:Sanka,美国咖啡品牌,是最早的低咖啡因咖啡。

"他永远都不会和你在一起的。"

"你一点儿也不了解他的生活，"她说，"你什么都不知道，还自以为很了解。"

"噢，对啊。"我说，"金子，对的，那儿有大生意。就跟爸爸一样。我敢肯定他也问你要钱了。"

母亲瑟缩了一下。

"我在你身上努力过了。"她说，"我一直都在努力，但你从来不去努力。看看你自己，什么都不做。"她摇摇头，裹紧身上的睡袍，"你等着吧。生活很快就会落到你头上，然后呢，你还会是原来那个自己，没有追求，没有动力。在卡特林娜你有一个真正的机会，可你必须努力。你知道我母亲像你这么大的时候都在做什么吗？"

"你从来没做过什么！"我体内某个东西打翻了，"你做的就只有照顾父亲。他还离开了你。"我的脸火烧似的，"对不起，我让你失望了，对不起，我这么糟糕，我应该花钱让别人告诉我我有多么了不起，就像你做的那样。你都这么他妈的了不起了，爸爸为什么还要离开你？"

她走过来，扇了我一巴掌，并不重，但足够听到清脆的一声响。我笑了，像个疯子一样，露出太多的牙齿。

"你出去。"她的脖子起了麻疹似的点点红斑，她的手腕细瘦。"出去。"她又低声说道，显得十分虚弱。我箭一般地冲了出去。

※※※

我跨上自行车沿着土路骑去。心怦怦狂跳，眼睛后面被紧压着。我喜欢感受母亲那一巴掌留下的刺痛，过去这一个月来她小心翼翼营造的和善氛围——她煮的茶和赤裸的脚——这一切都在瞬间凝固。很好，让她羞愧去吧。她上的那些课、清的那些肠、读的那些书，都没有一丁点儿作用。她一直都是过去那个软弱不堪的人。我踩得更快了，喉咙里像有一团麻。我可以去 Flying A 买一袋星形巧克力，还可以去看场电影，或是沿着那条暑气蒸腾的河流走走。我的头发在干热的空气里有些飞扬，憎恨在我心中不断加固，几乎变得美好了，它是那么大，那么纯净而激烈。

我愤怒的踩踏突然间松懈了：链条从齿轮上滑了出来。自行车慢慢减速。我陡地一下把车停在火热路上的尘土中，腋窝、膝盖窝都在流汗，毒辣的阳光刺透橡树，投下格子状的光斑。我努力控制不哭出来。我蹲在地上装链条，眼泪掠过眼眶，风吹得眼睛蜇痛，手指上沾满了黏腻的油。齿轮太难咬合，链条又滑了下来。

"肏。"我说，又大声骂了一遍。我想踢一脚自行车，好让自己发泄出来，可又觉得那样太可悲了，这心烦难过的表演没有人看。我又试了一次把链条挂在齿轮上，但还是合不上，链条松松垮垮地掉了下来。我干脆让自行车倒在地上，无力地在旁边坐下来。前轮微微打着旋儿，然后慢慢停住。我盯着这辆摊在地上毫无用处的自行车：车架的颜色是"校园绿"，在商店里，这个颜色会幻化出一个健壮的大学男孩，陪你上完夜课后走回家。真是无趣呆板的幻想，这辆车真蠢。我任由失望生长、缠绕，直到回环往复成一曲给庸人的挽歌。康妮大概和梅·洛佩斯在一起。彼得和帕米拉在为他们俄勒冈的公寓添置盆栽，晚餐要吃的扁豆泡在水里。可我有什么呢？我的眼泪顺着脸颊滴落到土里，这是我受苦的满意证明。我体内的空虚可以像野兽一样蜷缩起来。

还没看见车身我就听到一阵轰鸣。那辆黑色巴士在路面上笨重地行驶，车轮扬起阵阵尘土。车窗上布满点子，灰蒙蒙的，里面人影模糊。引擎盖上粗糙地画了一颗心，顶上戴了流水似的睫毛，看起来像一只眼睛。

一个穿着男式衬衣和针织背心的女孩从巴士上走下来，向后甩了甩无光的橘色头发。我能听到别的声音，车窗那边一阵骚动。一张月亮似的圆脸出现在窗口，看着我。

那个女孩的声音平淡单调。"发生什么事了？"她说。

"自行车，"我说，"链条坏了。"那个女孩用穿着凉鞋的脚尖碰了碰轮子。我正要开口问她是谁，就看到苏珊从车门台阶上走下来，我的心骤然翻涌起来。我站起身想擦掉膝盖上沾的土。她笑了一下，但看着有些心不在焉，我意识到必须得提醒她一下我的名字。

"在东华盛顿那家商店里我见过你。"我说,"就是那一天……"

"噢,是啊。"

我期待她对我们两人再次相逢的奇遇说些什么,但她看起来有些无聊的样子。我一直瞟她,想提醒她我们的那次对话,她是怎样说我是一个有想法的人。但她没有与我真正对视。

"我们看见你坐在那儿,就想,真糟糕,可怜的家伙。"红头发的女孩说道。这是唐娜,我后来知道的。她看着略有些疯疯癫癫的,看不见眉毛,这让她的脸有种异样的空白感。她蹲下来检查我的自行车。"苏珊说她认识你。"

我们三个一起试着把链条装上了,自行车被支起来时,我闻到了她们身上的汗味。车子倒下的时候把齿轮弄弯了,链条怎么都挂不上去。

"龠,"苏珊叹了一口气,"真是一团糟。"

"得用钳子或者别的工具。"唐娜说,"现在是修不好了。干脆把它放车上,你和我们去玩一会儿吧。"

"我们把她送到镇上就好了。"苏珊说。

她的声音尖刻,就像我是什么需要清理掉的脏东西。尽管如此,我还是很开心。我已经习惯了自己喜欢的人从来没喜欢过我。

"我们要过夏至节。"唐娜说。

我不想回母亲身边,在那儿我只能孤苦伶仃地守着自己。我感觉,如果这次我让苏珊离开,就再也见不到她了。

"伊薇也想来。"唐娜说,"我能看出她有这个打算。你喜欢找乐子,对吗?"

"算了吧,"苏珊说,"她还是个孩子。"

我心中立刻涌起一阵羞愧,于是撒了个谎:"我十六岁。"

"她十六岁了,"唐娜重复了一遍,"你难道觉得拉塞尔不想让我们好客一点儿吗?要是我告诉他我们不那么好客,我想他会失望的。"

我没有从唐娜的声音里听出威胁的意思,只是以为她在开玩笑。

苏珊起初紧闭着嘴唇,最后终于笑了。

"好吧,"她说,"把自行车放后面吧。"

我发现这辆巴士里面是被撤空了又重新布置的,地上积了层脏东西,装饰一如那个年代流行的,弄得过了头——地板上拼着一块块东方风格的地毯,积尘太多而成了灰色,旧货店淘的坐垫上的毛掉得差不多了。线香的味道充斥在空气中,水晶棱柱叮当地敲撞着窗户。纸板箱上潦草地画满了蠢话。

车上还有其他三个女孩,她们热切地望着我,一股粗野的专注劲儿,我把这理解成恭维。她们上下打量我,手上的香烟燃着，一种节日般的、有无穷时间的调调。车厢里还有一麻袋绿色的土豆、面团似的热狗面包和一板条箱湿乎乎的熟透的番茄。"我们在跑吃的。"唐娜说，尽管我不太明白那是什么意思。我的思绪被这突然的转运占据，同时感觉到腋窝的汗慢慢滑下。我等着被她们认出来，被当成一个不属于这里的闯入者。我的头发太干净，我不断地微微点头致意以表示礼貌，而这对于她们来说不值一哂。我的头发挡住了我望向窗外的视线，更加强了这种错位感——这种置身在这辆古怪的巴士里的突兀。后视镜上挂着一根羽毛和一串小珠子，仪表盘上放着一束风干的薰衣草，已经被太阳晒褪了色。

"她要来夏至节了，"唐娜像铃声歌唱，"夏天的至节。"

现在还是六月初，我知道夏至在月末，但我什么也没说。这是此后多次沉默的第一次。

"她要当我们的祭品，"唐娜咯咯笑着告诉其他人，"我们要把她献上祭坛。"

我看向苏珊——尽管我们只有短暂的交情，但这似乎批准了我可以待在她们中间——她远远地坐在一边，被那筐番茄吸引住了。她按按番茄的表皮，把腐烂的挑出来，赶走飞舞的蜜蜂。后来我意识到，她们在路上遇见我，苏珊是其中唯一一个没有兴高采烈的人。她的感情里有种正式和距离。我只能把它想成是对我的保护，因为苏珊知道我内心的脆弱，它亮着光，看去一览无余：她知道脆弱的女孩子会遇到什么事。

唐娜把我介绍了一圈，我努力记住她们的名字。海伦看起来和我年纪相仿，不过这也可能是因为她的双马尾辫。她挺漂亮，是家乡漂亮姑娘那种年轻的美，狮子鼻，她的相貌看着挺容易接近，但这好脾气有明显的期限。露丝，"罗斯福的简称，"她告诉我。"就是富兰克林·D.罗斯福的那个姓。"她比其他女孩年纪都大一点儿，一张圆脸红扑扑的，像是故事书里的角色。

我记不起那个开车的高个女孩的名字：那天之后我再也没见过她。

唐娜腾出一个空地来，拍打着绣花垫子上凸起的疙瘩。

"来这儿坐。"她说。于是我坐在那个让人发痒的鼓包上。唐娜看起来有些古怪，稍有些笨手笨脚的，但是我喜欢她。她所有的贪心和小气从表面上就能看到。

巴士颠簸着往前开：我肚子里紧成一团，但当她们传给我一大罐廉价红酒时，我还是接住了，红酒溅在了手上。她们看起来很开心，笑着，说话声有时会蹦成一段歌，像围着篝火的露营者似的。我收集着她们的特别之处——她们牵手时没有一丁点儿的自觉状；会随口说出"和谐""爱""永恒"这样的字眼；海伦表现得像个幼儿，拉着辫子，说话也是娃娃音，她会突然一头歪在露丝的大腿上，好像能通过撒娇让露丝照顾她似的。露丝也不抱怨，她看起来并不在意，挺和善的。露丝的双颊粉扑扑的，细弱的金发掉进了眼睛里。不过后来我认为她的脸也许没那么和善,那个本应该和善的地方更多的只是无声的空白。唐娜问我关于我自己的问题,其他人也问,源源不断的问题。我喜不自禁,发现自己正处于她们注意力的中心。出于无法解释的原因,她们看起来很喜欢我,这种感受既新奇又令人欣喜,我不想对这份神秘的礼物刺探过深。我甚至把苏珊的沉默也看成一种欢迎方式,想象着她很害羞,和我一样。

"真好。"唐娜说,摸了摸我的衬衣,海伦也捏着我的一只袖子。

"你就像个娃娃,"唐娜说,"拉塞尔会很爱你的。"

她就那样抛出了他的名字,似乎无法想象我有可能会不知道拉塞尔是谁。海伦一听到他的名字就咯咯笑了起来,愉快地转动肩膀,像在吸吮着什么甜东西。唐娜看见我眼中闪过的不确定,笑了。

"你会爱他的,"她说,"没有人能像他一样。不瞎说,在他身边,就像是自然地 high 了,就像是太阳或者是别的什么,就有那么大,那么对劲。"

她看了我一眼以确保我在听,看到我的确在听,她似乎很开心。

她说我们要去的地方与一种生活方式有关。拉塞尔教她们怎样发现真理之路,怎么样把盘绕在体内的真实自我解放出来。她说起一个叫作盖伊的人,他曾是一个驯鹰人,但是后来加入他们的组织,现在想成为一名诗人。

"我们遇到他的时候,他正在搞什么奇怪的饮食法,只吃肉。他觉得自己是个恶魔之类的东西。但是拉塞尔帮助了他,教会他怎样去爱。"唐娜说,"每个人都有爱的能力,都能超越那些乱七八糟的东西,但是有太多东西把我们挡住了。"

我想象不出拉塞尔是个什么样的人。在我有限的经验里,只能以我父亲或者我喜欢过的男孩们做参照物。那些女孩说起拉塞尔的态度完全不一样,她们的崇敬是实实在在的,没有一点儿嬉笑的少女的憧憬。她们的这种确信毫不动摇,召唤出了拉塞尔的力量和魔法,仿佛它们已被广为认同,就像月亮的潮汐引力,或地球的绕轨而行。

唐娜说拉塞尔不同于其他任何人类。他能从动物那里接收信息,能用他的手治愈疾病,把你内心腐坏的部分像肿瘤一样清除得干干净净。

"他能看见你的每一部分。"露丝补充道,好像这是什么好事似的。

想到我有机会被人洞察、被人评判,关于拉塞尔,我可能会有的任何担忧和疑虑,都被这种渴望挤掉了。在那个年纪,对我来说首要的事就是等待被评判,这让我在与他人的每次互动中都把权力交给了对方。

她们说起拉塞尔时脸上闪现了性的暗示,有种毕业舞会上的轻佻。我明白她们都和拉塞尔睡过,但没有一个真正说出来。这种安排让我脸红了，内心受了震动。她们似乎并不嫉妒彼此。"一颗心不应该把任何东西据为己有，"唐娜又似铃声般地吟唱，"那不是爱该有的样子。"她说，捏了捏海伦的手，互相递了一个眼神。尽管苏珊大部分时候都很沉默，也没和我们坐在一起，但在提到拉塞尔时，我看见她的神色变了。她眼里有一种妻子般的温柔，让我也很想体验这种感受。

巴士在阴影和阳光中交替驶过，我注视着熟悉的小镇从窗外掠去，那时我或许暗自微笑了一下。我在这个地方长大，对它了解得那么深，以至于我都不知道大部分街道的名字，来去靠的是一些标志物，或是眼里的或是记忆中的：那个我母亲穿着粉紫色长裤套装崴了脚的街角，那片看起来总有点儿像鬼魅附体的树丛，那家遮蓬扯破了的药店。我坐在这辆陌生的巴士上，旧毯子起的毛球硌着腿，向窗外看去，家乡变得焕然一新。把它抛在身后是件很容易的事。

她们商量着夏至节的计划。海伦双膝跪着，扎紧辫子，习惯性地开心、轻快。她们兴奋不已地描绘着到时要换上的服装，还有拉塞尔编的某首傻不拉几的夏至歌。有个叫米奇的人给她们充足的钱买酒，唐娜说到他的名字时让人疑惑地强调了一下。

"你知道的，"她重复了一遍，"米奇，就是米奇·路易斯？"

我想不起来这个名字，但我听说过他的乐队——我在电视上看过，他们在一个演播厅现场的炽热灯光下演奏，额头上的汗如涓涓细流。演播厅的背景是一蓬金属片，舞台旋转着，乐队的成员也跟着旋转，看起来就像珠宝盒里的芭蕾舞女。

我装作无动于衷的样子，心里却暗暗想着，原来我一直猜想的世界真的存在，这个世界里，你可以不带姓地叫那些有名的音乐家。

"米奇和拉塞尔一起录过一段音乐，"唐娜告诉我，"拉塞尔让他着了迷。"

我又一次看到她们对拉塞尔的钦佩和坚信。我嫉妒这种信任——有一个人可以把你生活中的空白缝补起来，把你的每一天都和下一天连缀在一起，让你觉得身下有张网兜着。

"拉塞尔也会像他那样大红大紫的，"海伦补充道，"他有一个唱片交易。"就像是她在复述一个童话，但这比童话还要美妙，因为她知道这会成为事实。

"你知道米奇是怎么称呼拉塞尔的吗？"唐娜梦幻般地做着鬼手，"巫师。是不是很酷？"

我在农场待了一阵子，看到了人们是怎样谈论米奇的，还有拉塞尔即将达成的唱片交易。米奇是他们的守护圣徒，为农场送来三叶草乳业[1]的货品，好让孩子们能补充钙质，给这里提供经济支持。我知道全部的故事是在很久以后。米奇

---

1 三叶草乳业：Clover Dairy，美国著名乳业公司，始创于1898年。

是在贝克海滩[1]一个爱情集会之类的场合里遇见了拉塞尔。当时拉塞尔穿着他的鹿皮衣，背上挂着一把墨西哥吉他出席了这次集会，身边簇拥着他的女人们，带着《圣经》里所述的贫穷神气四处讨钱。寒冷、幽暗的沙子，篝火，米奇处在前后两张唱片之间的休息期。一个戴卷边帽的人料理着一锅冒着蒸汽的蛤蜊。

我后来得知米奇正经历一场危机——他与一个儿时就是好友的经纪人陷入了金钱纷争，因为大麻案而被抓的新闻虽然被按了下去，但他毕竟被抓了。拉塞尔一定看上去像来自更真实的世界的公民，他煽起米奇的负罪感——对那些金唱片，对那些用有机玻璃铺成的游泳池边上的聚会。拉塞尔奉上神秘的救赎，拉塞尔说话时，那些年轻女孩垂下满含崇拜的眼睛更强化了这种效果。米奇把拉塞尔一行人邀请到他在蒂伯龙的房子里，任她们扫荡冰箱，蜂拥进客房。她们喝光一瓶瓶苹果汁和粉色香槟，在他的床上留下泥巴印，肆无忌惮得像占领军。到了早上，米奇开车把她们送回农场。那个时候拉塞尔就已经成功地引诱了米奇，他柔声地说着真理和爱，那些咒语对寻求寄托的富人格外有效。

我相信那天那些女孩告诉我的一切，她们闹嚷嚷一窝蜂地说着拉塞尔的不凡，言语中满是骄傲。很快，只要他一走上

---

[1] 贝克海滩：Baker Beach，旧金山的公共海滩。

街，人们就会把他围得水泄不通，他会告诉整个世界如何获得自由。事实的确是米奇为拉塞尔安排了录制唱片的商谈，他想着可能公司会觉得拉塞尔的调调在那会儿是有意思的。这些是我后来才知道的，但是商谈进行得不顺利，未达成的结果是传奇性的。其他所有事都发生在这之后。

有一些在灾难中活下来的人，他们讲事故的时候从不以龙卷风警报或船长宣布发动机失灵开始，而是从一个更早的时间线讲起。他们坚持认为自己当天早上看到的阳光有异样，或床单上有太多静电，甚至与男朋友发生无谓的争吵，就像灾难的预感会主动织进事发之前的每件事里。

我是不是错过了一些信号？一些内心的刺痛？那筐番茄上闪着光爬行的蜜蜂？那条路上的车少得出奇？我记起唐娜在巴士上问我的问题，问得很随意，像事后不经意想到的。

"你听说过什么关于拉塞尔的事没有？"

这个问题让我搞不懂。我并不明白她是为了估摸一下我到底听到了多少传言：那些肉体狂欢，那些使人癫狂的迷幻药，或是离家出走的青少年被迫服侍年长一点儿的男人，还有那些在月光下的海滩上被献祭的狗和沙地里腐烂的羊头。如果我的朋友不是只有康妮，我可能会在聚会上听到关于拉塞尔的几句闲聊，或是厨房里的窃窃私语，可能我会知道应该警惕。

但我只是摇摇头。我什么都没听到过。

5

即使到后来,即使我知道了那些事,要想从第一天晚上看到眼前之外,也是不可能的。拉塞尔的鹿皮衬衣,散发着肉味儿和腐烂味儿,如丝绒般柔软。苏珊的笑在我心中如绚烂烟花,释放着彩色的雾,美丽的、飞舞的火烬。

"到农场的家了。"那个下午我们从巴士上下来时,唐娜说道。

我花了一会儿工夫看清自己是在哪里。巴士已远远地下了高速公路,在土路上一路颠簸,土路的另一头伸进夏日金黄色的群山里,山上扣着一棵棵橡树。眼前是一所老旧的木房子,凸起的玫瑰纹饰和石灰柱使它有种小城堡的情调。这是整个临时生活的一部分,我目光所及的,还有一个牲口棚、一片沼泽似的池塘。六只毛茸茸的羊驼在围圈里打着瞌睡,远处的身影在劈着围栏边上的灌木,他们挥手致意后又弯下腰继续劳作。

"水很浅,不过你还是可以游泳。"唐娜说。

她们真的在这里一起生活,这对我来说似乎很神奇。牲口棚的棚壁上乱爬着日辉牌荧光漆[1]的图符,挂在绳索上的衣服如幽灵一般在微风中飘荡。这里像是一群野孩子的孤儿院。

农场里曾拍摄过一个汽车广告。海伦用娃娃音说:"有一阵子了,不过还是拍过的。"

唐娜用肘轻推了一下我:"这儿挺野的,对吧?"

我说:"你们是怎么找到这种地方的?"

"有个老家伙以前住在这儿,但是屋顶坏了,他不得不搬出去。"唐娜耸耸肩,"我们算是把它修好了。他的孙子就把这个地方租给了我们。"

她解释说,为了挣钱,他们要看养羊驼,给隔壁的农民干活儿,用随身带的小折刀收割生菜,再把主人的东西拉到农民市集上卖,还有向日葵和一罐罐果胶黏稠的柑橘酱。

"一个小时三美元,还算过得去,"唐娜说,"但是钱还是很紧张。"

我点点头,一副理解这种担忧的样子。这时我看到一个四五岁的小男孩朝露丝猛冲过来,如飞机迫降在她腿上。他被

---

[1] 日辉牌荧光漆:Day-Glo,20世纪六七十年代大量应用于音乐、艺术领域,成为反主流文化的符号。

晒伤得很厉害,头发都晒得发白了,戴着他这个年纪早该脱下的尿布。拉塞尔是他的父亲吗?性的念头一闪而过,我胸口涌起一阵恶心。男孩抬起脑袋,像只从睡梦中被惊醒的狗,厌烦地、怀疑地瞟了我一眼。

唐娜往我身上靠过来。"来见见拉塞尔。"她说,"你会爱他的,我发誓。"

"她到聚会上再见他。"苏珊打断我们的谈话。我没注意到她是什么时候走过来的。她突然的接近吓了我一跳。她递给我一麻袋土豆,自己抱着一个硬纸板箱:"我们先去把这堆东西倒在厨房里,为晚宴做准备。"

唐娜噘起嘴,但我还是跟着苏珊去了。

"再见,乖娃娃。"她喊道,飞弹着细瘦的手指,笑着,但并非不友善。

我跟在苏珊的黑发后面从一群混杂的陌生人中间穿过。地面是个斜坡,凹凸不平,很容易让人迷失方向,还有一股浓浓的烟熏味儿。苏珊要我帮忙,这让我受宠若惊,就好像这个举动肯定了我是他们中的一分子。年轻人转来转去,光脚的、穿靴子的都有,长发飘飘,在阳光下亮闪闪的。我偷听到一些关于夏至节的狂热祷咒,现在我还不知道那是什么,不过这种高效的运转对农场来说极为少见。女孩子们都穿上了她们最好的旧货店破衣裳,怀里抱着乐器,轻柔得像抱婴儿一样,阳光照着吉他的钢丝弦，散射成一颗颗灼眼的光的钻石。她们摇着铃鼓，丁零零地不成调子。

"这些死东西咬了我一整晚，"苏珊一边说一边打着一只围着我们嗡嗡飞的凶残的马蝇，"我醒的时候身上抓得全是血。"

这栋房子后面，地上散布着一块块大圆石和一棵棵橡树，阳光从枝叶上滤下来。附近还有几辆年久失修的空车。我很喜欢苏珊，但总感觉自己是在拼命跟随她的步调。在那个年纪，我但凡喜欢一个人，在他们周围就会觉得紧张，这两种感觉是分不开的。旁边有个男孩没穿衬衣，扣着一条厚实的银色腰带。我们经过时他嘘叫道："你们带来了什么？夏至的礼物吗？"

"闭嘴。"苏珊说。

那个男孩无赖似的笑了一下，我试着也回他一个笑。他很年轻，头发又长又黑，脸上有种中世纪的消沉，我把这视为浪漫。他长相英俊，有种荧幕恶棍的阴柔幽黑气质。尽管我后来发现他不过是从堪萨斯[1]来的。

他就是盖伊，从特拉维斯空军基地[2]叛逃出来的农家男孩，因为他发现那里和他父亲的房子里一样是个狗屎堆。在大苏

---

[1] 堪萨斯：Kansas，堪萨斯州以天气晴朗闻名，平均每年有超过275天以上的晴天，又称"向日葵州"。

[2] 特拉维斯空军基地：Travis AFB，位于加州旧金山湾区域。

尔[1]工作一段时间后，他流浪去了北方。在海特区边境，他被卷进了一个正在壮大的组织，那些撒旦崇拜者身上的首饰比一个青春期女孩戴的还多，如圣甲虫吊坠和白金匕首，还有红色蜡烛和管风琴音乐。后来有一天盖伊遇见了在公园里弹吉他的拉塞尔，或许是他身上带有荒野气息的鹿皮让盖伊想起了年少时读的冒险故事——那种在连环画里扮演主角的男人，剥下驯鹿皮，把毛擀净，从冰寒刺骨的阿拉斯加河流涉水而过。从那时起盖伊就一直追随拉塞尔。

盖伊就是那个夏天后来开车带女孩们去的人。他用自己的腰带把看守人的手腕绑紧，那个大银扣子嵌进柔软的皮肤里，留下一个形状古怪的印子，像个商标。

但在我见到他的第一天，他只是个男孩，像个术士一样散发着不洁的魅惑，我回头瞥他，身上一阵兴奋的颤抖。

苏珊拦住一个路过的女孩："告诉露丝把尼科送回育儿室去。他不应该待在外面。"

那个女孩点点头。

我们继续朝前走，苏珊瞥了我一眼，看出了我的疑惑。"拉塞尔不想让我们和小孩子太亲近。尤其是我们的孩子。"她冷酷地笑了笑，"他们不是我们的财产，你知道吗？我们不应

---

[1] 大苏尔：Big Sur，位于加州中部海岸，被称为"世界上陆地与海水最美的交汇处"，世界著名景点。

该只因为想搂个什么东西就把他们瞎搞一气。"

我花了一会儿工夫去理解这个观念：父母没有这个权利。它突然间显得那么正确，震耳欲聋。我母亲并不因为生了我就拥有我，不能因为受到某种精神的感召就把我送到寄宿学校去。也许这种方式更好，尽管看起来有些新异。成为这个散漫无定的群体的一部分，相信爱可以来自四面八方，这样如果从期望的方向那里没有得到足够的爱，你就不会失望了。

厨房比外面要暗很多，突然的一片黑让我眨了眨眼睛。各个房间都充斥着一股刺鼻味儿，还有泥土味儿、混合在一起的浓重的烧菜味儿和人身上的味儿。墙壁基本上是光秃秃的，除了几道布满条纹的雏菊样式的墙纸和画的另一颗模样滑稽的心，和巴士上的一样。窗扇已摇摇欲坠，T恤被钉在上面代替窗帘。不远处有收音机的声音。

厨房里有十来个女孩子在专心地帮厨，个个看起来都很健康，胳膊细长，晒成褐色，头发浓密。她们光着的脚紧抓着地面上凹凸不平的木板，七嘴八舌地闲聊，互相捉弄，往别人露出的肉上掐一把或是拿勺子飞拍一下。所有的东西都看起来黏糊糊的，还有点儿腐烂。我刚把那袋土豆放在台上，一个女孩就开始往外拣。

"发绿的土豆是有毒的。"她吸了一下牙齿说，从麻袋中筛选起来。

"煮了就没毒，"苏珊回击道，"所以拿去煮了。"

苏珊住在一个狭小的棚屋里，土地面，一张光秃秃的双人床垫抵着墙。"一般都是女孩挤这儿睡，"她说，"看情况。有时尼科也会来，虽然我不想让他来。我想让他自由地长大。但是他喜欢我。"

床垫上面用大头钉钉着一块污渍斑斑的丝巾，还放着一个米老鼠图案的枕头套。苏珊递给我一支烟卷，烟卷末端让她的唾液弄湿了。烟灰掉在她光着的大腿上，但她似乎并没注意到。这是大麻，但比我和康妮抽的劲儿要大——那些是从彼得的袜子柜里翻出来的干渣子。这个又油又湿，烟雾让人闻了发腻，消散得也慢。我等着感觉变得不一样，心想康妮会讨厌这一切的，她会觉得这个地方又脏又怪，觉得盖伊吓人——这种想法让我感到骄傲。大麻开始上头了。

"你真的十六岁吗？"苏珊问道。

我想继续编这个谎，但是她的目光太明亮。

"我十四岁。"我说。

苏珊看起来并不惊讶："你要是想回家，我就送你回去。你不用非得留在这儿。"

我舔了舔嘴唇——她觉得我应付不来这个？还是可能她觉得我会让她丢脸？"我没什么非要去的地方。"我说。

苏珊张口想说什么，又犹豫了一下。

"真的,"我开始感到一阵绝望,"没事的。"

有那么一刻,苏珊望着我的时候,我确定她会把我送回家,像送一个逃学的孩子那样把我遣回母亲那儿。但是她的眼神慢慢消褪成了别的东西,她站了起来。

"你可以借件衣服穿。"她说。

一些衣服挂在架子上,还有更多衣服从一个破烂的牛仔垃圾袋里漫出来。佩斯利花纹衬衫,长裙。边缝的针线松垮垮的,一段有,一段没。衣服并不好,但它们这么多又陌生,让我受了触动。我一直嫉妒一些女孩,她们可以穿从姐姐那儿传下来的衣服,那衣服就像一个充满爱的团队的制服。

"这些东西全是你的?"

"我和其他女孩一起分享。"苏珊似乎接受我留下来了,也许是她看见了我巨大的绝望,大得超过了她要赶走我的欲望或能力。也许是我的倾慕让她很受用,我那双睁大的眼睛贪婪地乞求着更多的细节。"只有海伦会瞎闹腾。我们不得不把东西拿回来,她把衣服藏到枕头底下。"

"你不想有点儿自己的东西吗?"

"为什么呢?"她吸了一口烟卷,然后屏住呼吸,再次说话的时候噼里啪啦起来,"我现在还不搞那一套,我我我,老是我。你知道的,我爱别的女孩。我喜欢分享。她们也爱我。"

她透过烟雾望着我,我感到羞愧,为怀疑苏珊,为觉得分享是奇怪的，也为我家里铺着地毯的卧室，它是多么局限。我把手塞进短裤里，这不像我母亲的下午讲习班，不是什么蜻蜓点水的瞎扯淡。

"我明白了。"我说。我确实明白了，团结一致的信念在我心中震荡着，我试着把它围起来。

苏珊为我挑选的裙子闻起来有一股老鼠屎味儿，我把它套在头上时鼻子都在抽搐，但我还是很开心地穿上了——这件衣服属于别的某个人，这种担保使我从自我评价的压力中解脱出来了。

"很好。"苏珊说，审视着我。我给她的宣告赋加的意义要比给康妮的多。更加上她的这种关注又带着些不情愿，这就让它的分量又重了一倍。"我给你编辫子吧。"她说，"过来，这么松散地披着跳起舞来会缠在一起的。"

我坐在苏珊前面的地上，她双腿环绕着我，我试着去适应这种贴近、这种突然的坦诚的亲密。我父母不是感情外露的人，我感到惊讶——原来有人可以随时触摸你，他们的手给出礼物随意得就像给出一片口香糖。这是一种无法解释的恩赐。她把我的头发拨向一边时，浓重的呼吸轻轻扫着我的脖子。手指在我头皮上游走，分开一条直线。连她下巴上的青春痘在我眼里都有种暧昧的美，玫瑰色的火焰照出了她满溢的内在。

她帮我编辫子的时候我们都静静地，没有说话。我从地上捡起泛着红色的石头,在镜子下面排成一行,看起来就像异域物种的卵。

"我们在沙漠里住过一阵子,"苏珊说,"这些石头就是从那里捡来的。"

她告诉我,她们曾在旧金山租过一所维多利亚式的房子。唐娜不小心让卧室着了火,她们不得不离开。在死亡大峡谷[1]那段时间她们被晒蜕了几层皮,好多天都无法入睡。她们还在尤卡坦[2]一个连屋顶都没有的废弃盐厂里待了六个月,尼科在混浊的潟湖里学会了游泳。我想到自己在那些时候都在做什么,不禁感到心痛:喝着学校自动饮水器里带有金属味的温水;骑车去康妮家;靠在牙医的躺椅上,双手礼貌地叠放在腿上,洛佩斯医生在我嘴巴里摆弄着,手套被我傻不拉几的口水弄得滑滑的。

夜很暖,庆祝早早开始了。我们一共大概有四十人,在飞扬的尘土中挤作一团,热风吹过长排的桌子,煤油灯火光摇曳。这场派对在我印象中远比实际上的大,它滑稽怪诞,让我的记忆变了形,房子在我们身后若隐若现,给发生的一切加上

---

[1] 死亡大峡谷:Death Valley,又称死亡谷,位于加州东部,为沙漠峡谷。
[2] 尤卡坦:Yucatán,墨西哥的一个州,玛雅文明发源地,奇琴伊察遗址即在境内,有金字塔、石神庙等。

了银幕般的闪烁效果。音乐嘹响,欢愉的弹拨声攫住了我,让我兴奋。人们跳着舞,手搭着腕互相抓着,他们跳成一个圈,进出穿梭。这条醉醺醺的欢叫着的人链突然断掉了,原来是露丝一屁股坐在了地上,笑着。几个小孩像小狗一样围着桌子东躲西藏,玩得投入,又带着与兴奋的大人对比下的寂寞,嘴唇被抠得满是痂。

"拉塞尔在哪儿?"我问苏珊。大麻让她和我一样恍恍惚惚的,黑头发松垮了。有人给了她一朵半枯萎的野蔷薇,她想把它别在头发里。

"他会来的。"她说,"他来了才算真正开始。"

她伸手掸了掸我裙子上的灰尘,这个动作让我心中一动。

"这不是我们的小娃娃吗?"唐娜看见我后柔声说道。她头上戴着锡箔王冠,一直往下掉,手背、有雀斑的手臂上用眼影画着古埃及图案,是在她完全失去兴致之前画的——弄得指头上到处都是,糊了裙子,沾了下巴。盖伊侧过身,躲开了她的手。

"她是我们的祭品,"唐娜告诉他,她的话已经四下传开了,"我们夏至的祭品。"

盖伊冲我一笑,牙齿染了酒色。

在那晚的庆祝中,他们烧了一辆车,灼热的火焰跃舞着,我毫无理由地大笑——天幕下的群山黑得幽深,我真实生活中的那些人没有一个知道我在哪儿。这又是夏至，再说即使不是夏至，谁又会管呢？我遥遥地想起母亲，细碎的忧虑如猎狗般紧跟着，但她以为我在康妮家。不然我还能在哪儿呢？她根本想象不出世界上还有这种地方存在，即使她能想象，即使凭着某种神迹她出现在这里，也不可能认出我来。苏珊的裙子太大了，老是从我肩膀上滑下来，但很快我不再急着把袖子拉回去，我喜欢这种暴露，假装自己并不在乎，我也开始真的不在乎了，甚至有一次我扯袖子时不经意间露出了大半个乳房。有个发蒙的狂喜的男孩——脸上画着一弯新月——朝我咧着嘴笑，好像我一直都是他们中的一员。

这场盛宴根本就不是盛宴。膨胀的奶油泡芙在碗里流着浆，最后被人拿去喂狗。人造奶油装在一个塑料容器里，各种绿色的菜豆加上垃圾箱里的战利品，煮成一团无形状的灰色物，十二把叉子在一口大锅里叮叮当当地碰撞着——大家轮流从中舀一勺稀淡的蔬菜营养物，还有由土豆、番茄酱、洋葱汤料弄成的一摊糨糊。有一个西瓜，瓜皮的花纹像蛇，不过大家都找不到刀子。最后盖伊对着桌角猛地把它撞碎。孩子们像老鼠一样爬上去哄抢烂泥似的瓜瓤。

这跟我想象中的盛宴有天壤之别，巨大的落差让我有些难过。不过我提醒自己，只有在旧世界才会为这种事情难过，旧世界里的人们饱尝生活的苦果却不敢挣脱牢笼。那里人人都是金钱的奴隶，他们把衬衣的扣子一直扣到脖子那里，扼杀掉体内的任何一点儿爱。

我如此频繁地重放那一刻，一遍又一遍，直到它的调子被附上了意义：苏珊用肘推了推我，于是我明白眼前朝火堆走来的这个男人就是拉塞尔。我的第一反应是震惊——他走近时看起来很年轻，不过接着我发现他至少比苏珊大十岁，或许跟我母亲一样大。他穿着肮脏的牛仔裤和鹿皮衬衣，脚却光着——实在是奇怪，这里的人都光着脚，踩在野草和狗粪上就像地上什么都没有似的。一个女孩在拉塞尔身旁跪下，触摸着他的腿。我花了好一会儿才记起这个女孩的名字——大麻让我的脑子一片泥泞——不过我终于想起来，她是海伦，在巴士上扎着双马尾辫、娃娃音的那个女孩。海伦仰头对他笑，表演了个我看不懂的什么仪式。

我知道海伦和这个男人发生过关系。苏珊也是。我试着想象这个过程，他弓在苏珊牛奶般的身体上，手罩着她的胸。我只幻想过彼得那样的男孩子，他们皮肤下的肌肉还没成形，下巴上的胡子打理得斑驳不齐的。也许我会和拉塞尔睡，我试着想象了一下。性，在我这儿仍然是父亲杂志里那些女孩的色调，一切都泛着光彩，让人干渴，是关于注视。牧场里的人们似乎超越了那些，他们像孩子一样纯净和乐天，不加分别地爱着彼此。

那个男人抬起双手，声音洪亮有力地致意。人群翻涌着，抽动着，像支希腊合唱队[1]。在这样的时刻，我会相信拉塞尔已经成名了。与我们相比，他似乎游走在一团更浓密的气体中。他走在人群中，分发祝福：手放在肩膀上，凑近耳朵悄语一句。聚会仍在继续，但现在每个人的目光都放在他身上，神色换上了期盼，就像追随着太阳的弧线。当拉塞尔走到我和苏珊身边时，他停下来，直视我的眼睛。

"你来了。"他说，仿佛一直在等我，仿佛是我来迟了。

我从没听过另一种像他这样的声音——饱满、缓慢、从不犹豫。他的手指按进我的背，却不会让我感到不快。他比我高不了多少，但强壮、紧实，像浓缩过的。头发像光环围绕他的脑袋，被油腻和尘土弄得粗粝，成了一团泥沼。他的眼神似乎不会淡弱，不会飘忽，也不会躲闪。那些女孩那样描述他，现在终于说得通了。他就这样接纳了我，好像他想要一路看到我的最深微处。

"夏娃[2]，"苏珊介绍我时，拉塞尔说，"第一个女人。"

我很紧张，怕自己说错话，暴露自己在这儿是个错误："其实是伊芙琳。"

---

1 希腊合唱队：Greek chorus，古希腊剧场里，一群戴同一面具看上去相似的人同时说话，代表同一个角色。
2 夏娃：Eve，是拉塞尔对伊薇（Evie）名字的戏称。下文的伊芙琳（Evelyn）是全称。

"名字很重要,对不?"拉塞尔说,"我在你身上看不到任何一点儿那条蛇[1]的影响。"

即使是这种温和的认可,也让我轻松了一些。

"你觉得我们的夏至庆典怎么样,伊薇?"他说,"还有我们这地方?"

自始至终他的手都在我背上传递一种我无法解译的信息。我偷偷瞄了一眼苏珊,发现不经意间天色已经变暗,夜渐深。火光的炙烤加上迷幻药的作用让我昏昏欲睡。我没吃东西,胃里空得抽搐。他说过很多遍我的名字吗?我记不清了。苏珊整个身体都对着拉塞尔,手不安地在头发里划拉着。

我告诉拉塞尔我喜欢这里,还说了些其他的没意义的紧张兮兮的话。尽管如此,他还是从我这儿获得了别的信息。即使到了后来,这种感觉也始终挥之不去:拉塞尔能轻而易举地读出我在想什么,简单得就像从书架上抽走一本书。

我微笑的时候,他用手抬起我的下巴。"你是一个演员。"他说。他的眼神像热油一样滚烫,我放任地把自己想象成苏珊——那种男人见了会惊叹、会想要触碰的女孩。"对,就是这样。我看出来了。你应该站在悬崖上眺望大海。"

我告诉他我不是演员,不过我外祖母是。

"还真是。"他说,一听到我说出她的名字,他变得更加专

---

[1] 蛇:《圣经》中撒旦化身为蛇,引诱夏娃偷吃禁果。

注,"我一下子就看出来了。你长得很像她。"

后来我了解到,拉塞尔总是寻找名流、半名流和那些食客随从,奉承他们,好从中榨取资源,比如借用他们的车、住他们的房子。他看到我连哄都不用哄就来了,不知有多高兴。拉塞尔伸手把苏珊拉近了些。当我遇上她的眼神时,发现那里面似乎有一丝闪躲。直到那一刻,我才想到,她可能为我和拉塞尔的关系感到紧张。我心中涌起一种新的力量,像有一根缎带在我脖子上突然系紧,陌生得我认不出来。

"你负责照顾我们的伊薇,"拉塞尔对苏珊说,"对吗?"

他们俩都没有看我,四目相对交换着意味深长的眼神。拉塞尔把我的手抓住一会儿,目光像雪崩一样压过来。

"再聊,伊薇。"他说。

然后他对着苏珊耳语了几句。她回到我身边时重新变得活泼起来。

"拉塞尔说你可以留在这儿,要是你愿意的话。"她说。

我感到看见拉塞尔让她焕发了无限的活力。她恢复了权威,变得灵敏,边和我说话边审视我。我不知道心中跳动的是恐惧还是兴味。我的外祖母告诉过我她拿到角色的故事——怎样从一群人中被迅速挑出来。"这就是差别,"她告诉我,"别的女孩都认为是导演在做决定,但其实是我告诉导演,用秘密的方式告诉他,那个角色是我的。"

我想要那样——没有源头的无声无息的波浪从我这儿传到

拉塞尔那儿，传给苏珊，传给他们所有人。我想要这个世界，要到无穷无尽。

夜已深。露丝腰部以上都赤裸着，丰满的乳房热得发红，陷入长久的无语。一只黑狗小跑进暗夜中。苏珊不知去哪里找大麻了。我一直在找她，但被光和乱手乱脚弄得分了神。不认识的人一边跳舞一边对我笑，脸上挂着迟钝的善意。

这一晚还发生了一些本该令人不安的小插曲：有个女孩把自己烧着了，胳膊上的皮肤起了一道褶皱，她悠闲地好奇地盯着那里。屋外厕所散发着粪臭，墙上是神秘的涂画，还有贴着的从色情杂志上撕下来的图画。盖伊正向人描述他在堪萨斯父母的农场里怎样取出猪温热的内脏。

"它们知道要发生什么，"他对全神贯注的听众说，"我拿食物过去它们就会笑。要是我拿的是刀子，它们就跟发疯了一样。"

他调整了一下硕大的腰带搭扣，继续叽咕着什么，我听不清。我对自己解释说，这是夏至，是异教徒的喃喃低语，我对这些感到任何不安，都不过是因为我还没能真正理解这里。再说这儿有那么多别的可注意的、可喜欢的——唱机放着傻里傻气的歌曲，银色的吉他闪着光，不知是谁手指上滴下融化的人造奶油。每个人都一副神圣的、狂热的神情。

在农场里时间让人迷惑：这里没有时钟，没有手表，几分钟或是几小时都是主观的感觉。整日的时光被泼进了空无。我不知道过去了多长时间,也不知道等苏珊回来等了多久。直到我听到他的声音,正对着我的耳朵,轻唤我的名字。

"伊薇。"

我转过身,他就立在那里。我感到一阵幸福的震颤:拉塞尔记得我,他在人群中发现了我。也许他一直在找我呢。他把我的手放进他手里,摩挲着我的掌心和手指。我心花怒放,不知如何是好,我想爱所有的一切。

他带我去的拖车房比其他的房间都大,床上盖着一条毛糙的毯子,后来我才意识到那其实是一件毛皮大衣。这是整个房间里唯一的好东西——地上乱堆着衣服,苏打水和啤酒易拉罐在一地狼藉中闪着光。空气里有股奇怪的发酵味儿。我认为自己只是任性地保持天真,假装不知道接下来会发生什么。但有一部分的我确实不知道。或者是我还没有真正细想过这一连串事实:突然之间,我连自己是如何到达这里的都很难想起了。那辆颠簸的巴士,那瓶红酒廉价的甜味儿,我的自行车丢在哪儿了?

拉塞尔热切地注视着我。我想移开目光,他也跟着偏过头,逼我直视他的目光。他把我的头发拢到耳后,手指慢慢滑落到我的脖子上。他的指甲没有修剪,我感觉到了硬硬的边缘。

我笑了一下，但笑得紧张不安。"苏珊很快就会来这儿吧？"我说。

"苏珊很好。"拉塞尔说，"现在我想谈谈你，伊薇。"

我的思维慢下来，如飞舞的雪花。拉塞尔说话缓慢，又带着严肃，但让我感觉到，为了这个听我倾吐的机会，他似乎已经等了整个晚上。这和待在康妮的卧室里多么不同，在那里我们只会听听唱片，那些音乐来自一个我们从未涉足的世界，只会加重我们一成不变的悲惨。彼得的吸引力似乎也慢慢消散，他只是个男孩，晚餐吃白面包加奥利奥。眼前这一切才是真的，拉塞尔的凝视，这种受宠若惊的病态在我体内是那么令人愉悦，我几乎要抓不住了。

"害羞的伊薇，"他说，"你是个聪明的女孩子。你用这双眼睛看见了很多东西，对吗？"

他认为我很聪明。我抓住这句话，就像抓住了证据一样。我还没有迷失。我能听到外面喧闹的聚会。一只苍蝇在角落里嗡嗡乱飞，又撞在拖车房的墙上。

"我跟你很像，"拉塞尔继续说，"我小的时候太聪明了，聪明得人们都告诉我我是个傻瓜。"他发出一阵破碎的笑声，"他们教我'傻瓜'这个词。他们教给我这些词，又把这些词安在我头上。"他笑的时候，脸上浸透了喜悦，这种喜悦对我来说是新奇的。我知道自己从没感觉这么好过。即使还是孩子的时候，我也从没快乐过——突然间我发现这一点是多么明显。

他说话时，我环抱着自己。他的话在我这儿开始说得通了，用那种多愁善感的方式讲话，任何事情都会说得通。那些药是怎样把简单陈腐的想法拼缀成看似包含意义的话语的啊！我那出了问题的青春期大脑极度渴求着因果关系、阴谋论，把每个字、每个姿势都浸透了意义。我希望拉塞尔是个天才。

"你体内有某种东西，"他说，"某种真正悲伤的部分。你知道吗？那让我真的很难过。他们一直想要毁了这个美丽又独特的女孩。他们因为自己不开心，就让这个女孩悲伤。"

我有种想哭的冲动。

"但是他们没有毁掉你，伊薇。因为——瞧！这是我们独特的伊薇。你能让那些老一套的狗屁都远远飘走。"

他坐回床垫上，脏脏的光脚板放在毛皮大衣上，神色异常宁静。看上去再久他都会等下去。

我记不起在那个点上我说了什么，只记得自己紧张地喋喋不休，说了关于学校、康妮的事，都是些年轻女孩空洞的废话。我的眼睛四处盯着拖车房内部，手指捏着苏珊给我的裙子上的布料，眼神跟随肮脏的床罩上的鸢尾花图案流转。我记得拉塞尔始终在微笑，耐心地等我失去力量。我也确实如他所愿。拖车房里静得只剩下我的呼吸声和拉塞尔挪动的声音。

"我能帮你，"他说，"不过首先得你自己想要。"

他盯住我的眼睛。

"你想要吗，伊薇？"

这些话用精密的欲望打开了缝隙。

"你会喜欢的。"拉塞尔低声说，对我张开胳膊，"来这里。"

我慢慢地磨过去，坐在床垫上。我拼命地想要完整理解这件事。我知道那件事情就要来临，但还是受了惊。他脱下裤子，露出毛发浓密的短腿，手握着阴茎。他看着我看着他，捕捉到了我凝视里的犹疑。

"看着我。"他说。他的声音很温和，即便同时手在狂暴地动着。"伊薇，"他说，"伊薇。"

他的阳具一副半生不熟的样子，被他紧握在手中。我好奇苏珊这会儿在哪里。我的喉咙发紧。一开始这让我很困惑，原来这就是拉塞尔想要的——自慰。我坐在那里，试着为眼前的情形强加上理由。我把拉塞尔的行为理解成好意的证明：他只是想与我亲近，想打破我从旧世界里带来的阻隔。

"我们能让彼此都开心，"他说，"你不必总是悲伤。"

他把我的头拉向他的大腿时我缩了回来。笨拙的恐惧涌上来，体内一阵灼痛。我闪开的时候，他熟练地表现得并不生气。他纵容地看着我，就像我是一匹易惊的马。

"我不是要伤害你，伊薇。"他又伸出了手，我的心撞击得越来越快，"我只是想跟你亲近。你不想让我开心吗？我想让你开心。"

他来了，喘息着，呼出湿湿的气。咸湿的精液在我嘴里，体内的惊恐在膨胀。他托住我的头，抽动着。我是怎么来到这儿的？在这个拖车房里，发现自己置身于黑暗的森林深处，却没在来路上留下一点点碎屑好找回家。但接着拉塞尔的手伸进了我的头发里，胳膊环抱着我，把我拉近，他唤着我的名字，带着含义和确定，听起来很陌生，但又很温和，有价值，就像唤的是某个别的更好的伊薇。我应该哭吗？我不知道。我脑子里纷乱地想着愚蠢的琐事。一件借给康妮却再也没拿回来的红色毛衣。苏珊是不是在找我？我眼睛后面一阵好奇的颤动。

拉塞尔递给我一瓶可乐。苏打水有点儿热又没有气泡，但我还是全喝了，像在喝醉人的香槟。

我经历了这一夜，如命中注定，如一场非凡大戏的主角。但拉塞尔把我放进的是一系列的例行测试。他在尤凯亚附近一个宗教组织工作的那些年里，已经把这种技巧练得炉火纯青了。那是个分发食物、找住所、找工作的中心，会吸引来一些瘦弱的、不堪烦扰的女孩，她们大学肄业，父母疏于关心；另一些有恶魔似的老板，梦想着做鼻子整形手术。她们是他的主要资源。那个中心在旧金山的一处老消防站设立了分部，他就在那儿收集追随者。在对待女性的悲伤上，他早已成了专家——一点儿肩膀异常的耷拉，一丝紧张的轻率，一句话末尾顺从的轻扬，哭得湿漉漉的睫毛。拉塞尔对我做的事情和对那些女孩做的是同样的。先是一些小小的测试：碰一下我的背，感受一下我手腕的脉搏，用这些小方法打破边界。接着他加快进度，把裤子褪到膝盖处。我想，这一行为的目的是安慰年轻的女孩，让她们高兴至少这不是性。她们在整个过程里都穿得完完整整的，就像什么出格的事情都没有发生过。

不过也许最奇怪的部分是——我也喜欢这种感觉。

我怔怔地在聚会里游荡着。风不停地吹过皮肤，腋窝流着汗。这件事真的发生了——我必须不断地这么告诉自己。我以为人人都能从我身上看出来，那一望便知的性的气息。我不再焦虑，也不再是那个被紧张的需求压迫着在聚会上乱转的我了。此前我确信有一个隐藏着的不允许自己进入的房间——那种忧虑已经得到满足。我踏着梦幻般的步子，笑着回看经过的一张张脸，笑容里再无任何企求。

我看见了盖伊。他在敲一包烟，我毫不犹豫地停了下来。

"我能要一支吗？"

他冲我咧嘴一笑："这个女孩想要一支烟，她就会得到她的烟。"他把烟凑到我嘴边，我希望人们都在观看。

我终于在火堆旁的一群人中找到了苏珊。她遇上我的眼睛时，给了我一个古怪又沉闷的微笑。我确定她察觉到了我内在的转变，有时候你可以从年轻的女孩身上看出她们刚上过床。我想，应该是身上的那种骄傲、那种庄严。我想让苏珊知道。我能看出她有些晕眩，不是因为酒精，而是因为别的东西，她的瞳孔似乎要吃掉周围的虹膜。一圈红晕系上她的脖子，像奇幻的维多利亚饰领。

或许这场游戏达成的时候，苏珊感到了隐隐的沮丧，毕竟她看见我跟着拉塞尔走了。不过或许这也是她所期望的。那辆汽车还在闷闷地燃着，聚会的喧闹割破了黑暗。我感到夜晚在我体内搅动如轮转。

"这辆车会烧到什么时候？"我说。

我看不见她的脸，但能感觉到她，我们之间的空气变得柔和了。

"天晓得。"她说，"也许到早上？"

在闪烁的光影中，我的胳膊和双手看起来像长满鳞甲的爬行动物，我喜欢这种扭曲的身体幻象。我听到一辆摩托车发动引擎的闷响声，有人恶作剧地摁喇叭——他们往火堆里扔了一个弹簧床垫，火焰飞升起来，火势变旺了。

"你愿意的话可以去我房间挤一挤，"苏珊说，从她的声音里听不出任何意思，"我不在乎。但要是你想待在这儿，就得真正地在这儿。你明白吗？"

苏珊是在问我别的东西，就像在那些童话里，只有在受到主人的邀请下，小妖精才能进入一所房子。在跨过门槛的那一刻，苏珊谨慎地组织宣告语——她想要我说出来。我点点头，说我明白，尽管我并不能真明白。我穿着一件不属于自己的裙子，待在一个从未来过的地方，除此之外，我看不到更远的东西。我的生活出现了可能，它在一种新的、永恒的幸福边缘盘旋。在极乐的放纵中，我想到了康妮——她真是一个可爱的女孩，不是吗？甚至连我的父亲和母亲都落入我仁慈的视野中，他们是受难者，得了一种悲剧的、来自外域的疾病。摩托车大头灯的光束把树枝照得惨白，也照亮了这栋房子裸露的外墙。黑狗蜷伏在看不见的战利品上。有人不断地重复播着一首歌曲。"嘿，宝贝儿"，这是第一句歌词。这首歌重复了太多次，开始进入了我的脑子："嘿，宝贝儿。"我无所用心地玩味着这句歌词，就像柠檬滴在牙齿上，激起一阵酥麻的弹跳。

第二部

一

我睁眼醒来，大团的雾抵着窗户，卧室充满了如雪的光亮。我花了好一会儿才回到眼前失望又熟悉的现实：我住在丹的房子里。角落里是他的书桌、他的玻璃面床头柜，身上盖的是他镶着缎边的毯子。我记起朱利安和萨莎，我们只隔着一道薄墙。我不太愿意回想前一夜。萨莎的吟叫，那模糊不清的痴迷的低语，"肏我，肏我，肏我"，重复太多次以至于失去了任何意义。

我盯着单调的天花板。他们不过是无所顾忌，正如所有的年轻人那样，除了这个，前一晚并没有更多的含义。但礼貌的做法仍然是在房间里等着，直到他们出发去洪堡。让他们溜掉，不用履行任何早安的客套。

一听到汽车倒出车库，我就起身下床。这栋房子重新属于我了,尽管我得到了期待中的轻松,但其中又有些悲哀。萨莎和朱利安瞄向另一场冒险,他们踏进原来的轨道,冲往更广阔的世界。而我会在他们的脑子里消退——一个中年女人,在一所被遗忘的房子里——不过是他们头脑里一个不起眼的标记,随着真实生活的接管而变得越来越小。直到这一刻我才意识到自己是多么孤独。或者是别的东西,没孤独那么紧迫——缺少关注的眼睛,也许是吧。如果我停止存在,又有谁会在意呢?我想起拉塞尔说过的那些愚蠢的话——停止存在,他鼓动我们,让自我消失。我们所有人都像金毛猎犬一样点头,正是存在这个现实让我们目空一切,渴望消解一切看似不朽的事物。

我烧了壶水,打开窗户,让冷空气袭进来循环,然后收拾了一大堆空啤酒瓶——他们在我睡着后又喝了吗?

我把垃圾送出去,费力地抛掉塑料袋和自己的垃圾。车道边长着冰叶日中花,我盯着一个个狭促的小花毯看。远处的沙滩上,雾开始被晒散,我能看见蠕动的海浪,上方的岩壁干燥,像生了锈。有一些人出来散步,穿着很容易看见的紧身衣。他们大多都带着狗,这是附近唯一一处可以放绳遛狗的沙滩。有好几次我都看见同一只罗威纳狗,毛色比黑色还要深,跑起来喘息粗重。旧金山最近有只斗牛犬咬死了一个女人。人们喜爱这些会伤害他们的动物,这不是很奇怪吗?也许这是可以理解的——人们喜爱动物,可能更多的是喜爱它们的克制,喜爱它们能赐予人类一时的安全。

我匆匆转身回屋。我不可能一直这样待在丹的房子里，不久就会出现新的护理工作。但那已经太熟悉了——把某个人扶进治疗浴缸温暖、流动不息的水里；坐在候诊室里，读着大豆对治疗肿瘤的效用的文章，营养要均衡、餐盘里要装得五颜六色的重要性，这些寻常的一厢情愿的谎言，因其自身的不足而显得悲哀。真的会有人相信它们吗？就好像这些费尽心思的烟光焰火会把死神从自己身上引开似的，让公牛追在猩红的旗布后面，无害地喷着鼻息。

水壶吹起了哨子，一开始我没听见萨莎进了厨房。她的突然出现吓了我一跳。

"早。"她说，脸上有道口水留下的干印。她穿着运动裤材质的超短裤，袜子上点缀着热粉色的小图案，我发现那是些骷髅头。她咽了咽口水，嘴巴带着睡意的柔软。"朱利安呢？"她问。

我试着藏起惊讶："我听见汽车离开有一会儿了。"

她眯起眼睛。"什么？"她问。

"他没告诉你他要走吗？"

萨莎看出了我的同情。她的脸紧绷起来。

"当然告诉我了。"过了一会儿，她才回答我，"是的，当然了。他明天就回来。"

所以他是把她丢在这儿了。我的第一反应是恼火——我又不是保姆，接着心里又轻松了，萨莎还是个小孩——她不应该跟朱利安一起去洪堡，跟他开着全地形汽车一路穿过有铁丝刺网的检查站，到加伯维尔[1]某个到处是油布帐篷的烂农场，就只为了带回一提包大麻。我甚至有点儿高兴有她做伴。

"反正我也不喜欢坐车。"萨莎说，顽强地适应新境况，"那些小路弄得我都想吐了，他开得又太疯，超级快。"她靠在柜子上，打了个哈欠。

"困吗？"我说。

她告诉我她尝试过多相睡眠[2]，但后来不得不放弃。"那样睡觉太怪了。"她说。她的乳头透过衬衣可以看得很清楚。

"多相睡眠？"我说，在一股正经的冲动下裹紧了睡袍。

"托马斯·杰斐逊这样睡过。每隔几个小时睡一次，一天大概六次。"

"然后其余的时间都醒着？"

萨莎点点头："开始那几天感觉挺棒的，但后来崩溃得挺厉害，好像睡觉再没正常过。"

昨晚听到的她是那个样子，而现在她在我眼前讲着多相睡眠，我很难把这两个她联系起来。

---

1 加伯维尔：Garberville，加州洪堡郡的城市。
2 多相睡眠：Polyphasic sleep，指每天两次以上的睡眠法，通过多次睡眠来减少总睡眠时间。据专家研究，多相睡眠有害健康。

"壶里烧的热水足够,你想喝就去喝。"我说,但是萨莎摇了摇头。

"我早上不吃东西,和芭蕾舞女一样。"她瞥了一眼窗外,海面如镴,"你游过泳吗?"

"水特别凉。"我只偶尔见过有冲浪手在浪潮中冒险,他们的身体套在潜水服里,头上戴着兜帽。

"所以你下过水咯?"她问。

"没有。"

萨莎的脸上写满了同情,似乎觉得我错过了什么很明显的乐趣。不过,我想,住在这所借来的房子里,感受到自己的生活被保护起来,每天的轨迹就在本地,谁还会去游泳呢?"水里还有鲨鱼呢。"我补充说。

"它们不会真的袭击人类。"萨莎耸了耸肩说。她长得漂亮,像个肺结核病人,被体内的炽热吞噬着。我想在她身上找出一些昨夜的色情痕迹,但什么也没有。她的脸像一轮小一些的月亮,苍白,无瑕可指。

即使在白天,萨莎的近身也逼着我恢复了一些常态。对他人固有的防范意味着我不能放任动物的感觉,不能把削完的橙子皮留在洗碗池里。我一吃完早饭就换好了衣服,而不是像往常一样穿着睡衣游荡一整天。我还对着一管快干的睫毛膏猛敲。人们用这些劳作、这些日常任务赶走更大的恐慌,但一个人住让我脱离了这种习惯——没有什么重要到让我觉得有必要花这些精力。

我上一次和别人同住是几年前，那个男的在一所野鸡大学教非母语英语课。那种大学的广告在公交车座椅上随处可见，里面的学生大都是异国的富家子弟，想要设计电视游戏。奇怪的是我会想起他，想起大卫，想起那段时间我会想象和另一个人一起生活。不是因为爱，而是因为可以代替它的令人舒适的惯性，开车时传递在我们之间的舒服的安静，还有一次我们穿过停车场时他看我的样子。

但接着发生了些事情——一个女人总在奇怪的时间点敲公寓的门，外祖母留下的象牙梳在浴室里莫名其妙地消失了。有些事情我从来没告诉过大卫，所以不管我们有过怎样的亲密，那亲密也都自行腐烂了，蛆虫在苹果里扭动。我的秘密藏得很深，但始终是在那儿的。也许这就是那些事情会发生、另一个女人会出现的原因。这些秘密，在我们之间留下了一道空隙。不过，话说回来，你对另一个人到底能了解多少呢？

我想象着应该会和萨莎在彬彬有礼的沉默中度过这一天，她可能会像只老鼠一样藏起来。她的确很有礼貌，可她的存在很快就变得明显了：我发现冰箱的门忘了关，整个厨房充满了外星般的嗡嗡声；桌子上扔着她的运动衫，椅子上摊开放着一本关于九型人格的书。她房间里笔记本电脑的扬声器传出吵闹的音乐。令我惊讶的是，她听的歌手有着悲伤的嗓音，当我想起大学里的某一类女孩时，伴随着的背景音正是这种。这些女孩在怀旧的哀愁中浸得湿软，她们点起蜡烛，熬到深夜，穿着紧身衣光着脚丫揉着面团。

我已习惯遇见旧日的遗迹——六十年代的余烬在加州那个地方随处可见。破旧的祈祷旗布在橡树间斑驳隐现，面包车永久地停在农场里，不见了轮胎。上了年纪的男人穿着花样繁丽的衬衫，身边是与之长期同居的女人。但这些是意料之中的六十年代的鬼影。萨莎对这些会有什么兴趣呢？

我很开心萨莎终于换了音乐，这次是一个女人和着哥特风的电子琴在演唱，我从中什么都认不出了。

那天下午，我试着小睡一会儿，却怎么也睡不着。我躺在那里，盯着写字台上方悬挂的相框，照片上是一座沙丘，与薄荷草一起起伏。房间角落里的涡纹状蜘蛛网阴森可怖。我在被单里烦躁地翻来覆去。我太注意隔壁房间里的萨莎，她笔记本电脑里的音乐一下午没停过，我能听出歌曲中夹杂着的些微数字噪音，还有哔哔声和铃音。她在干什么呢？——在玩手机游戏吗？还是在给朱利安发短信？她一定是在用这些方式细心地照料着自己的孤独，想到这个，我心里突然有些发酸。

我敲了敲她的门，可是音乐声太大了。我又试了一下，还是没有回应。暴露的无用功让我感到尴尬，我正准备逃回自己的房间,她却出现在了门口。她的脸仍然带着睡意的柔和,头发被枕头弄得乱蓬蓬的——可能她也正想要小睡。

"你要喝茶吗?"我问。

她反应了一会儿才点点头,好像已经忘了我是谁。

萨莎安静地坐在桌边,研究着自己的指甲,带着无边的无聊叹了口气。我想起自己青春期的这种姿态——下巴向前刺着,像被错误指控的犯人一样盯着车窗外,却一直极度期待母亲说点儿什么。萨莎正等着我来打破她的自持,问她问题。我倒茶时感觉到她在看我。被人看的感觉很好,哪怕是猜疑的目光。我拿出了精致的杯子,沿茶碟摆了一扇荞麦饼干,不过饼干有点儿陈了。我把碟子轻轻摆在她面前,意识到自己是想取悦她。

茶太烫了。我们躬身在杯子上时出现了一阵寂静,稀薄的带有植物香味的蒸气熏得我的脸有些湿润。当我问起萨莎是从哪里来时,她扮了个鬼脸。

"康科德[1],"她说,"挺烂的。"

"你和朱利安一起上的大学吗?"

"朱利安没有上大学。"

我不确定丹知不知道这个消息。我试着回想上次听他说

---

[1] 康科德:Concord,加州城市,在旧金山湾区域。

的。丹的确提起过他的儿子，带着一种听天由命的表演意味，扮着无助的爸爸的角色。每次说到他又惹了什么麻烦，丹总要加上一句情景喜剧似的叹息："男孩终归是男孩嘛。"朱利安在高中时曾被诊断出行为异常，不过丹让这件事听起来比较轻微。

"你们俩在一起很久了吗？"我问。

萨莎抿了一小口茶。"几个月。"她说。她的脸活泼起来，好像仅仅是谈起朱利安就给了她生活的支撑。她一定已经原谅了他把她抛下这回事。女孩们总是擅长美化这些让人失望的空白点。我想起前一夜她夸张的呻吟声。可怜的萨莎。

她可能相信自己对朱利安的任何悲伤、担忧的闪现都不过是逻辑上的问题。那个年纪的悲伤有被监禁的愉悦特性：你暴跳、愤怒，反抗父母、学校、年龄的束缚，是它们把你和前方的幸福隔开。我读大二的时候，当时的男朋友上气不接下气地说着要逃到墨西哥去——我没想过我们连家都逃不开，也没想过我们奔向的是什么，除了朦胧中的温暖空气和更频繁地做爱。现在我老了一些，那些未来的我们、那些一厢情愿的支撑，都已不能给我安慰了。我可能一直都感觉到其中的一些东西，感觉到沮丧不仅没有消散，反而变得更紧实、更熟悉，占据着心里的某个地方，如同那些旅馆的房间，那令人悲伤的监牢。

"听着，"我说，把自己安进可笑的不相称的母亲角色里，

"但愿朱利安对你很好。"

"他为什么对我不好呢？"她说，"他是我男朋友，我们住在一起。"

很容易想象他们是怎么生活的，月租公寓里充斥着冷冻快餐和消毒水的味道，朱利安儿时的羽绒被铺在床垫上。芳香蜡烛摆在床头——女孩的用心。当然这并不是说我自己就好到哪儿去。

"我们可能会租一个带洗衣机的地方，"萨莎说，因为提到了他们生活的拮据，语气里有了新的挑衅，"大概过几个月就租。"

"你和朱利安住在一起，父母没意见吗？"

"我想做什么就能做什么。"她不安地把手缩回朱利安运动衫的袖子里，"我十八岁了。"

这不可能是真的。

"再说了，"她说，"你和我一样大的时候不是也在一个邪教里吗？"

她的语气很平淡，但我从中听出了一种谴责的意味。

我还没来得及说什么，萨莎就起身朝冰箱走过去。我看着她装腔作势地摇摆过去，从容地拿出一瓶他们带来的啤酒。商标上的山脉图画闪着银光。她迎着我的目光。

"来一瓶吗？"她问。

我明白这是个测试：我要么是那种可忽略或可怜的中年

人，要么是她也许可以说说话的人。我点了点头，萨莎放松了些。

"想得挺快的。"她说，扔了一瓶啤酒给我。

夜晚来得迅速，在海边就是这样，没有建筑物来调和减缓这种变化。夕阳低得可以直视，看它从视线中飘落、消失。我们每人都喝了几瓶啤酒。厨房里越来越暗，但没有人起身去开灯。一切都蒙上了一层蓝色的阴影，柔和、高贵，家具简化成了形状。萨莎问我可不可以在壁炉里生火。

"那是烧气的，"我说，"也坏了。"

这房子里有许多东西不是坏了，就是被遗忘了：厨房里的钟停了，壁橱的圆把手在我手里掉了，我还从角落里扫出一堆闪着光的苍蝇。房子需要一直有人住才能避免腐坏。尽管我住进来好几周了，情况还是没得到多大改善。

"不过我们可以在外面院子里生火。"我说。

车库后面有块沙地是避风处，湿叶子铺积在塑料椅子上。这里有过一个类似火坑的地方，石头散布在一些失去意义的家居旧物之中：被遗忘的玩具上的插件，一块像是被嚼过的飞盘碎片。我们的注意力分散在忙碌的准备工作上，这些任务能让我们保持友好的沉默。我在车库里发现一摞三年前的旧报纸，还有一捆镇上杂货店买来的木头。萨莎用脚尖把石头重新摆成一个圆圈。

"我一直都不会弄这个,"我说,"应该还要做些什么,对吗?把木棒摆成一个特定的形状?"

"摆成房子的形状,"萨莎说,"应该把柴搭得像个小屋。"她用脚把圆圈整理了一下,"我小时候,大家经常在约塞米蒂[1]露营。"

真正把火烧起来的是萨莎:她蹲在沙地里,持续而稳定地吹气,驯服火苗,直到它热烈地燃烧起来。

我们坐在塑料椅子上,椅子上面有斑斑点点风吹来的沙子。我把自己的椅子拉近火堆,想要感觉到热,想要出汗。萨莎安静地望着跳跃的火焰,但我能感觉到她的思绪在飞旋,她已消失在很远的地方。或许她在想象朱利安此刻在加伯维尔做什么:他睡在散发着麝香味儿的日式草席上,把毛巾当作毯子盖……这场冒险中的所有部分。当个二十岁的男孩该是一件多么美好的事啊。

"朱利安讲的那件事,"萨莎说,她清了清嗓子,似乎有些尴尬,尽管她的兴趣很明显,"你有没有——比如,爱上那个人?"

"拉塞尔?"我说,用一根棍子戳了戳火堆,"我对他没有那种想法。"

---

[1] 约塞米蒂: Yosemite,约塞米蒂国家公园,位于加州中部。

这是真的：其他女孩围着拉塞尔转，像关注天气变化一样追踪他的去向和心情，不过他在我心里总是与我保有一定距离。他对我而言就像一个敬爱的老师，学生从不会去想象老师的家庭生活。

"那你为什么要和他们在一起呢？"她问。

我的第一反应是避开这个话题。我必须划清界限，上演一整套道德剧：表达一下悔恨，再给一些警告。我尽量让自己的声音听起来不掺感情。

"那时候人们经常会落入那种组织，"我说，"山达基教[1]，进程教、'空椅子'[2]，现在那些还算什么？"我瞥了一眼她——她在等我继续说下去，"我猜可能有部分原因是我运气不好吧，遇到的是那个组织。"

"但是你留下来了。"

我第一次感觉到萨莎的好奇心全力向我滚来。

"因为一个女孩。我留下来更多是因为她，而不是拉塞尔。"我犹豫了一下，"苏珊。"说出她的名字，让它活在这个世界里，我感觉很怪异，"她比我大，"我说，"其实也没大多少，但感觉要大很多。"

---

[1] 山达基教：Scientology，又称科学教，成立于1952年，该教派影响较大，国际上也有很多争议。在法国，山达基教被议会报告划为危险的邪教。
[2] 空椅子：Empty-chair，属于"格式塔"理论，客户面前放一张空椅子，客户想象某个人坐在上面，对着空椅子说话、打手势或用其他的交流方式。

"苏珊·帕克？"

我盯着篝火对面的萨莎。

"我今天查了一些东西，"她说，"在网上。"

我曾经沉迷于这类东西，叫它粉丝网站或别的什么都行——陌生人群聚的角落。有个网站专门展示苏珊在监狱里的画作：一些水彩画，山脉、像马勃菌的云，画上的标注满是拼写错误。想象着苏珊耗费心血在这些画上，一阵剧痛攫住了我的心。但在看见她的照片后，我就关闭了网页。苏珊，穿着蓝色牛仔裤和白T恤——牛仔裤里塞满了中年人的肥肉，脸像一面空白的纱布。

想到萨莎在那可怕的食堆中饕餮，我感到一阵不安。她脑袋里一定装满了那些细节：尸检报告和女孩们那晚的证词，像一场噩梦的抄录本。

"这没什么可骄傲的。"我说。又把那些老生常谈重复了一遍——真是糟糕透了。那些东西既不刺激，也不值得羡慕。

"没有看到一点儿关于你的信息，"萨莎说，"至少我没找到。"

我感到一阵挫败。我想告诉她一些有价值的事情，要是仔细追究的话，就会看到我的存在。

"那样更好，"我说，"这样那些疯子就不会把我找出来。"

"但是当时你在那儿？"

"可以说，我住在那儿，住了一阵子。当然了，我什么也没杀。"我干笑了一声。

她蜷缩进运动衫里。"你就那样离开了父母？"她的声音里透着崇拜。

"那时候不一样，"我说，"每个人都到处跑。我父母离婚了。"

"我父母也是。"萨莎说，她已忘记了先前的羞涩，"你当时和我一样大吗？"

"比你小一点儿。"

"我敢说你那时候一定很漂亮。我的意思是，你现在也很美。"她说。

我能看出她是出于本性慷慨才这样夸我。

"你是怎么才遇上他们的？"萨莎问。

我花了好一会儿来整理思绪，回忆事情发生的先后。"重访"，是每年这场杀人事件的周年日他们在文章里都会用到的词。"重访水滨路惨案"，就好像这个事件是单独存在的，如同一个可以关上盖子的匣子，就好像当我走在街上或坐在电影院阴暗角落里的时候，不会被千百个苏珊的幽影打断。

我用他们在现实生活中的样子对付了萨莎的问题，这些人，自身已成了图腾。媒体对盖伊不太感兴趣，他只不过是做了男人一直都在做的事情，但那些女孩被打造成了神话。唐娜是不吸引人的那一个，迟钝、粗野，常常被描绘成一个可怜的怪人。她的脸上有饥饿的凶蛮。海伦，以前是营火女孩，皮肤晒得黝黑，扎着双马尾辫，长得漂亮。她成了供人迷恋的偶像、撩人的女杀手。但是苏珊的名声最坏,堕落、邪恶,她那隐秘的美拍得不好,看起来野性、瘦瘠,好像她来到世上就是为了杀戮。

谈到苏珊让我胸中一阵飞旋,萨莎一定能看出来。就发生的事情而言,我的这种反应、这种不由自主的兴奋,似乎是可耻的。长椅上的看守人,肚子里盘绕的肠子暴露在空气中。那位母亲的头发被淤血浸着。小男孩的尸体被毁坏得太厉害,警察连他的性别都无法确认。萨莎一定也已经读过那些细节了。

"你有没有想过自己会和他们做同样的事情呢?"她问。

"当然没有。"我条件反射般地回答道。

一直以来,我对着讲农场的事的那些人里,基本没有一个会问我这个问题:我会不会也可能那样做,我是不是差点儿做了。大多数人都设想是一条道德底线把我隔开了,就好像那些女孩是另一种生物。

萨莎很安静。她的沉默近似于一种爱。

"我有时的确会想,"我说,"这像一场没有发生在我身上的意外。"

"一场意外?"

火焰越来越微弱,无精打采地跳跃着。"其实没有那么大的区别,我和那些女孩。"

这句话说出来感觉很怪。这段时间里我一直对付的忧虑,现在我却缓缓靠近了它,哪怕是模糊地靠近。萨莎看起来没有不喜欢我的回答，更没有警惕。她只是看着我，满脸专注，仿佛把我的话吸了进去，给它们安了家。

我们去了镇上一家提供食物的酒吧。这似乎是个好想法，我们有了瞄向的目标。有食物，有运动。在那之前我们聊了很久，直到篝火燃尽，只剩下报纸的点点红光。萨莎把沙子踢到这堆余物上，她童子军般的兢兢业业让我笑了起来。我很开心能有人做伴，虽然这只是暂时的缓解——朱利安会回来，萨莎会跟着走，我又会孤身一人。尽管如此，能成为仰慕的对象也是件好事。因为基本上就是这样：萨莎似乎尊敬我十四岁时所经历的一切，她认为我有意思，某种程度上可以说是勇敢过。我想要纠正她，但是一片广阔的舒适在我胸中蔓延开来，重新占据了我的身体，仿佛我刚从药物睡眠的蒙眬中醒来。

我们沿着导水桥并肩走在街上。尖立的树木密集、阴暗，但并不让我害怕。夜晚笼罩上了奇妙的节日般的氛围，不知为何萨莎开始叫我薇。

"妈妈薇。"她说。

她像一只小猫咪，温顺可亲，温暖的肩膀轻轻地撞着我的肩膀。我看过去，发现她正咬着下嘴唇，脸朝着夜空。可天上没什么可看的——雾遮住了星星。

酒吧里除了几张高脚凳，基本没什么东西。杂七杂八的生了锈的常见牌标，门口一对眼睛似的霓虹灯嗡嗡响着。厨房里有人抽烟——三明治带着烟味的潮湿。我们吃完后歇了会儿。萨莎看起来只有十五岁,但他们并不在意。酒保是位五十多岁的女人,似乎不管什么样的生意都让她感激。她看上去饱受生活的打击,头发让杂货店的染发剂弄得焦枯。我们差不多一样的年纪,但我不想往镜子里看一眼来确认这种相似,至少不在萨莎坐我旁边的时候这么做。萨莎,她的面容如宗教徽章上的圣徒,干净、纯洁。

萨莎在高脚凳上旋转,像个小孩子。

"看我们俩,"她笑道,"玩得多开心。"她喝一口啤酒,又喝一口水,我注意到她这个一丝不苟的习惯,但这没能阻止她的神色低落下来。"我有点儿高兴朱利安不在这儿。"她说。

这话似乎把她自己吓了一跳。我知道这时不应该惊到她,而是要给她空间,让她慢慢绕到真正想说的上来。萨莎心不在焉地踢着踏脚杆,呼吸温湿,一股啤酒味儿。

"他没告诉我他要离开,"她说,"到洪堡去。"我做出惊讶的样子。她干笑了一下:"早上我看不到他的人,还以为他只是在外面。这有点儿奇怪,是吧?就这样走了?"

"是啊,很奇怪。"也许是过分谨慎了,但我防着激起她对朱利安正义的辩护。

"他发短信一直跟我说抱歉。他以为我们说过这个了,我猜。"

她抿了一口啤酒,蘸湿手指在木台面上画了一个笑脸。

"你知道他为什么被尔湾大学开除吗?"她半玩笑半正经地说,"等等,"她说,"你不会告诉他爸爸的,对吧?"

我摇摇头,真是个乐于为青少年保守秘密的成年人。

"好的。"她吸了一口气,"他有个讨人厌的计算机老师,他挺装怪的,我觉得。那个老师,他不让朱利安迟交论文,他明知道这样朱利安会因为没成绩挂科的。"

"所以朱利安去了他家里,对他的狗做了一些事情。喂它点儿东西,让它难受一下。用的是漂白剂还是老鼠药之类的,具体我也不太清楚。"萨莎看着我的眼睛,"狗死了。这只老狗。"

我努力保持表情不变。她的复述直白,语调没有起伏,让这个故事听起来更糟糕。

"学校知道是他干的,但是没有证据。"萨莎说,"所以他们找别的理由暂停了他的学业,不过他再也回不去了,都搞砸了。"她看着我,"我的意思是,你不觉得吗?"

我不知道该说什么。

"他说他并不是要杀死那只狗,只是想让它难受。"萨莎的语气有些犹疑,想检验一下自己的想法,"也没那么坏,对吧?"

"我不知道,"我说,"对我来说挺坏的。"

"但是我和他住在一起,你知道的,"萨莎说,"房租什么的,都是他交的。"

"总有地方可以去的。"我说。

可怜的萨莎。可怜的女孩们。这个世界用爱的许诺把她们喂肥。她们是那么急切地需要爱,可她们中的大多数人真正得到的又是那么少。那些甜掉牙的流行歌曲,那些用"日落"和"巴黎"这样的词描述衣服的商品目录。接着她们的梦想被粗暴的蛮力夺走,手猛力扯开她们牛仔裤上的扣子,公交车上男人对他的女朋友吼叫,没人会看过去一眼。为萨莎感到的悲伤锁住了我的喉咙。

她一定感觉到了我的犹豫。

"无所谓,"她说,"反正已经过去很久了。"

我想,可能做母亲就像这样,看着萨莎喝干她的啤酒,像个男孩一样擦了擦嘴。对某个人感到一种不知从何而起的温柔,出乎意料,无边无际。一个打台球的人游荡过来,我准备把他吓走。但萨莎给了他一个灿烂的微笑,露出尖尖的牙齿。

"嘿。"她说,然后他就给我们两人各买了一瓶啤酒。

萨莎不紧不慢地喝着。那个男人讲话,她的神态一会儿无聊地走神,一会儿换上狂热的兴味,也许是装的,也许不是。

"你们俩是从城外来的吗?"他问。他的头发泛灰,留得很长,大拇指上戴着一枚绿松石戒指——又一个六十年代的幽灵。也许我们那时还曾在街上擦身而过,出没于同样陈腐的轨迹。他提了提裤子,问:"你们是姐妹吗?"

他的声音勉强地想把我拉进努力的范围,我几乎要笑出来了。不过,即使是坐在萨莎身边,我还是能感觉到一些洒过来的注意力。记起这种电压让我感到震惊,即使它是二手的。被人渴望是种什么样的感觉啊。也许萨莎已经太习惯于此,甚至都没有注意。她专注在自己人生的急流中,在越往前越好的确定里。

"她是我母亲。"萨莎说。她的眼神收紧,想让我配合这个游戏。

我配合着用胳膊搂住她。"我们母女正在旅行。"我说,"走1号路[1],从洛杉矶到尤里卡[2]。"

"两个冒险者!"那个男人捶了一下桌子,大声说道。后来我们知道,他的名字叫维克多,手机壁纸是个阿兹特克[3]形象,他告诉我们这张图充满魔力,只要对着它冥想就能使你更聪明。他深信世界上的事件是由复杂而持续的阴谋精密筹划出来的。他拿出一美元的纸币向我们展示光照派[4]成员之间是如何交流的。

---

[1] 1号路:加州大型高速路,沿着美国西海岸蜿蜒前行,全长超过1000公里,是加州最长的州路。
[2] 尤里卡:Eureka,洪堡郡的主城市。
[3] 阿兹特克:Aztec,阿兹特克文明发祥于墨西哥,历史时间是14—16世纪,与印加文明、玛雅文明并称为"美洲三大古老文明"。
[4] 光照派:Illuminati,成立于1776年,启蒙运动时期的秘密社团,后常被传为其成员密谋操控世界大事件,以达到"新世界秩序"。流传的说法是,一美元纸币上的"万能之眼"即光照派的标志。

"一个秘密社团为什么要把计划放在通用货币上呢？"我问。

他点点头，一副早已预料到这个问题的样子："为了炫耀他们的权力所达之处。"

我嫉妒维克多的确定，他那正义派的愚蠢句法、他的这种信念——认为世界有一个可见的秩序，我们要做的就是寻找符号——就好像邪恶是一个可以破解的密码。他滔滔不绝地说着，酒沾湿了他的牙齿，一颗坏死的臼齿露出一抹灰败。他有许多的阴谋要向我们条分缕析，有许多的内幕可以给我们提示。他谈到"跟上趟儿""隐藏的频率"和"影子政府"。

"哇，"萨莎面无表情地说，"你知道这些吗，妈妈？"

她一直叫我"妈妈"，声音夸张又滑稽，我花了好一会儿才弄清她醉得多厉害，意识到自己也醉成什么样了。这个夜晚已经航行进了陌生的水域。霓虹灯牌标明灭不定，酒保倚在门口抽烟。我看着酒保踩灭地上的烟蒂，人字拖鞋在她脚上滑来滑去。维克多说看到我和萨莎相处得这么融洽真让人开心。

"现在这种情况不常见了。"他若有所思地点头说，"母亲和女儿一起旅行，像你们俩这么甜蜜。"

"啊，她太棒了，"萨莎说，"我爱我妈妈。"

她丢给我一个狡猾的笑，然后斜身把脸凑了过来。她干干的嘴唇贴上来，有腌菜的咸味。这是最纯洁的吻。不过维克多还是震惊了，正如萨莎所希望的。

"我俞。"维克多说，既嫌恶又兴奋。他挺直笨重的肩膀，重新扎起松垮的衬衫。突然间他似乎对我们俩有些警惕，四下张望着寻求支援和确认。我本想向他解释萨莎不是我女儿，但现在已经不在意了。夜晚在我心中燃起一种愚蠢、迷惑的感觉，恍惚觉得离开后又返回这个世界，在这个活生生的领域重新定居下来。

1969

6

　　一直以来都是我父亲负责维护游泳池——用网撇水面,再把湿叶子堆起来。他还用一些五颜六色的小瓶测氯含量。在保养这方面他一直不算太勤勉,不过,他离开后,泳池还是破败了。蝾螈绕着过滤器游来游去,我沿池边往前游的时候,能感到一股黏滞的阻力,浮渣儿在身后的尾波中漂散开。我母亲在互助组里,她忘了答应过要给我买新泳衣,所以我只能穿着那件橙色的旧泳衣——已经褪成了哈密瓜色,针脚起了皱,裤腿那儿还脱了线,上衣太小,但挤出了成人似的乳沟,让我有些得意。

　　夏至聚会过去才一个星期,我已经又回到农场里,已经在为苏珊偷钱了,钞票一张接一张。在想象中,我更愿意这个过程花费的时间久一点儿。得用几个月的时间来说服我,一点点攻破我的防线,像情人一样小心翼翼地追求。但我是个热切的目标，急不可耐地要献出自己。

我在水里摆动着，水藻在我的腿毛上星星点点，如同铁屑吸附磁铁。一本皱巴巴的平装书遗忘在草坪躺椅上。树上的叶子闪着银光，恍如鳞片，在六月慵懒的炎热里，一切都那么饱满。我家附近的树一直都是这个样子吗？那么新奇，如在水中？还是万物已为我换了模样，平凡世界里哑巴似的杂物，变身成了另一种生活里绮丽的舞台布景？

夏至节过后的第二天早上，苏珊开车载我回家，我的自行车挤在后座里。因为抽了太多的烟，我的嘴巴像被过滤了，变得陌生，身上的衣服也变得陈旧，闻起来一股灰味儿。我不停地从头发里挑出稻草来——这是让我激荡的前一夜的证据，像盖了戳的通行证。它真的发生了，终于发生了。我不停地在脑中将这些快乐的资料清晰地分门别类：我坐在苏珊身边这个事实，我们之间友好的沉默。我为和拉塞尔一起待过感到一种堕落的骄傲。我乐于在脑海里重放当时的举动，即使是污秽和无聊的部分——拉塞尔让自己勃起时古怪的间歇。人体机能中的迟钝有某些力量。就像拉塞尔曾向我解释的：要是你想，你的身体就能带你冲破阻碍。

苏珊一边开车一边抽烟抽个不停，偶尔以安详的仪式把烟递给我。我们之间的静默既不是倦怠，也没有令人不舒服。车窗外，橄榄树飞掠而过，夏日土地被炙烤得焦黄，远处的航道蜿蜒爬行,蜕进了大海。苏珊不停地换电台,最后突然啪的一声把它关掉。

"我们得加油了。"她宣布。

我们,我默默回响着,**我们得加油了**。

苏珊把车开进德士古加油站,里面空荡荡的,只有一辆青白相间的皮卡车拉着一辆船拖车。

"拿张卡给我。"苏珊说,朝手套箱点了点头。

我手忙脚乱地打开箱子,散开一堆杂乱的信用卡。卡上的人名都不同。

"那张蓝色的。"她说,看起来有点儿不耐烦。我把卡递给她时,她看出了我的疑惑。

"这是别人给我们的,"她说,"也可以说是我们拿走的。"她夹着那张蓝色的卡,"像这张是唐娜的。她从她妈妈那儿顺来的。"

"她妈妈的加油卡?"

"救我们的命——我们会饿死的。"苏珊说,看了我一眼,"就跟你拿卫生纸一样,是不是?"

提到这个,我的脸红了。也许她知道我撒了谎,但从她关上帘子的脸上我看不出来——也许她不知道。

"再说,"她继续说,"这比他们拿着花好——更多的废物,更多的东西,更多的我、我、我。拉塞尔在试着帮助人们。他不会评判你,他不来那一套。他不在乎你有钱没钱。"

苏珊说的好像有一点儿道理。他们只不过是在平衡世界上的势力。

"是自我。"她靠在车上继续说，眼神却一直警觉地盯着油表——他们中没有一个人会一次加油超过油箱的四分之一，"钱就是自我，人们总是不肯放弃它，只想保护自己，像抱毯子一样紧紧抱住它。他们没有意识到钱让他们成了奴隶。这是病态的。"

她笑了一下。

"有趣的是，只要你把一切都给了别人，只要当你说'在这儿，拿去吧'——那个时候你才真正拥有了一切。"

团体里有个人因为翻进大垃圾箱里找吃的而被拘留了，苏珊很愤怒，把车倒回到路上的时候重新讲了那件事。

"越来越多的商店学精明了。全是狗屁。"她说，"他们把东西扔了，又想要回它们。这就是美国。"

"真是狗屁。"这个词的声调在我嘴里有些奇怪。

"我们会想到办法的，很快。"她瞥了一眼后视镜，"钱很紧张，但又躲不开这个问题。你可能不知道那是什么感觉。"

她不是在嘲笑，不真的是——她说得就像是在表明真相，用一个友善的耸肩承认了现实。就是在这一刻，那个主意向我走来，全然成形，就像是我自己想到的。它看起来就是那个样子，是恰恰好的解决办法，一个闪耀的廉价饰物，伸手可及。

"我可以弄些钱来。"我说，意识到自己急切的样子又畏缩起来,"我妈妈一直都把钱包放在外面。"

这是真的,我总是无意中发现钱就躺在那儿:抽屉里,桌子上,或是忘在洗手间水池旁边。我有零花钱,但母亲经常会再给一些,有时是碰巧,有时就是随意地往钱包的方向一挥手。"需要多少就自己拿吧。"她总是这样说。我从来都是需要多少拿多少,找零也及时放回去。

"哦,别,"苏珊说,她把最后一截烟弹出车窗,"你不用非得这么做。不过,你这样很贴心,"她说,"有这话就很好了。"

"我想这样做。"

她努着嘴巴,假装在犹豫,激得我的肚子也跟着倾斜了。

"我不想让你做你不愿意做的事情。"她笑了两下,"我不是那种人。"

"但我真的想做,"我说,"我想帮忙。"

苏珊沉默了一分钟,然后笑了,没有看过来。"好吧,"她说,我没有漏掉她语气里的考验,"你想帮忙,就可以帮忙。"

我的任务让我成了母亲房子里的间谍,母亲成了蒙在鼓里的猎物。我甚至可以为和她的争吵道歉,那晚在安静的走廊里撞见她的时候我就这样做了。母亲微微耸了耸肩,还是接受了我的道歉,以一种勇敢的方式笑着。这个摇摆的、勇敢的笑,本来是会惹我烦的,但我已经是新的我了,我低下头,带着卑下的愧悔。我在模仿一个女儿,做一个女儿会做的事。我心中有一部分在暗暗激动，发现她已经够不着我了，每次我看着她或者和她讲话，我都是在撒谎。和拉塞尔的那个夜晚，那个农场，我心已偏向那个秘密之地。她拥有的只是旧世界里的我的空壳，全是些枯萎的残余。

"你回来得真早，"她说，"我以为你又会在康妮那里睡觉呢。"

"我不想睡在她那儿。"

提到康妮，我有种奇怪的感觉，似乎被扯回寻常的世界。就连普通的食欲也让我吃惊。我想让世界围绕着改变清晰可见地重组，就像一处修补标明了一处破裂。

母亲语气软下来："我只是很开心，因为我想和你一起待待，就我们俩。有好一阵子没在一起了，对不？我可以做点儿俄罗斯牛肉，"她说，"或者肉丸子。你觉得怎么样？"

我对她的殷勤有些怀疑：通常只有我留字条给她，她从互助组回来看到后，才会去给家里买吃的。我们几乎有一万年没吃过肉了。萨尔告诉母亲吃肉就是吃掉恐惧，消化恐惧会让人长体重。

"肉丸子就好。"我答应道，不想去注意这让她多开心。

母亲打开厨房里的收音机，放的是我小时候爱听的那类轻缓柔和的歌曲，唱的是钻石戒指、清凉的小溪、苹果树什么的。要是苏珊或者康妮发现我在听这种歌，我一定会很尴尬——这些歌平淡乏味，喜气洋洋的，已经过时了——但我对这些歌有着吝惜的私密的爱。放到母亲会唱的部分，她就跟着唱起来，欢快，带着夸张的热情，很容易就把人带得和她一样轻飘飘了。青春时期多年的马术表演塑造了母亲现在的身姿，那时的她坐在光顺雄骏的阿拉伯马上笑着，场地灯光反射在她衣领的坚硬水钻上。在我小时候，她对我来说是那么神秘，她穿着拖鞋在家里走动，我的目光紧紧跟随着她，心里一阵害羞。还有她抽屉里的珠宝首饰，我让她给我讲它们的来历，一件接一件，像首诗。

家里很干净，窗户把暗夜分成一个个小方块，我光脚下的地毯毛茸茸的，这里的一切都是农场的反面，我觉得自己应该感到内疚——这么舒适是不对的，想在整洁的厨房里一本正经地和母亲吃饭也是不对的。苏珊和其他人这会儿在干什么呢？这个问题突然间变得无法想象了。

"康妮这些天怎么样？"她问，扫视着手写的菜谱卡片。

"挺好的。"她可能真的是这样，看着梅·洛佩斯的牙套上沾满食物残渣儿。

"你知道，"她说，"她随时都可以来这儿。你们俩最近在她那儿也待得实在太久了。"

"她父亲不介意。"

"我挺想她的，"她说，但母亲每次看到康妮都一脸困惑，像一个勉强忍受她的未婚姨妈,"我们可以去棕榈泉[1]或者别的什么地方旅行。"很明显她正等着合适的时机提出这个计划,"你可以把康妮叫上,如果你愿意的话。"

"我不知道。"可能挺好。康妮和我可以在隔绝阳光的后座上推来挤去,喝着来自印地欧城外椰枣农场的奶昔。

"呃,"她啜嚅着,"我们这几周就可以去。但你知道的,宝贝儿,"她顿了一下,"弗兰克可能也会来。"

"我不会和你还有你的男朋友一起去旅行的。"

她努力挤出一个微笑,但我看出她还有事情没说。收音机的声音太大了。"宝贝儿,"她开始讲了,"我们将来一起生活的话——"

"什么?"我讨厌自己的声音自动地变得泼闹,削掉了任何一点儿威信。

"当然不是马上,绝对不是。"她努起嘴巴,"但要是弗兰克搬进来——"

"我也住在这里,"我说,"你连个招呼都不跟我打,就打算哪天让他搬进来?"

"你今年十四岁了。"

"真是放屁。"

"嘿!说话注意点儿。"她双手抱夹在腋下说,"真不知道

---

[1] 棕榈泉:Palm Springs,加州南部城市,为沙漠度假地,临近印地欧市。

你为什么这么粗鲁,但你不能再这个样子,赶紧改掉。"靠近母亲那张满是恳求的脸,还有她不加掩饰的惶乱,激起了我一种生理上的厌恶,就像闻到卫生间扇风的铁锈味儿,我就知道她来例假了一样。"我在试着做件好事,"她说,"邀请你的朋友过来。能让我喘口气吗?"

我笑了,不过笑容里满是被背叛的憎恶。这就是她要做晚餐的原因。现在事情变得更糟,因为我居然那么容易就被取悦了。"弗兰克是个浑蛋。"

她怒气陡升,但强迫自己平静下来。"注意你的态度。这是我的生活,明白吗?我只是想活得稍微开心点儿,"她说,"你得让我开心点儿。你能让我开心点儿吗?"

她只配过她那贫血的生活,整天像个小女孩似的缺乏安全感。"好,"我说,"好,祝他好运。"

她的眼睛眯起来:"这话是什么意思?"

"当我没说。"我能闻到冰冷的生肉回到室温那股冷金属的刺鼻气息。我的胃收紧了。"我不饿了。"我说,把她留在厨房里走了。收音机还在放着歌,有初恋,有河边起舞,肉已经完全解冻,母亲不得不赶紧把它做熟,尽管没人会吃。

在那之后,再告诉自己钱是该拿的就很容易了。拉塞尔说大多数人都是自私的,无法去爱,看起来我母亲就是这样,父亲也是，他和塔玛藏在帕洛阿尔托的波托菲诺[1]式公寓里。所以当我这样想的时候，就觉得这是场干净的交易。似乎我顺走的那些钱一张一张地累积起来可以替代消失的东西。也许那些东西一开始就没存在过，想到这个，太让人沮丧了。也许什么都没存在过——康妮的友情，彼得对我的任何感觉，除了对我显而易见的孩子气的崇拜感到厌烦。

母亲还是像往常一样将钱包随处放，这让里面的钱显得更没价值——都不值得她认真对待。不过，在她钱包里翻找的感觉还是不舒服，似乎是在母亲的脑子里搜得乱响。里面乱七八糟的东西都很私人：一片奶油硬糖的包装纸，一张祷告语卡片，一面小镜子，一管眼霜——邦迪创可贴的颜色，她经常拍在眼睛下方。我夹起一张十美元，折起来塞进短裤里——她有什么理由怀疑我呢？我是她的女儿，一直以来表现都挺好的，尽管和非常好比起来又挺让人失望的。

我惊讶于自己几乎没感觉到愧疚。相反——我卷走母亲的钱时还有一种莫名的正义感。我学到了一些从农场得来的假自信，我确定自己能拿到我想要的。身藏着钞票让我第二天早上能对母亲露出微笑，表现得像我们前一晚没说过那些话，在她毫无征兆就拨弄我的刘海儿时耐心地站着。

"别把眼睛遮住。"母亲说，手指梳理着我的头发，呼吸的

---

[1] 波托菲诺：Portofino，意大利渔村，著名度假地，建筑色彩鲜丽。

热气贴过来。

我想甩开她,想往后退,但是我没有。

"好了,"她说,满意的样子,"这才是我的宝贝女儿。"

我在泳池里蹬着腿,肩膀浮出水面,脑子里想着钱的事。这个任务有种纯洁感——把钞票存在我的小拉链钱包里。没人的时候我就乐颠颠地数钱,每张新的五元、十元都是一份独有的福音。我把崭新脆挺的纸币包在最外面,这样一整卷看起来就更神气了。我想象着把这笔钱交给苏珊和拉塞尔时他们欣喜的样子,舒缓地沉入一厢情愿的甜蜜梦雾。

我闭着眼静浮在水上,听到树丛那边噼里啪啦一阵响才睁开眼。可能是一只鹿。我紧张起来,在水中不安地摆动。我没有想到可能是人:我们不担心那类事情,那是到后来才会担心的。原来是一只斑点狗,它从树丛里小跑出来,径直到了泳池边沿。它冷静地凝视着我,然后叫起来。

这只狗的样子很奇怪,浑身布满斑点,吠声尖厉,像人一样充满警觉。我知道它是我们左边邻居达顿家的狗。那位父亲写过一些电影主题曲,我在聚会上听他妻子哼唱过,戏谑地对着一群聚起来的人唱。他们的儿子比我小——他经常在院子里用他的BB枪射击,狗躁动不安地跟着狂叫。我记不起那只狗的名字了。

"走。"我说,半心半意地泼着水花,我不想费劲爬出泳池，"去吧。"

那只狗还是不停地叫。

"去。"我又试了一次，但它叫得更凶了。

走到达顿家时，我的短裤已被泳衣打湿。在那之前我穿上软木拖鞋，脚印弄得上面泥花花的，发梢滴着水，牵着狗的项圈。泰迪·达顿开的门，他十一二岁，腿上爬满了痂壳和擦痕。去年他从树上掉下来摔坏了胳膊，是我母亲开车送他去的医院。她阴郁地低声抱怨泰迪的父母留他一个人待的时候太多了。我没怎么和泰迪一起玩过，除了在邻居晚会上同为小孩子的熟悉，在那里十八岁以下的孩子都因被迫要达成友谊而聚在一起。有时候我看见他和一个戴眼镜的男孩子在树林防火路上骑车。有一次他还让我抚摸他们发现的一只小农场猫，他把这个小东西抱在衬衣里面。小猫的眼睛流着脓，但是泰迪对它很温柔，像个小母亲。那是我之前最后一次和他说话。

"嘿，"他开门时我说，"你的狗。"

泰迪盯着我的样子就像我们一辈子都没做过邻居。我对着他的沉默翻了翻白眼。

"他跑到我们院子里了。"我继续说。那只狗晃动挣脱着。

泰迪过了两秒才说话，但我看见他开口前无法抗拒地瞄了一眼我的泳装上衣，那增大的丰满的乳沟。泰迪发现我注意到后更加慌乱不安。他对那只狗皱眉头，接过项圈。"坏提基。"

他说，把这牲畜撵进屋去，"坏狗狗。"

泰迪·达顿在我身边可能会有些紧张，想到这个，我有些惊讶。上次见到他时我还没有比基尼，现在我的胸部更丰满，连我自己都得意。我觉得他的注意多少有点儿滑稽。曾经有个陌生人在电影院洗手间里向我和康妮露出他的老二——有好一会儿我们都弄不明白他为什么喘得那么厉害，像一条缺氧的鱼，但接着就看见了他的阴茎，从他的拉链里出来就像胳膊伸出袖子。他看我们的样子就像我们是被他钉在板上的蝴蝶。康妮抓住我的胳膊，我们转身边笑边跑，手里抓着的葡萄干夹心巧克力开始融化。我们用刺耳的声调向对方描述那种恶心的感觉，但里面也有骄傲。这种满足感就像帕特丽夏·贝儿有一次下课后问我，有没有看见加里森先生是怎样盯着她看的，我不觉得这很怪吗？

"它的爪子都是湿的，"我说，"它会把地板都弄脏的。"

"我爸妈不在家，没关系的。"泰迪仍站在门口，窘迫里又带着某种期待。他不会想着我们要一起玩吧？

他站在那里，就像那些无缘无故在黑板下勃起的不幸的男孩子——很明显他在某种力量控制之下。也许性的留证在我身上以一种新的方式显现出来了。

"好吧，"我说，我担心自己会笑出来——泰迪看起来那么不舒服，"再见。"

泰迪清了清嗓子，努力把声音压得低沉一点儿。"抱歉，"

他说,"要是提基打扰到你了。"

　　我是怎么知道可以糊弄泰迪的？为什么我的脑子会马上搜到这个选项？夏至节之后我只去过农场两次,却已经开始吸收某些看世界的方式、某些推理的习惯。拉塞尔告诉我们,这个社会到处是规矩的人,他们在共同利益的驱使下成了麻木的奴隶,温顺得像实验室里被下了药的黑猩猩。我们这些农场里的人完全是在另一种层次里生活,我们与那些凄风苦雨做斗争。如果你为了成就更宏大的目标,为了进入更宽广的世界,而不得不去糊弄那些规矩人呢？拉塞尔告诉我们,如果你从那旧契约中抽身出来,拒绝所有公民课、祈祷书、校长办公室狗屁样的吓人策略,你就会看到并没有对和错这回事。他宽容的一视同仁把这些概念削弱成了空洞的遗物,就像一个已无权力的政府颁发的勋章。

　　我问泰迪要了杯喝的。我想着是柠檬水、苏打水什么的,但绝不是他给我拿的那种。他把杯子递给我时,手在紧张地颤抖。

　　"你需要餐巾吗？"

　　"不用。"他精神的紧张暴露在外,我微微笑了一下。我也不过是才开始学习怎样被人看。我喝了一大口,杯子里装满了伏特加,漂着一道细得不能再细的浑黄的橙汁。我咳嗽起来。

　　"你爸妈让你喝这个？"我边擦嘴边问。

"我想做什么就做什么。"他说,骄傲中带着犹疑。他的眼睛里闪着光。我看着他,思考接下来该说点儿什么。这种感觉很新奇,不再是自己在那里担心,而是看着别人调整、担心自己的举动。我围着彼得转的时候,彼得也是这种感受吗?一种有限度的耐心,让人飘飘然又稍有点儿心烦的权力感。泰迪长着雀斑的脸发红,写满了渴望——他只比我小两岁,距离却不可逾越。我从杯子里喝了一大口,泰迪清了清嗓子。

"我有大麻,如果你想来点儿的话。"

泰迪把我领到他房间里,满怀期待地看着我环视他那些男孩子气的新奇玩意儿。它们的摆放似乎是为了观赏,尽管全是一堆垃圾:一块指针不走的船长表;一座早被遗忘、已变形发霉的蚂蚁农场;一支残缺的箭头,上面的点画光滑发亮;一满罐一分钱铜币,像沉水财宝一样发绿、脏兮兮的。通常我会跟他开点儿玩笑,问他箭头是从哪儿弄来的,或者告诉他我发现过一支完整的、黑曜石做的箭头锋利无比,可以见血。但我感到有种压力迫使自己保持一种傲慢的冷淡,就像那天苏珊在公园里的样子。我已经开始明白,别人的钦慕对你是有所要求的,你必须围绕这个要求塑造自己的形象。泰迪从床垫下面拿出来的大麻颜色发褐,碎成了渣儿,几乎没法儿抽,尽管他递出塑料袋的时候带着粗蛮的自尊。

我笑了起来:"这跟土差不多了。不用了,谢谢。"

他似乎被刺痛了,把袋子深深地塞进裤兜里。我知道这是他的王牌,他没料想到会迎来这样的失败。这个袋子一直在那儿,被床垫压着,不知道等出头的这一天等了多久。我突然为他感到一阵难过。他身上的条纹衬衫领口被污垢弄得软塌塌的。我告诉自己现在离开还来得及,把已经喝干的空杯子放下,轻快地说声再见,然后回到自己家里。还有别的办法能弄到钱。但是我没有走。他坐在床上,凝望着我,一副迷惑又专注的神色,似乎挪开目光会打破我在眼前这个稀有的魔咒。

"你想要的话,我能弄来一些真家伙。"我说,"很正的货,我有认识的人。"

他感激的样子让我感到尴尬:"真的吗?"

"当然。"我看见他注意到我调整泳衣带子。"你身上有钱吗?"我问。

他毫不犹豫地把兜里皱巴巴、软塌塌的三美元递给我。我收起钱,公事公办。占有的钱即使这么少,也在我心中燃起熊熊的欲求。我想看看自己到底能值多少钱。这个等式让我兴奋起来。你可以是漂亮的,可以是被人渴求的,而这会让你有价值。我欣赏这种干净利落的交易。也许这就是我在与男人的交往中已经感觉到的东西——那种让你起鸡皮疙瘩的不舒服、感觉被愚弄。这样一来,这个安排至少还能发挥点儿作用。

"你父母呢?"我说,"他们在什么地方放着钱吗?"

他飞速地扫了我一眼。

"他们不在,对吗?"我叹了口气,有点儿不耐烦,"所以谁在乎呢?"

泰迪咳嗽起来,重换了一副表情。"是啊,"他说,"我去找找。"

我跟在泰迪后面上楼时那只狗不停地撞着我们的脚后跟。他父母的房间里光线很暗,这是一个既熟悉又陌生的地方,熟悉的是床头几上一杯放了很久的水,还有装香水瓶的亮瓷托盘;陌生的是叠在角落里他父亲的休闲裤和放在床脚的软垫沙发。我很紧张,能看出来泰迪也一样。在大中午闯进别人父母的卧室似乎是不正当的。太阳在没有遮阴的地方晒得正骄,给阴影勾勒出鲜明的线条。

泰迪走向远处角落里的壁橱,我跟了过去。和他靠得近一点儿的话,我会不那么像一个入侵者。他踮起脚在一个硬纸板箱里摸索。在他找的时候,我翻摸着挂在浮华的丝绸衣架上的衣服,是他母亲的:打着佩斯利花纹蝴蝶结的衬衣,僵硬细密的粗花呢套装。它们看起来都像礼服,没有人味儿,不太像真的,直到我捏到一件象牙色衬衣的袖子。我母亲有件一样的,上面熟悉的"I. Magnin"[1]金色商标对我像是一种责备。我把衬衣放回衣架上。"你能快点儿吗?"我压低嗓音催促道,他的

---

[1] I. Magnin:设在旧金山的高级时装和特色奢侈品百货公司,创立于1876年。

回答含混不清，他往更远的地方翻找，直到终于拿出了一些簇新的钞票。

他使劲把盒子推回高架上，我数钱时听到了他粗重的喘气声。

"六十五。"我说，把这一摞钱整理顺，叠成更有质感的一厚沓。

"这些不够吗？"

我可以从他的神情和费力的呼吸中判断出，如果现在向他要更多，他也会想尽办法弄来的。我心中有一部分差点儿动摇了。我想要贪婪地享用这新的权力，看我能让它维持多久。但这时提基突然从门口小跑进来，把我们俩都吓了一跳。狗喘着气轻轻地蹭着泰迪的腿。我发现这只狗连舌头上都有斑点，满是褶皱的粉红上点缀着黑色。

"这些就够了。"我把钱放进口袋里。我的湿短裤散出一股氯的气味。

"那我什么时候能拿到货？"泰迪说。

我花了两秒才理解他看我的那副意味深长的表情：我答应过要给他大麻的。我几乎忘了刚刚不只是要钱的。他看见我的表情，立刻改口说："我的意思是，不着急，如果要花些时间什么的。"

"很难说。"提基在我的胯部嗅着。我把他的鼻子猛地推开，粗蛮得超出了我的原意，它的鼻子把我的手掌心弄湿了。

突然间，离开这个房间的渴望压倒了一切。"也许很快。"我说，开始倒回门口，"我拿到手了就带过来。"

"噢，是的，"泰迪说，"是的，好。"

走到前门时我有种不舒服的感觉——泰迪是客人，而我是主人。一阵风从门廊吹奏而过，荡起一支轻悠的歌。阳光、绿树和远处的金色山坡似乎预示着巨大的自由，我已可以开始忘记自己做过什么，让它们被别的思绪完全冲刷走。叠成方块的钞票就在我口袋里，肉乎乎的，让人高兴。当我看见泰迪长满雀斑的脸时，一股难以遏制的高尚的情感传遍了我的全身——他就像个弟弟。我想起了他抚爱那只小农场猫时温柔的样子。

"回头见咯。"我说，弯下身子在他脸颊上亲了一下。

我心里为自己姿态的温柔、友善而庆祝，但接着泰迪调整了一下屁股，保护什么似的向后弓起；我回身时发现，他的牛仔裤裆部倔强地挺立着。

7

去那里的路我能骑车骑个大半程。阿道比路上很少有车，除了偶尔驶过的摩托车或者马拖车。如果有汽车经过，那通常是开往农场的，他们会捎上我，我的自行车半悬在车窗外。女孩们穿着短裤和木拖鞋，戴着从雷氏药房外的自动售货机里买的塑料戒指。男孩们的思绪飞走了，又在一个怔怔的笑里回过神来，像刚从一场宇宙旅行中归来。我们互相点个头，几乎看不出动作，在看不见的相同频道里接收了信息。

并不是我想不起遇见苏珊他们之前的生活，只是那种生活比较局限，难出意料，人和物都守在各自平缓的轨道上。过生日时母亲为我做的黄澄澄的蛋糕，密实，带着冰箱里的凉气。学校里的女孩们在柏油路上吃午餐，坐在翻了面的双肩书包上。自从遇到苏珊，我的生活得到了一种急剧的、神秘的解脱,揭开了已知世界之外的另一个世界,如同衣柜背后的秘密通道。我发现,在吃苹果时,即使是吞咽湿润的果肉也能激起我心中的感激。头顶上的橡树叶密密麻麻地挨着,玻璃温室般明晰,像某种线索,带我通向本没想过可以解开的谜团。

主屋前停着几辆摩托车,看起来像一头头硕大笨重的奶牛,我跟着苏珊走过去。穿牛仔背心的男人坐在附近的大圆石上,抽着烟。空气有点儿刺鼻,是圈里的羊驼,还有干草、汗、晒干的粪混合在一起的特殊气味。

"嘿,妞儿。"其中一个男人叫道。他伸了下身子,肚子顶着衬衫绷得像怀了孕。

苏珊微笑着回应了一下,但把我一把拉开:"你在那儿站太久的话,他们会扑到你身上来。"她虽然这么说,可还是往后挺起肩膀好凸显胸部。我朝肩膀外瞥了一眼,那个男人冲我弹舌头,快得像条蛇。

"不过,拉塞尔能够帮助各种各样的人。"苏珊说,"还有,你知道,猪猡们不会和这些摩托党胡来。这一点很重要。"

"为什么?"

"因为,"她说,一副理所当然的表情,"警察痛恨拉塞尔。他们痛恨任何想把人们从体制里解放出来的人。但是如果这些家伙在这儿,警察就不会来。"她摇了摇头,"猪猡们也是被束缚的,这真卨蛋。看他们那铿他妈亮的黑皮鞋。"

我烧旺自己正义感的认同：我和真理是站在一边的。我跟着她去了屋子后面的空地，朝篝火旁七嘴八舌的嗡嗡声走去。钱在我口袋里绑得结结实实的，我一直想开口告诉苏珊我把它带来了，又总是失去勇气，害怕这份贡献太过寒碜。终于，我摸了摸她的肩膀，在加入人群之前让她停了下来。

"我能弄到更多。"我慌乱地说。我只是想让她知道钱有了，想着自己亲手把它交给拉塞尔。但苏珊迅速纠正了我的想法。我尽量不去注意她从我手上拿走钞票的动作有多敏捷，她用眼睛点了数。我看见这个数目让她吃了一惊。

"好姑娘。"

阳光撞击着锡皮外屋，驱散了空气中的烟雾。不知是谁点的线香已经熄灭。大家坐在拉塞尔脚边，他的眼睛从我们的一张张脸上看过去，当碰上我的凝望时，我脸红了——他似乎一点儿也不惊讶我会回来。苏珊的手摸着我的背，轻轻地，占有似的，一阵静穆袭来，像置身在电影院或教堂时那样。我感觉到她的手在那里，几乎浑身麻木。唐娜正摆弄着她橙色的头发，把每一股编成紧实的花边辫子，用营养不良的指甲劈开分叉的发梢。

拉塞尔唱歌时看起来要年轻些，他把乱糟糟的头发绑在脑后，用一种滑稽戏谑的方式弹奏着吉他，活像电视里的牛仔。他的声音不是我听过的最悦耳的，但是那一天——我的双腿沐浴在阳光里，被燕麦草的须茬儿抚摸着——那天他的声音似乎滑遍了我全身，弥漫在空气中，我感觉自己像被钉在原地，即使想动也动不了，即使还有别的地方可去，也无法离开了。

拉塞尔唱完歌的间隙，苏珊站起身，衣服沾上了厚厚的尘土，拣条道走到他身旁。她向拉塞尔耳语了几句，他的脸色一变，随即点了点头，捏着她的肩膀。我看见苏珊把我那卷钱递给他，他放进口袋里，手指在上面放了一会儿，仿佛在赐予祝福。

拉塞尔眯起眼睛："我们有一些好消息要宣布。我们得到了一些资源、一些爱心，因为有人对我们敞开了自己，他们敞开了自己的心。"

一道微光传到我体内。刹那间，我觉得一切都值得——在母亲钱包里的搜寻，泰迪父母房间里的寂静。那种担忧如此彻底地转化成了归属感。苏珊匆匆地坐回我身边，看上去很满足。

"小伊薇向我们展示了她的大善心，"拉塞尔说，"她向我们展示了她的爱，不是吗？"其他人都转过来望着我，一股友善的暖流向我的方向涌动过来。

那个下午的剩余时光在一片昏昏欲睡的阳光里度过。几条瘦得皮包骨的狗退回到房子下面，伸着舌头喘气。我们坐在门廊台阶上——苏珊把头靠在我膝盖上，向我复述她做的一个梦的残片,时不时停下来撕一口法式面包。

"我被说服了,相信我懂手语,但很明显我并不懂,我只是乱挥着手。但是那个男人明白我说的一切,就像我确实懂手语似的。但后来我发现原来他是故意装成一个聋子,"她说,"是在最后。所以这一切都是假的——他,我,这一套。"

她的笑是事后加上去的,像一个锐利的锯齿——关于她内在的任何信息都能让我多开心啊,一个独属于我的秘密。我说不出我们在那儿坐了多久,我们俩切断了日常生活节奏的绳子,随波漂浮。但这正是我想要的——有一段舒缓的时光让我感觉到不同和新鲜,经受特殊意蕴的冲洗,就像我和她两人沉浸在同一首歌里。

拉塞尔告诉我们,我们正在开创一个全新的社会:没有种族歧视,没有排外,没有等级之分。我们服务于一种更深的爱。他就是这么说的——更深的爱,他的声音在加利福尼亚州草场摇摇欲坠的房子里轰鸣、回荡,我们像狗一样玩耍,打着滚儿,互相咬着,在阳光的强击下气喘吁吁。我们算不上大人,大部分都算不上,我们的牙齿乳白、鲜嫩。我们吃掉任何放在面前的食物:粘在嗓子里的燕麦片,面包上的番茄酱,罐装的薄片牛肉。土豆被芥花油浸得潮乎乎的。

"1969小姐,"苏珊这样称呼我,"独属于我们的。"

她们就是这样对我的,好像我是她们的新玩具,她们轮流用胳膊挽着我，吵闹着要给我的长头发编辫子，拿我提到过的寄宿学校的事逗乐。还有我有名的外祖母，她们中有一些人记得她的名字。还有我白净的袜子。她们都跟着拉塞尔好几个月了，甚至有跟了好几年的。这是那些日子在我心中慢慢溶进的第一个疑虑：像苏珊那样的女孩子，她们的家在哪里？还有娃娃音的海伦——她提过几次在尤金[1]的家。有个每月都给她灌肠的父亲，在她练完网球后用薄荷香膏按摩她的小腿，还有其他一些暧昧的保健运动。可他在哪儿呢？如果她们的家给了她们需要的，那她们为什么会在这儿，日复一日，在农场里消磨无尽的时光？

苏珊睡得很晚，几乎到中午才起床。她睡眼惺忪，磨磨蹭蹭的，行动比正常的要慢一半，似乎总有更多的时间。从那时起，我就时不时在她那儿住几晚。她的床垫并不舒服，沙子硌人，但我一点儿也不介意。有时她在睡梦中闭着眼朝我伸过手来，胳膊吊在我身上，她的身体发出烤面包一样温热的气息。我就睁眼躺着，痛苦地警觉着她的贴近。她夜里翻身会把被单踢开，露出赤裸的乳房。

早晨她的房间里光线昏暗，如丛林一般。外屋的柏油屋顶在高温下起了泡。我已经穿好衣服，不过我知道还得再过上一

---

[1] 尤金：Eugene，美国俄勒冈州城市。

小时才能出去加入大家。苏珊总是要花很长的时间来准备，尽管这个准备更多体现在时间而非行动上——身子慢吞吞地耸进衣服里。我喜欢坐在床垫上看她。她端详着镜子里的自己，样子甜蜜又空茫，如画像里没有方向的凝视。在这些时候她裸露的身体是谦卑的，甚至有几分孩子气，她俯身在垃圾袋的那堆衣服中翻找，腰弯成一个并不优美的弧度。她更像个真人了，这对我来说很欣慰。我注意到她脚踝上的皮肤因未剃尽体毛而有些粗糙，又或者是有星星点点的黑头。

苏珊以前是旧金山的舞女。俱乐部外面的霓虹灯蜿蜒闪烁，红苹果形状的灯在路人身上投下外星似的光。她们中有个女孩在后台用一支腐蚀笔烧掉了苏珊的痣。

"有些女孩讨厌到那儿去，"她说，拽了件衣服套在裸体上，"跳舞，那儿所有的东西。但我不觉得有多坏。"

她在镜子里上下打量这件衣服，隔着布拢起自己的乳房。"人们可以那么假正经。"她说，做了一个下流的表情，对自己微微笑了一下，又松手让乳房落下。接着她告诉我，拉塞尔有时候温柔地兪她，有时候又很狂暴，这两种你都可以享受。"没有什么好羞耻的，"她说，"那些表现得很正直的人，好像觉得这很邪恶，他们才是真正变态的人。就像有些人来看跳舞看到了我们，然后因为他们在那里而大生我们的气，就好像是我们耍了他们。"

苏珊很少讲起自己的家乡或家庭，我也没问。她手腕上有一个光滑的疤痕组织形成的褶皱,我看见过她用手指描画着那道伤疤,神情带着悲伤的骄傲。还有一次她说漏了嘴,提到雷德布拉夫[1]城外一条闷湿的街道。但她立刻停住了。"那个婊子。"她一脸平静地称呼她的母亲。晕乎乎的团结心压倒了我,她语气里的那种厌倦的审判——我以为我们俩都了解孤独的滋味,尽管这一点现在看来挺蠢的。我想着我们俩那么像,可是我是在有管家和父母的家里长大,而她告诉我她有时候住在汽车里,睡在放倒的副驾驶座椅上,她母亲睡在驾驶座椅上。我饿的话就可以吃东西。但我们在别的事情上有共同点,苏珊和我,在另一种饥饿上。有些时候我是那么想要被抚摸,那种渴望擦伤了我。我在苏珊身上也看到了同样的东西,每当拉塞尔靠近,她就像野兽嗅到了食物而精神抖擞。

苏珊和拉塞尔一起去了圣拉斐尔[2],去看一辆卡车。我留在农场——这里有很多杂活儿要干,我带着一种因害怕而生的狂热投身其中。我不想给他们任何赶我走的理由。喂羊驼,给花园除草,用漂白剂擦洗厨房地板。劳作是另一种表达爱的方式,是献出自我。

灌羊驼的水槽要花很长时间,水压最好的时候水流也很缓

---

[1] 雷德布拉夫:Red Bluff,加州北部城市。
[2] 圣拉斐尔:San Rafael,加州马林郡主城市,在旧金山湾区北部。

慢，不过出来晒晒太阳还是很好的。蚊子在我露出来的皮肤周围盘旋，我必须一直抖动身体把它们赶走。它们不去打扰羊驼，这群羊驼就立在那里，如银幕妖女般风骚、眼皮浓黑。

我能看到盖伊在主屋后面摆弄汽车发动机，带着科学展览项目[1]那种低风险的好奇，时不时歇下来抽根烟，做个下犬式动作。他每隔一阵儿就会进主屋里，从拉塞尔的藏物处再拿瓶啤酒，检查一下确保每个人都在做各自的家务。他和苏珊像教务主任，随意使个眼神或说句话让唐娜她们保持秩序。他们像拉塞尔的卫星一样行事，但盖伊对拉塞尔的遵从和苏珊的不一样。我觉得他留在拉塞尔身边是因为可以从他那儿得到想要的东西——女孩、毒品、睡觉的地方。他并没有爱上拉塞尔，在他面前既不瑟缩也不热望——盖伊更像他的心腹，在他大肆夸耀的冒险传说和艰辛历程中继续扮演一个英雄。

他靠近围栏，一只手拿着啤酒和烟，牛仔裤在髋上垮着。我知道他在看我，我凝神在水管上，看着温热的水流填满水槽。

"烟会把它们熏走的。"盖伊说，我假装才发现他似的转过身。"蚊子。"他说，把烟伸过来。

---

[1] 科学展览项目：Science fair project，是学生们的实验、证明、研究成果，将科学项目或装置展示出来以供观察。学生自主提出问题，寻找答案，以满足他们对身边世界的好奇心。

"是啊。"我说,"当然,谢谢你。"我从围栏上接过烟,小心地保持水管连着水槽。

"你看见苏珊了吗?"

盖伊已经默认我知道她的动向。成为她下落的守护人让我受宠若惊。

"有个圣拉斐尔的人要卖他的卡车,"我说,"她和拉塞尔一起去看了。"

"嗯。"盖伊说,伸手把烟拿回去。他似乎被我的专业态度逗乐了,不过我确定他也看见了我一说起苏珊时被爱慕劫持的那种表情,我赶到苏珊身边时步子走得打了结的那些时候。或许他为发现自己并非所有人渴望的目标而感到困惑——他是个英俊的男孩子,早已习惯女孩们的关注。他把手探进那些女孩的牛仔裤里时,她们吸紧了肚子,那些女孩还相信他身上戴的首饰是他未被开采的情感深度的美妙证据。

"他们估计在免费诊所吧。"盖伊说,像表演哑剧似的挠着裆部,烟在空中挥舞。他想让我背地里取笑苏珊,算是某种串通——我冷笑了一下,没有做更多的回应。他跷起牛仔靴后跟,端详着我。

"你可以继续去帮露丝。"他喝着最后几口啤酒时说,"她在厨房里。"

我已经把这一天的杂务做完,在闷热的厨房里和露丝一起干活儿肯定乏味透了,但我带着一种殉道者的凛然点了点头。

露丝在科珀斯克里斯蒂[1]嫁给了一个警察,苏珊告诉我的,应该是真的。她带着被家暴妻子那种恍惚的疑惧在边境游荡着,连我提出要帮她洗盘子时,她也微微有些瑟缩。我擦洗着他们最大的炖锅上胶一样的东西,看不出颜色的残羹剩饭沾在海绵上。盖伊在用他小心眼儿的方式惩罚我,但我不在乎。任何恼怒都被苏珊的归来软化了。她一阵风似的旋进厨房,上气不接下气。

"那个人把卡车送给拉塞尔了。"苏珊说,容光焕发,四下寻找听众。她打开橱柜在里面翻摸。"太完美了,"她说,"因为他本来要大概两百元。拉塞尔说:'都静下来,你应该把它送给我们。'"

她笑起来,激动未平,坐在柜子上,开始噼里啪啦地剥袋子里落满灰尘的花生:"那个家伙一开始真的很生气,因为拉塞尔直接管他要那辆车,还是免费的。"

露丝只是一心二用地听着,在做晚餐的食材里挑挑拣拣,但我关掉水龙头,整个身子面向苏珊。

"拉塞尔说:'我们聊个一两分钟。让我告诉你我要干吗。'"苏珊把一块花生壳吐回袋子里,继续说,"我们和那个人一起喝茶,就在他那个奇怪的小木屋里。大概聊了一个小时。拉塞尔把整个图景都展现给他了,全铺开在他面前。那个

---

[1] 科珀斯克里斯蒂: Corpus Christi,德克萨斯州南部海港城市,濒临墨西哥湾。

家伙对我们在这儿做的事情很感兴趣,还给拉塞尔看了他在军队时的旧照片。然后他说我们可以直接把车开走。"

我在短裤上擦擦手,她忘乎所以的样子让我非常难为情,就转身走开了。我洗盘子的时候听到她还吊着腿坐在柜台上一颗接一颗地咬花生,积了一堆乱糟糟的湿壳,直到袋子空了,她才起身去找别的听众。

女孩们喜欢在小溪附近晃悠,因为那儿凉快一些,风儿带来丝丝清凉,就是蚊子讨人厌。礁石上覆盖着水藻,阴影让人昏昏欲睡。拉塞尔开着新卡车从镇上回来了,带了巧克力棒,还有漫画,书页被我们的手弄得软绵绵的。海伦眨眼间就吃完了自己那份糖果,又带着沸腾的妒羡四下望着我们。虽然她也来自富裕家庭,但我们走得不近。我发现她平时都无精打采的,除了在拉塞尔身边,那时她的骄纵是有定向目标的。她像一只小猫,在他的抚摸下得意扬扬,表现得很幼小,甚至比我还要小,她玩杂耍的方式到后来看是有些病态的。

"天哪,别盯着我看了。"苏珊说,弓身护着自己的糖,"你自己的不是已经吃了嘛。"她的身影在岸上紧挨着我的,脚指头蜷进泥地里。一只蚊子在她耳边乱飞,她的身体猛地一抽。

"就一小口,"海伦哀叫道,"就咬个角。"

露丝从腿上那堆杂乱的青年布衣服中抬头瞥了一眼。她正在帮盖伊缝补工作服,细密的针脚缝得不怎么精准。

"你可以吃一点儿我的,"唐娜说,"要是你安静的话。"她把自己的糖递给海伦,巧克力棒上的花生碎粒凹凸不平。

海伦咬了一口,咯咯笑起来,牙齿上沾满了巧克力。

"糖棒瑜伽。"她宣告道。在她眼里什么都可以是瑜伽:洗盘子,饲养羊驼,给拉塞尔做饭。你会从中感到极乐,安身于万物的节奏教给你的一切。

破除自我,奉献自己,如微尘之于宇宙。

所有那些书里都说得像是男人逼迫女孩们参与其中的。那并非事实,至少很多时候不是。苏珊挥舞着她手中的宝丽来"浪子"[1]相机如同挥动武器,驱使那些男人褪下牛仔裤,露出他们的阴茎——绵软、赤裸裸地现在阴暗的毛巢中。那些男人在照片里害羞地笑着,在罪恶的闪光灯下变得苍白,一身的毛,还有湿漉漉的动物似的眼睛。"相机里根本没有胶卷。"苏珊会这样说,但其实她刚从店里偷了一箱。那些男孩假装相信她。有很多事情都是这种情形。

我尾随着苏珊,尾随着他们所有人。苏珊让我用助晒油在她裸露的背上画太阳和月亮,拉塞尔在吉他上弹着悠闲的即兴

---

[1] "浪子":Swinger,宝丽来1965年推出的一款针对年轻人的廉价拍立得相机,大受欢迎,一直以来都是销量较高的相机之一。

重复段落——一些故作正经、起起伏伏的片段。海伦叹了一口气,仿佛她是一个染着相思病的小女孩,露丝带着飘忽的笑容加入了我们,一些我不认识的年轻男孩望着我们,脸上满是感激的敬畏,甚至没有一个人开口说话——沉默里交织了那么多的东西。

我在心中暗暗为拉塞尔的下一步动作做准备,但过了一阵子它才发生。拉塞尔朝我神秘地点了下头,于是我知道要跟他过去。

本来我和苏珊在主屋里擦洗玻璃——地板上散落着弄皱了的报纸和醋,半导体收音机开着;即使是杂活儿,也染上了一种逃学似的轻松。苏珊和着歌,高兴地和我说话,时不时走会儿神。我们一起做家务的时候,她看起来像变了一个人,就像忘了自己,放松下来,成了她身上原本的那个女孩。想到她才十九岁,我有一种奇怪的感觉。拉塞尔一冲我点头,我就条件反射般地望向苏珊,分不清是想求得她的允许还是原谅。她脸上原本的安闲,消退成了一副生硬的面具。她以一种新的专注擦洗变了形的窗户。我离开时,她耸耸肩表示再见,一副不在意的样子,但我能感觉到她的目光倾注在我的背上。

每次拉塞尔那样向我点头,我的心都会收缩,尽管也会感到古怪。我渴望着我们的会面,渴望加固我在他们中间的地位,就好像做苏珊做过的事情,也是和她在一起的方式。拉塞尔从没睡过我——总是别的什么事,他的手指在我体内富有技巧地揉动,我把这归结为他的圣洁。他的目标是高尚的,我告诉自己,那是没有被原始欲望污染的。

"看着你自己,"每次他感觉到我羞耻或犹豫的时候就这样说。他指着拖车房中雾蒙蒙的镜子里的我。"看看你的身体。这不是哪个陌生人的身体。"他平和地说。当我害羞地躲开,胡找借口时,他就抓着我的肩膀把我推回镜子前。"这是你,"他说,"是伊薇,你身上除了美,再没别的了。"

这些话在我身上发挥了魔力,哪怕只是暂时的。我望着镜子里的自己,一阵恍惚袭来——巴掌窝大的胸部,柔软的腹部,被蚊子咬得坑坑洼洼的腿。没有什么需要去弄清楚,也没有复杂的谜题——只有此刻这一再明显不过的事实,这是爱真正存在的唯一地方。

完事后他会递给我一条毛巾来擦干净自己,这在我看来是种极大的善意。

等我回到苏珊的视野里时,她总要对我冷淡一阵子。甚至她的动作都是僵硬的,上了箍似的,眼底有种缓滞,就像有人开车的时候昏昏欲睡。我很快学会了如何恭维她,黏在她身边,直到她忘记了冷漠,屈尊把她的烟递给我。后来我才意识到,我离开后,苏珊在想念我,那种一本正经原是笨拙的掩饰。尽管这很难说——也许这只是我一厢情愿的解释。

农场的其他部分进进出出地闪现。盖伊的那条黑狗，他们用一连串名字轮番叫它。那年夏天经过农场的漫游者，在那里挤着睡一两天后离开。那些愚蠢幻梦里的居民，背着编织双肩包，开着父母的汽车，一天中的任何时候都能看到他们。我看见拉塞尔那么快就说服他们放弃财产，赶他们上架，这样他们的慷慨就成了逼不得已的剧场，在这之前我没见到过任何类似的事情发生。他们递过来车主证、银行存折，有一次甚至是一枚金婚戒，带着发蒙的精疲力竭的轻松，如溺水的人最后屈服于潮水的吮吸。他们的悲伤故事既让人痛心又老套，弄得我心乱如麻。抱怨着邪恶的父亲和残忍的母亲，故事里的这种相似让我们全都感到自己像同一个阴谋的受害人。

那个夏天下雨的日子很少，其中的一个雨天，我们大多数人都待在屋内。老旧的客厅闻起来和外面的空气一样湿闷、阴郁。毛毯把地板分成一格一格的。我能听到厨房里收音机在播报一场棒球赛，雨透过裂缝滴进下面的塑料桶里。露丝在给苏珊做手部按摩，她们的手指被乳液弄得滑溜溜的。我读着一本几年前的杂志，关于我在1967年3月的星相。闷闷不乐的躁怒悬跨在我们之间；我们不习惯受到限制，不习惯被困在任何地方。

那些小孩子在室内倒是表现得很乖。他们只是偶尔从我们眼皮底下溜过去，为他们的私密任务忙得团团转。另一个房间传来椅子倒地的一声巨响,但是没人起身去查看一下。除了尼科,我都不知道其他孩子中的大部分是谁生的——他们的手腕细细的,像正在衰败似的,嘴巴周围沾着一圈浆滑的奶粉。我帮露丝照顾过尼科几次,把他抱在怀里,感受那汗湿的让人愉悦的重量。我用手指梳他的头发,把他缠在一起的鲨鱼牙项链解开。所有这些难为情的母性的任务带给我的快乐要大过给他的,让我可以想象——只有我才拥有让他安静下来的力量。尼科在这些温柔的时刻非常不配合,毫不客气地打破这一魔力,似乎觉察到我的良好感觉,起了厌恶。他对着我拽自己的小鸡鸡,用尖锐的假音要求喝果汁。有一次他打我打得太重了,都打出了瘀青。我看见他蹲着把大便拉在池边的混凝土上,有时我们会用水管冲走,有时不管。

海伦穿着史努比T恤和一双过于肥大的袜子漫步走下楼梯,红红的袜子后跟在脚踝下突起。

"有人想玩大话骰[1]吗?"

"没有。"苏珊宣布,假定是替我们所有人回答了。

海伦塌进没有坐垫的被磨秃的扶手椅里。她瞟了一眼天花板。"还在漏水呢。"她说。没有一个人理她。"能有个人卷根大麻吗?"她说,"求求了。"

---

[1] 大话骰: Liar's Dice,骰子游戏的一种,两个及以上的玩家互相欺骗对手和察觉对手的欺骗。

还是没有人回应。她靠近地板上的苏珊和露丝。"求求了，求求了，求求了。"她说，脑袋抵着露丝的肩膀蹭起来，像小狗一样一头栽进她怀里。

"好了好了，去拿吧。"苏珊说。海伦立刻跳起来去拿他们存货的假象牙盒子。苏珊冲我翻了翻眼皮。我朝她回笑了一下。我想，在这里面也没那么糟糕嘛。大家都在这个房间里挤作一团，像红十字会里的幸存者一样，烧茶的滚水在壁炉上咕嘟咕嘟地响。露丝在窗边干着活儿，阳光透过七拼八凑起来的蕾丝窗帘，如雪花石膏般的白。

这片宁静被尼科突然的哭号划破了，他跺着脚跑进房间，追着一个留西瓜头的小女孩——她拿了尼科的鲨鱼牙项链，他们之间爆发了一场尖叫连连的乱斗，眼泪飞溅，你抓我挠。

"嘿。"苏珊头也不抬地说。两个孩子顿时都静了下来，尽管眼冒怒火地盯着对方，醉汉似的呼呼喘气。一切都似乎没事了，迅速摆平了，直到尼科抓了那个女孩的脸，用长得过长的指甲耙过去，尖叫声又高了一个八度。那个女孩双手抱住脸颊，开始号啕大哭，露出了乳牙，凄惨的高音持续着。

露丝费力地站起来。

"宝贝儿，"她张开怀抱说，"宝贝儿，你得乖一点儿。"她朝尼科走了几步，尼科也开始哭叫，一屁股坐在自己的尿布上。"站起来，"露丝说，"来吧，宝贝儿。"她想扶住尼科的肩膀，但他变得软绵绵的，不愿意动。别的女孩一脸镇定地看着尼科的胡闹，看他从母亲怀里扭脱出来，开始用头撞地板。"宝贝儿，"露丝提高嗓门儿单调地重复着，"别这样，别这样，别这样……"但他继续着，眼睛黑起来，像颗纽扣，带着愉快。

"天哪。"海伦笑起来，她奇怪的笑声一直持续着。我不知道该怎么办，想起自己带孩子时感到过的无助的恐慌，意识到这个孩子不属于我，超出了我的掌控范围；但就连露丝也在这个同样的忧虑面前束手无策，好像她在等着尼科真正的母亲回来，搞定一切。尼科的脑壳不断地撞击地板，努力地让额头变得粉红。他哭喊着，直到听见走廊里的脚步声——是拉塞尔，我看见每个人的表情都如获新生。

"这是怎么回事？"拉塞尔说。他身上穿的是米奇不要的衬衣中的一件，沿肩部绣了一大片血红的大玫瑰。他赤着脚，浑身淋得透湿。

"问露丝。"海伦尖声尖气地说，"那是她的孩子。"

露丝嗫嚅着，她的话最后变得狂乱起来，但拉塞尔的回应和她不在同一水平。他的声音冷静，仿佛在哭泣的孩子和慌乱的母亲周围画了个圈。

"放松。"拉塞尔吟咏道。他不让任何人的烦躁搅进来，屋子里的骚动在他的凝视中转了调子。就连尼科也因为拉塞尔的出现而警觉起来，他的怒气变成了空模子，好像刚刚那个发脾气的自己消失了，只留下个替身。

"小汉子，"拉塞尔说，"来这里跟我说说话。"尼科还是怒瞪着自己的母亲，眼神却无助地被拉塞尔吸引过去。尼科噘起厚厚的下嘴唇，估算着。

拉塞尔一直站在门口，他没有像有些大人对待孩子那样——弯下腰，一脸热切，露出两排湿亮的牙齿。尼科也几乎安静下来了，进入低声的抽泣。他又在拉塞尔和母亲之间飞快地看了一个来回，然后终于一路小跑到拉塞尔身边，让拉塞尔把他抱起来。

"这才是我们的小男子汉。"拉塞尔说，尼科的胳膊紧紧抱着他的脖子。我记得自己当时惊奇于拉塞尔的脸色变化之快，他同小男孩说话的时候，往日的特征全改变了，脸上现出一副滑稽、愚笨的样子，活像一个逗乐小丑在扮鬼脸，但他的声音还是一如往常地镇定。他就是有这种能力，碰上什么人就变成什么样，就像水倒进什么样的容器里就会有什么样的形状。他能在瞬间变成一切：那个把手指探进我体内的男人，解放一切的男人，有时粗暴有时温柔地龠苏珊的男人，还有现在这个对着小男孩耳语的男人，他的声音擦抚着小男孩的耳畔。

我听不清拉塞尔说了些什么，但尼科把哭声吞了进去。他湿漉漉的脸上仍带着激动：似乎只要有人能抱着他，他就心满意足了。

海伦十一岁的表妹卡洛琳离家出走，在这里住了一阵子。

她以前住在海特区，但是警察在那里进行过一次镇压，她就搭顺风车来了农场，身上带着一个牛皮钱包和一件破旧的毛皮大衣。她经常爱抚这件大衣，又一副羞怯的样子，似乎不想让任何人看出她有多爱这件衣服。

旧金山离农场没那么远，但我们不常去。我只和苏珊去过一次，是去一栋房子里拿一磅大麻，她开玩笑地把那栋房子叫作"俄罗斯大使馆"。我猜，那应该是盖伊的某些朋友，一处撒旦教徒的老窝。那栋房子的前门漆成焦油黑——她看到我的犹豫后挽住我的胳膊。

"这地方真瘆人，是吧？"她说，"我一开始也这么觉得。"

当她猛地把我拉近时，我感觉到她的髋骨碰撞上来。在这些亲密的时刻，我从来只感觉到目眩神迷。

之后，我和她走路去了嬉皮山[1]。天灰蒙蒙的，下着细雨，山丘上空落落的，只有几个跌跌撞撞如活死人一般的瘾君子。我竭力从空气中搜刮一丝旧日的氛围，却一无所获——苏珊笑起来时，我也放松下来，停止了追寻意蕴的徒劳。"天哪，"她说，"这地方简直像个垃圾场。"我们最后还是回到公园里，湿雾从桉树叶上滴下来，发出清脆的声响。

我几乎每天都待在农场里，偶尔在家短暂停留也只是为了

---

1 嬉皮山：Hippie Hill，坐落在旧金山金门公园，临邻海特区，各种不同背景的人喜欢来此集会，是1967年"爱之夏"反主流文化运动的发生地之一。

换衣服，或是在厨房桌上留下便笺。我会在上面署名："爱你的女儿。"放纵这种夸张的感情，填补由我的缺席留下的空白。

我知道自己的样子起了变化，在农场待的一个又一个星期把我改造出了一身的邋遢气。我的头发被太阳晒褪了色，发梢也变得细脆，即使用沐浴乳洗完澡，身上也有一股烟味儿。我的很多衣服都过渡为农场财产，变成一堆我自己也认不出来的衣服：海伦穿着我曾经最珍爱的一件围兜衬衫到处胡闹，现在它又破又旧，沾满了斑斑点点的桃子汁。我穿得像苏珊一样，从那堆公共衣物里挑出一件脏兮兮的七拼八缀的衣服套在身上，衣服的杂乱宣示了对外面更大的世界的敌对。我和苏珊一起去过一家超市，她穿着比基尼上装和牛仔短裤。我们望着其他顾客的目光因为愤怒而变得火热，从斜眼变成直视。我们疯了似的无法控制地哼笑着，仿佛藏着狂野的秘密，我们确实有。有个女人一脸迷惑的嫌恶，几乎要叫出来，她紧抓住女儿的胳膊。她不知道的是，她的仇视只会让我们更有力量。

我用虔诚的洗礼为可能被母亲看见的时刻做准备：我站在热水下淋浴，直到皮肤起了红斑，头发用了护发素，变得顺滑。我穿上样式简单的T恤和白色棉质短裤，这些都是我年纪小一点儿的时候才会穿的衣服，想显得足够洁净、无性征，好让母亲安心。然而我或许用不着这么费劲——她根本不会看得那么仔细来确证我的努力。我们一起吃晚饭的那些时候基本都是在沉默中度过的，她会像个小孩一样对自己的食物挑三拣四,编造理由谈论弗兰克,她自己生活里空洞的天气预报。有天晚上我懒得换衣服,穿着一件露肚脐的薄纱吊带衫出现在餐桌前。她什么也没说,心不在焉地用勺子扒拉着米饭,直到似乎突然想起来我也在。她朝我这边瞟一眼。"你变得好瘦。"她抓着我的手腕下结论道,在带着妒意的打量下松开了手。我耸耸肩,她就再也没提过这事儿。

等我终于亲眼见到米奇·路易斯时,发现他比我想象中名人的样子要胖得多。他身材臃肿,像皮肤下堆了黄油,连鬓胡子让整张脸看起来毛茸茸的,金黄色的头发如羽毛一般。他给女孩们带来一箱根汁汽水,还有六网袋橙子。放陈了的布朗尼蛋糕上面撒着德国巧克力糖霜,单个装在纸杯里,一个个带着褶边的纸杯如同朝圣者的帽子。牛轧糖装在闪亮的粉色锡罐里。我猜那肯定是礼品篮里剩下来的。他还带来一条烟。

"他知道我喜欢这种,"苏珊说,把烟搂在怀里,"他记得。"

她们说起米奇时都带着一种占有的意味,好像他是一个概念,而不是一个有血有肉的人。她们会为米奇的造访打扮,做准备,带着少女般的期待。

"从他的浴缸里能看见大海,"苏珊告诉我,"米奇把灯开着,这样水里全都在发光。"

"他的鸡巴真大,"唐娜说,"还是紫的。"

唐娜在水池边清洗腋窝，苏珊翻了个白眼。"婊子澡[1]。"她咕哝道，但自己也换了一件连衣裙。就连拉塞尔都蘸水把头发往后抿，带来一种优雅的都市气息。

拉塞尔把我介绍给米奇，说道："我们的小演员。"手放在我背上。

米奇探询地打量着我，带着自鸣得意的笑。对男人来说，这太轻松了——立马估定你的价值。他们看起来又是多想你在对自己的判断上与他们合谋。

"我是米奇。"他说，好像我没听说过他似的。他看起来气色很好，皮肤细腻，是那种饱食的有钱人的样子。

"给米奇一个拥抱吧，"拉塞尔用肘轻推我，说道，"米奇想要一个拥抱，和我们其他人一样。他可以分享一点儿爱。"

米奇一副期待的神情，晃了晃手中的礼物确认一下，然后打开。通常我会被害羞吞没，会意识到自己的身体，还有可能犯的一些错。但现在我的感觉已经不同了。我是他们中的一员，这意味着我能回应米奇一个微笑，走上前，让他朝我身上压过来。

接下来是漫长的午后。米奇和拉塞尔轮流弹吉他。海伦穿一件比基尼上装坐在米奇大腿上。她不停地咯咯笑着，把梳着双马尾辫的脑袋埋进米奇的脖子里。作为乐手，米奇确实比拉

---

[1] 婊子澡：Whore's bath，通常只清洗腋下和私处，以迅速迎接性交。

塞尔出色得多，但我尽量不去注意这一点。我被一种崭新而狂暴的激情攫住了，越过紧张的临界点，进入一种迟钝的状态，几乎是不由自主地笑着，笑得脸颊都开始疼了。苏珊盘腿坐在土上，手指轻蹭着我的。我们都用手托着脸，入了神，宛如一朵朵郁金香。

在那些混沌迷离的日子里的一天，我们把自己献给了一个共有的梦想，献给了我们对现实生活所抱的那种憎恨的暴力。尽管我们还需要告诉自己，那全是关于联结、适应、接受什么的。米奇带来了一些迷幻药，是从斯坦福的一个实验员那里弄到资源的。唐娜把它和橙汁混在纸杯里，我们拿它当早餐喝，于是那些树木似乎元气满满地奏响了，阴影变成紫色，水汪汪的。后来，想到自己多么容易陷入事物中，实在让我好奇。要是周围有药，我就会嗑。你身在那一刻——在那所有事情发生的当口。我们可以花上几个小时谈论"那一刻"，谈话中把它翻来覆去：光线是怎样移动的，为什么有人沉默，追根究底一个眼神真正的意思。我们热切地想描述流逝的每一秒的形状，把一切隐藏的都挖掘出来，再敲打到死，这似乎是件重要的事。

苏珊和我忙着做那种孩子气的手镯，女孩们一直在互相交换，收集起来戴在胳膊上，像一群中学生那样。练习钩V形花样、糖果条纹花样。我在为苏珊做一只手镯，又肥大又宽，桃色棉线打底,上面一道罂粟红的锯齿花纹。我喜欢绳结串在一起的那种平静,各种颜色在我指尖快乐地跃颤。我有一次起身为苏珊倒了一杯水,这个举动有种家一般的温柔。我想要满足别人的需要,让水滋润她的嘴。苏珊边喝边对我仰笑,喝得那么大口,我能看见她的喉咙如波浪一般起伏。

海伦的表妹卡洛琳那天也在。她看起来比我十一岁的时候要懂事一些。她腕上的手镯摇晃着,发出廉价金属碰撞的声音。她的毛巾布衬衣是柠檬冰沙的淡黄色,露出小小的肚子,尽管她的膝盖像男孩子的一样满是擦痕和灰土。

"酷毙了。"当盖伊把纸杯里的果汁往她嘴里倒的时候,她说。迷幻药起效了,她像一个发条玩具一样不停地重复着这句话。我也开始察觉到自己身上最初的信号,嘴里满是口水。我想起童年时见过的泛滥的溪流,雨水迅疾地打在岩石上,带着死亡一般的冰冷气息。

我能听见盖伊在走廊里胡言乱语。他又在讲那些毫无意义的故事中的一个,药劲儿让他的大话重复回响。他的长发在头顶打了个深色的结。

"这个家伙在撞门,"他正在讲,"叫喊着要拿走属于他的东西。我就想,去他的,多大点儿事儿,"他絮絮叨叨地说,"我是埃尔维斯·普雷斯利[1]。"露丝跟着点头。她眯起眼睛看

---

[1] 埃尔维斯·普雷斯利: Elvis Presley, 即"猫王"。

着太阳，房子里传出乡村乔[1]的歌。云朵飘浮在蓝天上，像霓虹的镶边。

"去看看孤儿安妮。"苏珊说，朝卡洛琳使了个眼色。

一开始卡洛琳的反应有些夸张，跌跌撞撞地，是吃了药的效果，但很快药劲儿真的上来了，她的眼睛瞪得大大的，有一些害怕。她瘦得厉害，腮腺处的搏动都能看见。苏珊也在看着她，我等着她说点儿什么，可她什么也没说。海伦，卡洛琳所谓的表姐，也一声不吭。她中暑了，一动不动地平躺在一条旧毯子上，一只手遮住眼睛，对着空气傻笑。最后是我走到卡洛琳身旁，碰了碰她瘦弱的肩膀。

"怎么样？"我说。

我唤了她的名字，她才终于抬起头。我问她是从哪儿来的；她的眼神拧紧了。这是个不该问的问题——当然，它会搅起所有来自外面世界的乌七八糟的事情，不管是什么稀烂的回忆，此时可能都会让人加倍地痛苦。我不知道该如何把她从泥沼里拉回来。

"你想要这个吗？"我举起手镯问道。她偷瞥了一眼。"得等到我完成，"我说，"不过这是给你的。"

卡洛琳笑了。

---

[1] 乡村乔：Country Joe，美国20世纪60年代迷幻摇滚乐队Country Joe and the Fish（乡村乔与鱼）的主唱。

"你戴上一定漂亮极了,"我继续说,"它和你的衬衣很搭。"

她眼里的紧张缓和下来。她把自己的衬衣拉起来仔细研究,神色柔和起来。

"我自己做的。"她说,指着衬衣上一个和平标志的刺绣,我能看出这得花上她好几个钟头,说不定借了母亲的针线盒。这似乎很简单:对她友善,把做好的手镯套在她腕上,再用火柴烧一个结,然后她必须把它切掉。我没注意到苏珊在盯着我们,她自己的手镯忘在了腿上。

"真美,"我说,抬起卡洛琳的手腕,"除了美,没有别的了。"

就像我是那个世界的一个占有人,成了能为别人指路的人。这样的自大与友善混杂在一起;我开始用农场里各种确定的东西填满体内的所有空虚。拉塞尔的话如饕餮大餐——再无自我,关掉思维,转而捕捉宇宙的风。我们的信仰温和,易消化,如同我们从索萨利托[1]的面包店里顺走的面包卷和蛋糕,我们大快朵颐这些轻而易举得来的淀粉。

随后的几天,卡洛琳像条流浪狗一样寸步不离地跟着我。她守候在苏珊房间门口,问我想不想来一支她从摩托党那里讨来的烟。苏珊站起来从背后勾住肘部,开始做伸展运动。

---

[1] 索萨利托:Sausalito,加州马林郡城市,在旧金山湾区域。

"他们就这样给你了？"苏珊调侃地说，"免费的？"

卡洛琳瞥了我一眼："烟吗？"

苏珊没搭腔，却笑了起来。在这种时候我常常感到迷惑，但总把她的行为解释为更深层的原因：苏珊对其他人挑刺是因为她们都无法像我一样理解她。

我没有把这个念头对自己明讲，甚至没有怎么去想。关于苏珊的一切将会如何进展呢？当她和拉塞尔一起消失时，我便感到苦闷越掏越深，没有她，我就不知道自己该做什么，像一个迷路的孩子寻找着唐娜或者露丝。她回来时身上有股干汗味儿，用一条毛巾粗略地擦一擦两腿中间，似乎一点儿也不在意我正看着她。

起床时我看到卡洛琳紧张地拨弄着我送她的手镯。

"给我来支烟吧。"我冲卡洛琳一笑，说道。

苏珊用胳膊勾住我的胳膊。

"可是我们要去喂羊驼。"苏珊说，"你不想让它们饿肚子吧，是吗？它们会瘦得不行的。"

我犹豫了一下。苏珊伸手玩我的头发。她总是这样做：把刺果从我的衬衣上摘下来，有一次还把指甲嵌进我的门牙，把一点儿食物渣儿抠掉。打破界限，好让我明白界限并不存在。

卡洛琳想加入我们，这个愿望是那么毫无遮拦，我几乎都要为她感到丢脸。但这还是没能阻止我跟着苏珊出去，我对卡洛琳耸了耸肩表示抱歉。我能感觉到她的目光还粘着我们离开的身影——一个孩子遮遮掩掩的关注，那种无言的理解。我看出，在卡洛琳那里，失望已经是熟悉的事了。

我浏览着母亲的冰箱，玻璃罐上流出来的酱干干的。十字花科蔬菜被乱七八糟地裹在塑料袋里，嘶嘶冒着冷气。一如往常——没什么可吃的。像这样的小事情一再提醒我为什么宁愿待在别的地方。当我听见母亲在前门拖着脚走路，还有她沉重的首饰的喧响，我想连照面也不打就偷偷溜走。

"伊薇，"她走进厨房叫道，"稍等一分钟。"

我刚从农场骑车回来，正累得气喘吁吁的，还在药劲儿的尾巴上。我努力以正常频率眨着眼睛，呈现一张空白的脸让她什么都看不出来。

"你晒得这么黑了。"她抬起我的胳膊说。我耸了耸肩。她随意地来回梳着我手臂上的毛，然后停了下来。我们中间出现了一阵尴尬的沉默。我意识到，她终于明白不见的钱是怎样溜走的了。想到她会生气，我并不害怕。这个行为太过荒谬，反而具有了不是真事的那种安全感。我几乎要开始相信自己从来没住过这儿，在房子里偷偷摸摸进行为了苏珊而做的任务时，这种分离感是那样强烈。我在母亲的内衣抽屉里挖掘，在茶色丝绸和起了球的蕾丝中搜索，直到接近一卷用发圈绑住的钞票。

母亲眉头一皱。"听着，"她说，"萨尔今天早上在阿道比路上看见你了，你是一个人。"

我试图保持平静的表情，但心里松了一口气——这不过是萨尔那些迟钝的反应之一。我一直告诉母亲我待在康妮家。有几个晚上我也住在家里，尽量维持平衡。

"萨尔说附近有一些很奇怪的人，"母亲说，"某个神秘主义者之类的，但他听起来——"她的脸拧紧了。

当然了——如果拉塞尔住在马林的豪宅里，泳池里漂浮着栀子花，给有钱的女人上一次占星术阅读课收费五十美元，她一定会爱上他的。那个时候她对我来说是多么容易看透，任何差一点儿的，她都一成不变地防范着，即使她把家门敞向任何一个对她笑的人。敞向弗兰克，敞向他纽扣闪亮的衬衣。

"我从来没遇见过他。"我用无动于衷的声音说。这样母亲就会知道我在撒谎。撒谎的事实就在那里盘旋，我望着她直到她做出回应。

"我只是想警告你，"她说，"这样你就会知道那个家伙就在附近。我希望你和康妮互相照顾，明白吗？"

我能看出她正极力避免引发一场战火，为了这种中间立场，她已耗尽气力了。她已经警告了我，所以她该做的事已经做了。这意味着她仍然是我的母亲。让她觉得这是真的吧——我点点头，她松了一口气。母亲的头发变长了。她穿着一件新的针织肩带的背心，肩膀上的皮肤松松垮垮的，露出一条穿泳衣晒下的线。我们这么快就形同陌路了，像两个紧张兮兮的室友在走廊里打了照面。

"好吧。"她说。

有那么一刻我发觉,我那不再年轻的母亲脸上露出了疲倦的爱的神情,但它随着手镯在臂上滑落的细弱声响消失了。

"冰箱里有米饭和味噌汤。"她说。我喉咙里咕哝了一声,好像自己可能会吃,但我们都清楚我不会吃。

8

警方的照片使米奇的房子看起来狭窄、密闭、令人毛骨悚然，似乎它注定会有那样的命运。天花板上的横梁布满一道道粗裂纹，石砌的壁炉，许许多多的层阶和走廊，像米奇从索萨利托一家画廊里收集的埃舍尔[1]版画里的东西。我记得第一次见到这栋房子时，觉得它又简陋又空旷，像一座海滨教堂。家具很少，巨大的倒V形窗户，V字拼花木地板，宽阔低矮的台阶。从大门那儿就可以看到海湾的黑色平面在房子前延伸开来，海岸幽暗，岩石密布。游艇轻轻地互相碰撞着，像一个个冰块。

米奇为我们倒酒时，苏珊打开了他的冰箱。她边哼歌边盯着那些架子，揭开锡纸闻一闻碗里的东西，发出喜爱或厌恶的

---

[1] 埃舍尔：M.C. Escher（1989—1972），荷兰科学版画家，基于数学原理的图形艺术大师。

声音。像这种时候,我总是对她充满敬畏。她的举动是多么大胆,在这个世界里,在别人屋子里。我望着黑暗的窗户上我们俩摇晃的影子,头发都松散地披在肩上。我在这儿,在这个大名人的厨房里。我总在收音机上听到他的音乐。门外的海湾像漆皮一样闪闪发光。我是多么开心和苏珊一起在这里,似乎是她将这一切召唤出来的。

米奇和拉塞尔约了在那个下午早些时候见面——我记得自己注意到米奇反常地迟到了。两点已经过了,我们还在等他。我沉默着,跟他们所有人一样,沉默在我们中间膨胀。一只马蝇叮我的脚踝,我没想要把它赶走,意识到拉塞尔就在几步远的地方,闭着眼睛半坐在椅子上。我能听见他呼吸之下的低吟声。拉塞尔决定最好是让米奇遇见这幅场景:他坐在那儿,女孩们围绕着他,盖伊守在一旁——游吟诗人和他的听众。他已做好表演的准备,吉他横放在膝上,赤脚轻摇着。

拉塞尔拨弄吉他的方式有些特别,他沉默地按压着琴弦——他紧张的那种方式,我还不知道该如何解释。海伦开始对着唐娜耳语,只是低声的一句悄悄话,拉塞尔没有抬头。可能是关于米奇的,或者是盖伊说过的什么蠢话。但当海伦继续说的时候,拉塞尔站了起来。他郑重地将吉他慢慢地靠在椅子上,停了一会儿确认它放稳了,然后迅捷地走过来,照着海伦的脸扇了一巴掌。

她不自觉地尖叫起来，冒出一串奇怪的声音。她瞪大的双眼中满是受伤，接着迅速流干，转而露出歉意，飞快地眨眼睛好让眼泪不落下来。

这是我第一次看见拉塞尔有这种反应，愤怒的矛头指向我们中的一员。他不可能打她的——愚蠢的刺眼的太阳，下午的时光，让这变得不可能。这个念头太过荒谬了。我四处张望，想确认这可怕的裂口，但每个人不是盯向别的某个地方，就是把面容组成一副不赞同的面具，似乎这是海伦自作自受。盖伊挠了挠耳后，叹着气。连苏珊也看起来为发生的事感到无聊，似乎这与一次握手没什么区别。我的喉咙像被灌了酸，我感到的突然、绝望的震惊，像一个轻微的过失。

转眼间，拉塞尔就轻抚着海伦的头发，把她歪掉的辫子扎紧。他对她耳语了几句，她笑了起来，点了点头，像一个眼痴神呆的小布娃娃。

米奇终于出现在农场时，是一个小时之后了，他带着大家急需的物资：一纸箱罐头大豆，一些干无花果，巧克力酱，还有硬得像石头的大头梨[1]。他任由孩子们爬上他的腿，虽然通常会把他们抖掉。

"嘿，拉塞尔。"米奇说。脸上的汗水交织纵横。

---

[1] 大头梨：Packham pear，又叫贵妃梨、油瓶梨、香蕉梨，摘下来的头几天很硬。

"好久不见，兄弟，"拉塞尔说，保持平稳的笑容，尽管没有从椅子上起身，"《伟大的美国梦》进行得怎么样了？"

"还挺好的，伙计。"他说，"抱歉，我迟到了。"

"有一阵子没有你的消息了，"拉塞尔说，"我的心都碎了，米奇。"

"一直很忙，"米奇说，"发生了很多事。"

"总是有很多事在发生。"拉塞尔说。他环视着我们，久久地和盖伊对视。"你不觉得吗？似乎总有很多事情在发生，生活就是这样。我想，可能只有死的时候才会停下来。"

米奇笑了起来，好像没有什么异常似的。他分发着带来的烟和食物，像一个满头大汗的圣诞老人。那些书会把这一幕定为拉塞尔和米奇之间关系转变的时刻，尽管那时我对这个一点儿都不知道。我没有在他们之间里的紧张里抓住任何一点儿含义，没注意到拉塞尔裹在宽容、冷静的外表下的暴怒。米奇这次来是向拉塞尔报告坏消息的，拉塞尔的唱片交易泡汤了，不管怎样，烟、食物，所有这些东西是慰问品。拉塞尔为了预想中的唱片交易已经追猎米奇好几个星期了，步步紧逼，一再施压，把米奇折磨得筋疲力尽。他派盖伊送去神秘含糊的消息，既可以说是威胁，又像是示好。拉塞尔坚信这是他应得的，因此要尽力得到它。

我们抽了些草，唐娜做了花生酱三明治。我坐在橡树投下的伞状阴影里。尼科和另一个孩子到处乱跑，下巴上早饭残渣儿结了壳。他对着垃圾袋响亮地抽了一棍子,脏东西撒了一地——除了我,没人注意到。盖伊的狗在草场上溜达,羊驼焦躁地抬高腿。我不住地偷瞄海伦,如果要说她是什么样子的话,那就是持续的开心,似乎刚刚与拉塞尔的冲突完成了一个令人欣慰的图案。

那一巴掌应该更令人警醒的。我希望拉塞尔是善良的,于是他是那个样子。我想和苏珊靠得更近,于是选择相信那些让自己愿意留下来的事情。我告诉自己有些事情是我无法理解的。我把以前拉塞尔说过的话在脑子里循环了又循环,打造成一种解释。有时候他为了展示自己的爱不得不惩罚我们。他也不想这样做,但他必须让我们继续前行,这是为了整个团体好。这样做,他心里也会受伤的。

尼科和另一个孩子放弃了那堆垃圾,转而蹲在草丛里,沉甸甸的尿布耷拉着。他们用亚洲人的那种严肃声音快速地对话,语调清醒、理性,宛如两位小哲人在交谈。接着他们突然迸发出歇斯底里的大笑。

天色已晚,我们喝了镇上按加仑卖的污浊的葡萄酒,沉渣儿脏了我们的舌头,热得让人恶心。米奇起身了,准备回家。

"你为什么不和米奇一起去呢?"拉塞尔建议。他在一种浸没的暗语里捏了捏我的手。

他和米奇之间递了眼神吗?又或者我是在想象中见证了这

一交易。那一天的逻辑似乎被混乱所笼罩，不知怎的就已是黄昏了，我和苏珊开车载着米奇回他那栋房子，沿着马林的偏僻小路飞驰。

米奇坐在后座，苏珊开车，我坐在副驾驶座。米奇总是出现在后视镜里，神情迷失在漫无目的的雾里。然后他会猛地回神，惊奇地盯着我们。为什么选中我们送米奇回家，我不能完全明白。我选择性地过滤掉一些信息，我所知道的就是得和苏珊在一起。所有的车窗都敞开着，迎向夏日土地的气息，迎向其他车道上的幽秘闪光，其他人的生活。我们沿着塔姆山[1]阴影中的狭窄小路前行。盘成圈的花园水管，美丽的木兰花。苏珊时不时驶错车道，我们尖叫着，带着快乐和迷茫的恐惧，尽管我的尖叫声中有种平淡：我不相信会有任何坏事发生，不是真的相信。

米奇换上了一件白色的睡衣似的套装，是旅居瓦拉纳西[2]三个星期带回来的纪念品。他递给我们一人一个杯子——我闻到一股杜松子酒的药味，还有别的什么东西，有一丝轻微的苦味。我从容地喝了下去。我几乎是病理性地high了，不断吞咽

---

[1] 塔姆山：Mount Tam，塔玛佩斯山的简称，在马林郡境内，通常被认为是马林郡的标志。

[2] 瓦拉纳西：Varanasi，又称贝拿勒斯，印度教圣地，历史名城。

着,鼻子变堵了。我对自己微笑了一下。待在米奇·路易斯的房子里看起来太怪异了。周围是一堆乱糟糟的神龛和崭新模样的家具。

"杰斐逊飞机[1]在这儿住过几个月,"他说,用力地眨了眨眼,"和那几只狗中的一只一起。"他盯着房子四周继续说,"那种大白狗。叫什么来着?纽芬兰?它把草坪扯坏了。"

他似乎并不在乎我们忽略了他。他心不在焉,目光呆滞,一语不发。突然他站起身,放了一张唱片,把音量调得震响,吓了我一跳。但苏珊笑起来,催他把声音再放大点儿。让我尴尬的是,这是他自己的音乐。他沉重的肚子撑着长衬衫,撑得下摆宽松得像条裙子。

"你们都是好玩的姑娘。"他声音微弱地说,眼睛盯着跳起舞的苏珊,她的脏脚丫踩在白地毯上。她先前在冰箱里发现了鸡肉,用手指扯了一块下来,边扭腰边嚼着。

"科纳鸡肉[2],"米奇评论道,"从垂德维客[3]买来的。"这话里的乏味——我和苏珊互换了一下眼神。

---

[1] 杰斐逊飞机:(Jefferson)Airplane,1965年成立于旧金山的摇滚乐队,是迷幻摇滚的先驱。

[2] 科纳鸡肉:Kona chicken,一道易做的美味,将鸡肉、绿洋葱、酱油、白葡萄酒、蜂蜜放入炖锅慢炖即成。

[3] 垂德维客:Trader Vic's,总部设在加州的著名连锁餐厅,波利尼西亚(太平洋海岛)主题。

"什么?"米奇说。我们笑个不停,他也笑了。"这很有意思。"他一遍遍地重放着音乐,不停地说他知道的某个演员是多么喜欢这首歌。"他真的懂,"他说,"听得不肯停下来。很懂货的家伙。"

这对我来说很新鲜,你可以这样对待某个名人,就像他没那么特别,你可以看到他所有让人失望的、平常的方面,又或者注意到他厨房没有送出去的垃圾的气味。墙上挂过照片的地方留下一个四方的鬼印。金唱片斜靠在护壁板上,还裹着塑封。苏珊表现得像是只有我和她才是真正重要的,这就是我们和米奇玩的一个小游戏。他是一个更大的故事的背景,而这个故事属于我们,我们怜悯他,也感激他,因为他牺牲自己来让我们取乐。

米奇有一些可卡因,他小心翼翼地抖在一本关于TM[1]的书上,那个样子让人看后感到痛苦。他隔着一段诡异的距离看着自己的双手,似乎这双手不属于他。他分出三条线,然后细看着它们。他忙了半天,直到分出明显更大的一条,然后迅速吸进鼻子,用力地呼吸。

"啊啊……"他说,朝后仰靠,喉咙处的胡楂看起来粗硬扎人。他把那本书递给还在跳舞的苏珊,她吸走一条白线,我

---

[1] TM:超验冥想(Transcendental Meditation),20世纪50年代中期由印度玛哈利什·玛哈士大师传入美国,得到披头士等一众名人的欢迎。

吸了最后一条。

可卡因让我也想跳舞，于是我跳了。苏珊抓着我的手，对着我笑。这是一个奇怪的时刻：我们在为米奇跳舞，但她的眼神吞噬了我，鼓动我继续下去。她望着我愉快地舞动。

米奇想要聊天，告诉我们关于他女朋友的某个故事。自女友离开，去了马拉喀什[1]后，他是多么孤独，她哭着说需要更多的空间。

"扯淡，"他不断念叨着，"啊，扯淡。"

我们在纵容他：我学苏珊的样子，米奇说的时候，她点着头，却对我翻白眼，又或是大声怂恿他再多讲些。那天晚上他一直在讲琳达，虽然她的名字对我来说没有任何意义。我几乎没听。我拿起一只小木盒，里面的银色小球叮当乱响，我歪斜着盒子，想让小球掉进画得像恶龙嘴的洞里。

到谋杀发生的时候，琳达已经是他的前女友了，只有二十六岁，尽管这个年纪对那时的我来说很模糊，像是一声遥远的敲门响。她的儿子克里斯托弗五岁，但已经去过十座城市，随身绑在母亲的旅行中，像她的圣甲虫首饰袋似的。她在鸵鸟皮牛仔靴里塞满卷起来的杂志，防止靴子变形。琳达很漂亮，尽管我确信她的脸随着年龄会变得猥亵或轻贱。她在床上

---

1 马拉喀什：Marrakesh，摩洛哥历史古城，以清真寺、宫殿、园林等古迹闻名于世，被誉为"摩洛哥南方明珠"。

睡觉的时候，金发小男孩躺在旁边，像泰迪熊似的。

我是那样安心地觉得这个世界已经为我和苏珊将一切都筛分好，米奇只是个滑稽的填充品——我甚至都没想过有其他可能。我起身去了浴室，用了米奇奇怪的黑香皂，瞥了一眼他的壁橱，里面装满了瓶瓶罐罐的镇静剂。浴缸表面的瓷釉闪闪发光，空气中有股消毒水的刺鼻味儿，于是我知道他雇了清洁女工。

我刚小便完，有人不敲门就打开了浴室的门。我吓了一跳，下意识想挡住自己。我看见那个男人朝我光着的腿上扫了一眼，然后低身退到走廊里。

"抱歉。"我听见他隔着门说。一排毛绒万寿菊鹦鹉挂在洗手池边，轻轻地摇晃着。

"向您致以我最深的歉意，"那个男人说，"我是找米奇的。不好意思，打扰到您了。"

我感觉到他在门那边犹豫了一下，走之前轻轻敲了下木板。我提起短裤，蔓延开的肾上腺素减退了，但还没有消失。可能他只是米奇的一个朋友。可卡因让我有些神经质，但没有被吓到。这说得通：在后来那件事发生之前，没有人以为陌生人会是除了朋友之外别的什么人。我们之间的爱是没有界限的，整个宇宙是一个无边延伸的缓冲垫。

※※※

几个月后我意识到这个人一定就是斯科蒂·韦施勒。他就是住在那座外屋的看守人,小小的白漆木板屋配有轻便电炉和小型取暖器。他负责清理浴缸过滤器,给草坪浇水,检查米奇有没有在夜里嗑药过量。他过早地谢了顶,戴着一副金属丝边眼镜。斯科特曾是宾夕法尼亚一座陆军军官学校的预备军官,后来退学去了西部。他预备军官的理想从来没有动摇过,他给母亲写的信里谈到红杉树、太平洋,用的是"雄伟"和"壮观"这样的字眼。

他将是那个首当其冲的人。那个想要反击、想要逃跑的人。

我希望能从那次短暂的会面中挤出更多的东西,好让自己相信,当他打开门时,我已感到要发生什么的震颤。但我脑子里除了他是个陌生人这一闪念,什么都没有,也很少去想这件事。我甚至都没问苏珊这个男人是谁。

我回去时,卧室里空无一人。音乐刺耳地响着,烟灰缸里一根烟在滤散着烟线。通向海湾的玻璃门开着。我走到门廊上,被突然涌现的海水震惊了,毛茸茸的光线墙:雾中的旧金山。

岸上一个人也没有。接着我听到水那边传来一道失真的回声。是他们,两人都在,正在海浪中泼水嬉戏,海水围着他们的腿荡起泡沫。米奇穿着白色套装——现在已经成了浸透的白床单——在海水中挥动着,苏珊穿着她起名叫"兔兄弟[1]"的衣服。我的心猛地一动——我想加入他们。但是有某种东西把我定在原地。我站在通往沙滩的阶梯上,闻着被海水浸软的木头的气息。我知道会发生什么吗?我看见苏珊脱掉衣服,带着醉意费力把衣服挣脱掉,接着他就在她身上了。他的头低下去舔着她赤裸的乳房。两个人在水中都摇摇晃晃的。我看了很久,久得似乎超出了正常的限度。我转身摇进屋里的时候脑袋嗡嗡的,一片恍惚。

我调小音乐,合上苏珊没关的冰箱门,看着挑剩的鸡的残骸。"科纳鸡",米奇坚持这么叫它。那副场景让我有点儿反胃,粉得过头的鸡肉散发出阵阵寒气。我想,自己永远都会是这副样子,会是那个关掉冰箱门的人,会像个怪人似的从台阶上看着苏珊任由米奇对她为所欲为。嫉妒在我肚子里震颤。我想象他的手指在她体内,她尝起来会有股海水的味道,我有种心被啃噬的奇怪感觉。还有困惑——事情怎么这么快就变了样,我又成了被排除在外的那个。

脑中化学的欢愉已经消退,于是我还能意识到的就是这种

---

[1] 兔兄弟:Br'er Rabbit,美国南方黑人民间故事集《雷默斯大叔》(*Uncle Remus*)里的中心角色。

欢愉的匮乏。我并没觉得累,但也不想坐在沙发上等他们进来。我发现了一间没有锁上的卧室,看起来像客房:壁橱里没挂衣服,床单稍微有些乱,闻起来有股陌生人的味道,床头柜上单放着一只金耳环。我想起自己的家,自己的毯子的重量和触感——接着突然有了一股想睡在康妮家的冲动。蜷着身子和她背靠背,这是我们熟悉的仪式性的安排,她的床单上印着胖嘟嘟的卡通彩虹。

我躺在床上,听着苏珊和米奇从另一个房间里传来的声音,仿佛我成了苏珊粗脖子的男朋友,那股义愤填膺的怒火又一次猛蹿起来。这不是针对她的,不完全是——我对米奇的憎恨强烈得使我保持着完全的清醒。我想让他知道先前苏珊是怎样耻笑他的,想让他知道我对他的怜悯达到了怎样的程度。可我的愤怒是那么无力,如海浪汹涌却无法着陆,这种感觉是多么熟悉:我的感觉被扼死在体内,像未成人形的胎儿,痛苦又愤懑。

后来,我几乎可以确定,这就是琳达和她的小男孩睡的那个房间。尽管我知道这里还有别的房间,还有别的可能性。琳达和米奇在谋杀当晚之前分了手,但他们还是朋友,米奇在前一星期送了一个超大的毛绒玩具长颈鹿给克里斯托弗做生日礼物。琳达待在米奇那里仅仅是因为她在日落大道的公寓爬满了霉菌——她计划在他的房子里住两夜。然后她和克里斯托弗就会和她男朋友一起待在伍德赛德[1]，她男朋友拥有一系列海鲜餐厅。

谋杀事件之后，我在脱口秀上看见过那个男人：脸红红的，眼睛上按着一块手帕。我想知道他的指甲有没有修剪过。他告诉主持人他打算向琳达求婚。但谁知道这话是不是真的。

大约凌晨三点，门口响起敲门声。是苏珊，她没等我回答就跌跌撞撞走进来。她浑身赤裸，带来一股海水和烟混合的气味。

"嘿。"她说，拉我的毯子。

我在半睡半醒中，天花板上单调的黑暗让我昏沉沉的，她像是从梦中来的生物，暴风雨一样卷进房里，带着她一如往常的气味。她爬进被单躺在我身边，被单让她打湿了。我相信她是为我而来。和我在一起，是她的一种道歉的姿态。但当我明白她的急迫、她high了的呆滞的注视时，这个想法很快就被打消了——我知道她是为米奇来的。

"来吧。"她说，又笑了一下。她的面孔在怪异的蓝色光线下显得新奇。"这很美，"她说，"你会发现的。他很温柔。"

似乎那就是你能期望的最好的事了。我坐起身，抓住被子。

"米奇是个变态。"我说，现在清楚地知道我们是在陌生人

---

[1] 伍德赛德：Woodside，加州小镇，位于旧金山半岛。

的房子里。客房过分宽敞，空空荡荡的，还有别人的肉体排放的令人讨厌的气味。

"伊薇，"她说，"别这样。"

她的贴近，她在黑暗中灼人的眼神。她是那么轻易就将嘴唇印上我的嘴，接着，探出舌头越过我的唇，用舌尖沿着我的牙齿边游走，对着我的嘴巴笑，说着我听不清的话。

我能尝到她嘴巴里可卡因的味道，还有微咸的海水味儿。我再去亲吻她，但她早已飘离，笑着，似乎这是个游戏，似乎我们只是做了一些有趣又不真实的事情。她轻轻地玩着我的头发。

我很乐意歪曲含义，故意地误读符号。做苏珊请求我做的事，似乎是我能给她的最好礼物，是一种解锁她自身的回报之情的方式。她陷入了困境，以她自己的方式，正如我一样，但我从来看不见这一点，我只是轻易地前往她催我去的方向。像那个银球叮当乱响的木玩具，我把它歪来斜去，极力想让银球进入涂画的洞里，想要那胜利的一落。

米奇的房间很宽敞，瓷砖地板凉凉的。床是在一个升起的台子上，上面雕刻着巴厘岛风格纹饰。他看见我跟在苏珊后面，咧开嘴笑了，露出一闪而过的牙齿，接着他向我们张开双臂，赤裸的胸前浮泛着毛发。苏珊直接过去了，但我坐在床沿，双手叠放在腿中间。米奇靠着肘支起身子。

"不对,"他拍了拍床垫,说道,"这里。来这里。"

我挪过去躺在他身边。我能感觉到苏珊的不耐烦,她像只狗一样侧身贴近他。

"我现在还不想要你。"米奇对她说。我看不见苏珊的脸,但能想象出她脸上闪现的受伤神情。

"你能把这个脱掉吗?"米奇用手拍了拍我的内裤。

我感到一阵羞耻:内裤松垮垮地包住了整个屁股,充满了孩子气,橡皮筋也失去了弹性。我把它从腰上褪下来,直到膝盖。

"天哪,"米奇坐起来说,"你能把腿分开一点儿吗?"

我照做了。他蹲伏在我身上。我能感觉到他的脸靠近我那孩子气的小丘。他的鼻子喷出动物一般湿热的气息。

"我不会碰你的。"米奇说,我知道他在撒谎。"天啊。"他吸了一口气,对苏珊做了个"过来"的动作。他小声嘀咕着,像对待玩偶似的摆放我们,不知是在对谁宣布着神道道的悄悄话。在那个陌生的房间里,苏珊在我看来也像个陌生人,仿佛她身上我所认识的那一部分已撤退了。

他把我的舌头吸进自己的嘴巴。他亲我的时候,我基本可以保持不动,以一种空洞的距离接受他探索的舌头,连他的手指在我体内也像某种新奇而又无意义的事情。米奇抬起身子挤进我的身体,遇到阻碍时他发出些微低沉的呻吟。他往手上吐了些口水开始摩擦我的下面,然后又试了一次,不知怎的,突然他就在顶我的两腿之间了。我带着惊讶和不相信不停地自忖着，这真的就发生了。接着我感到苏珊的手滑过来，抓住了我的手。

也许是米奇朝我的方向轻推了推苏珊，但我没看见。当苏珊再一次亲吻我时，我又昏沉沉地开始想着她这样做是为了我，这是我们在一起的方式。米奇只不过是背景噪音，是允许她渴望的唇、弯曲的手指的必要借由。我能闻到自己，也能闻到她。我相信她喉咙深处的声音是为我发出的，就像她的欢愉处在某个米奇听不到的音调上。她把我的手移到她的乳房上，我触碰到她的乳头时，她浑身一颤，闭上了眼睛，似乎我做了什么好事。

米奇从我身上滚下来以便观看。他揉搓着湿漉漉的龟头，把床垫压得斜了过去。

我不停地吻着苏珊，这和吻一个男人是那样不同。男人们强有力的捣压越过了一个吻所具的意义，而不是这种连接。我假装米奇不在场，尽管我能感觉到他的凝视，他的嘴巴像打开的汽车后备厢盖那样耷拉着。苏珊想分开我的腿时，我有些忸怩，但她迎着我笑了，于是我让她继续下去。她的舌头起初是试探性的，接着她也用了手指，让我尴尬的是我下面湿得厉害，还发出了声响。我的思绪在一种从未有过的陌生欢愉中炸裂，我不知道如何描述这种感觉。

在那之后米奇上了我们两个人，像是要纠正我们俩不加掩饰的对彼此的偏爱。他大汗淋漓，眼睛用力地拧着。床离开了墙壁。

我早上醒来，看见自己被弄脏的内衣扭成一团躺在米奇的瓷砖地板上，心中沸腾起那么无助的难堪，我几乎要哭出来了。

米奇开车送我们回农场。我沉默不语，望着车窗外。路过的房屋似乎处于漫长的休眠期，时髦的豪车裹在油灰色的罩布下。苏珊坐在副驾上。她时不时地回头对我笑。我能看出她是在道歉，但我面无表情，心像捏紧的拳头，处在一种没有完全放任的悲痛里。

我想，我是在给自己的坏情绪筑堤，就像我能用装腔作势来制止悲伤，用无所谓的态度来考虑苏珊。我与人发生了性关系，那又怎样？这没什么大不了的，不过是另一种人体的运作罢了。就像吃饭一样，是机械化的过程，人人可为。所有那些虔诚的、温柔的让你等待的劝告，把自己变成一份给未来丈夫的礼物：实际行动的平淡里有种释怀。我从后座上望着苏珊，看着她对米奇说的什么话笑起来，然后摇下车窗。她的头发在灌进来的风中飘扬。

米奇在农场停下车。

"回头见，姑娘们。"他举起一只粉色的手掌冲我们说。似乎他只是带我们出去吃了冰激凌,只是一次单纯无害的出游,现在又把我们送回父母家这个大摇篮里。

苏珊立刻去找拉塞尔,一句话不留就撇下了我。后来我意识到她一定是向拉塞尔汇报去了,让他知道米奇看起来怎么样,我们是否让他开心到了改变主意的程度。当时,我只注意到了被抛弃。

我想让自己忙起来,在厨房里和唐娜剥大蒜。照她教我的样子,把蒜瓣在平放的刀和案台之间压扁。唐娜扭动收音机旋钮,从刻度盘的一头拧到另一头又拧回来。得到的是不同程度的静电噪音,和厄伯·阿尔佩特[1]那可怕的曲调。最后她放弃了,转而继续猛击一块黑色的面团。

"露丝把凡士林抹在我头发上了,"唐娜说,她晃了晃,可头发几乎没动,"等我洗的时候头发就会变得非常柔软。"

我没有搭腔。唐娜看出我有些心烦意乱,就盯住我。

"他带你看他后院的喷泉了吗?"她说,"是他从罗马弄来的。米奇那地方太有情调了,"她继续说,"因为靠近大海,所有那些离子都飘浮在空气中。"

我的脸一下红了,努力专注于把大蒜木头似的外皮剥离。收音机里的嗡嗡声似乎也有了下流的意味,污染了这里的空气,广播员的语速太快了。我明白,她们都去过那儿——米奇

---

[1] 厄伯·阿尔佩特(Herb Alpert, 1935—),20世纪美国极为成功的爵士乐音乐家。

在海边的那所奇怪的房子。我扮演了某个部分的角色，干净利落地被这样定义：一个女孩，提供一种已知的价值。这里面有某种几乎令人感到安慰的东西，它的目的清晰明确，尽管这让我蒙了羞。我不明白还可以期望更多的东西。

我没有见过喷泉。我没有这样说。

唐娜的眼睛闪着光。

"你知道吗，"她说，"苏珊的父母其实很有钱，做煤气生意还是什么的。她从来没有无家可归过，也没有别的那些经历。"她边说边揉着面团，"没有最后沦落在医院里。没有一点是她那些鬼话里的样子。她不过是用根别针把自己划伤了，在某次嗑药的时候。"

水池里的剩饭变软，散发出的臭味儿让我想吐。我耸耸肩，做出一副反正不在乎的样子。

唐娜继续说。"你不相信我，"她说，"可这都是真的。我们在门多西诺[1]的时候，遇上了一个种苹果的农民。她嗑了太多药，开始拿那根别针瞎编乱造个没完，直到我们叫她闭嘴。可是她连血都没流。"

见我没有回答，唐娜把面团猛地甩进一个碗里，又一拳砸下去。"你要怎样想，随便。"她说。

---

1 门多西诺：Mendocino，加州西北部沿海城市。

※※※

过了一会儿，苏珊回到卧室，我正在换衣服。我保护性地弓身抱着自己赤裸的胸部。苏珊注意到了，似乎准备打趣我但又打住了。我看见了她手腕上的疤痕，但没有让自己多想那些让我不安的疑问——唐娜只是在嫉妒她。别管唐娜了，还有她那僵硬的抹了凡士林的头发，像麝鼠一样刺立又肮脏。

"昨晚真是酷。"苏珊说。

她想把胳膊吊我身上，我摆脱了。

"哎，别这样，你也很投入的。"她说，"我都看见了。"

我做了个恶心的表情——她笑了起来。我忙着整理床单，似乎那张床可以是任何东西，而非一个阴湿的巢穴。

"噢，没事，"苏珊说，"我有样东西准能让你高兴起来。"

我以为她要道歉，但接着想到——她要再吻我。昏暗的房间快要令人窒息。我几乎感到这事儿就要发生，感到她难以察觉的倾斜——但苏珊只是举起她的包放到床上，边上的流苏铺开。包被塞得满满的，有种异样的重量。她向我掷来一个胜利的眼神。

"打开吧，"她说，"看看里面。"

苏珊被我的犟劲儿激怒了，自己打开了包。我不知道里面装了什么，只见闪现出古怪的金属光，棱角很锋利。

"拿出来。"苏珊不耐烦地说。

里面是一张用玻璃裱起来的金唱片,比我想象中的要沉得多。

她用肘轻推了推我:"我们拿下他了,不是吗?"

她一脸期待——这意味着一种解释吗?我盯着刻在一块小匾牌上的名字:"米奇·路易斯。《太阳王》专辑。"

苏珊笑了起来。

"伙计,你真该看看自己现在的脸,"她说,"你不知道我是站在你这边的吗?"

那张唱片在阴暗的房间里闪着钝钝的光,即使是它美丽的古埃及幽光,也没能激起我心中一丝波澜——这只是那所奇怪的房子里的一个手工艺品罢了,没什么好宝贵的。才拿了一会儿,我的胳膊就酸了。

9

门廊传来的吵闹声吓了我一跳,紧接着是母亲情不自禁的笑声,还有弗兰克沉重的脚步声。我在客厅里外祖父的椅子上伸展着身子,看母亲的《麦考尔》杂志。里面图片上的火腿如生殖器般光滑,围了一圈菠萝做装饰,劳伦·赫顿[1]身穿巴厘岛风格的胸衣,悠闲地躺在岩石密布的悬崖上。母亲和弗兰克闹嚷嚷地进了客厅,但是看见我立刻就不说话了。弗兰克穿着他的牛仔靴,母亲说的话也都咽了下去。

"甜心。"她的眼神有些迷离,身体晃动的幅度刚好够我知道她喝醉了,她还不想让我发现,虽然发红的脖子——从雪纺衬衫里露出来——已暴露了这一切。

"嘿。"我说。

---

[1] 劳伦·赫顿(Lauren Hutton, 1943—),美国演员,20世纪60年代末当红模特。

"一个人在家干吗呢,甜心?"母亲走过来用胳膊绕住我,我任由她这样做了,尽管她身上有股酒的金属气息,还有残余的香水味儿,"康妮生病了吗?"

"没有。"我耸耸肩,转过身继续看杂志。下一页是一个穿着黄油色束腰外衣的女孩跪在一只白盒子上。是"月华滴"葡萄[1]的广告。

"你一般都是来去匆匆的。"她说。

"我只是想待在家里了。"我说,"这也是我的家,不是吗?"

她微笑了一下,梳了梳我的头发。"真是个漂亮的姑娘,对吗?这里当然也是你的家。她是不是个漂亮的姑娘?"她转身向弗兰克说道,"真是个漂亮的姑娘。"她自言自语地重复着。

弗兰克笑着回应了一下,但看起来有些焦躁不安。我讨厌那种不情愿的了解,我已开始注意到权力和控制的每种微妙的转换、那些虚枪实棒。为什么一段关系不能是互惠互利,两个人以相同比值从中稳定获益呢?我啪地一下合上了杂志。

"晚安。"我说。我不愿去想象接下来会发生什么,弗兰克的手会伸进母亲的雪纺衬衣。母亲足够警觉地关掉灯,渴求宽容的黑暗。

---

[1] "月华滴"葡萄:Moon Drops,美国加州葡萄园培植的葡萄品种,长柱形。

※※※

  我刺激着这些幻想：通过离开农场一阵子，我可以激得苏珊突然现身，要求我回到她身边。我狼吞虎咽着孤独，如一筒筒地吃掉苏打饼干，玩味着嘴里钠的刺切口感。看《家有仙妻》[1]的时候，我对萨曼莎有了新的恼火——她自命不凡的鼻子，她那样去捉弄丈夫。他不顾一切的愚蠢的爱，让他成了一个笑话。有一晚我歇下来端详着外祖母挂在大厅里的影棚照片，用紫胶漆抛光的发卷像帽子一样贴在她头上。她很漂亮，洋溢着健康，只有眼睛睡意蒙眬的，似乎从落英缤纷的梦中醒来。我们没有一丁点儿相似的地方，这个发现让我感到振奋。

  我对着窗外抽了一点儿草，然后自慰到疲惫不堪，看一本漫画或杂志，是哪个并不重要。这只是身体的动作，我的大脑可以借以放松。我可以去看道奇"战马"车的广告。一个微笑的女孩戴着一顶雪白的牛仔帽，猛烈地摆出各种淫荡的姿势。她的神情松懈、浮夸，又吸又舔的，下巴上的口水黏糊糊的。我应该试着理解那一晚与米奇发生的事情，然后泰然处之，但我只有强烈而正式的愤怒。那张愚蠢的金唱片。我努力地想要从中组合出新的意义，似乎我错过了某个重要的信号——苏珊从米奇背后给我的一个有分量的眼神。米奇好色的脸，汗珠大

---

[1]《家有仙妻》：Bewitched，1964年开播的美国奇幻情景喜剧，共8季。

颗大颗地落在我身上,我不得不转过头去。

第二天早上,我开心地发现厨房里空无一人,母亲正在淋浴。我往咖啡里倒了一点儿糖,然后拿了一筒苏打饼干在桌边安顿下来。我喜欢把一块饼干嚼碎,然后给这一团糨糊冲一满口咖啡。我是那样沉浸在这个仪式中,以致被弗兰克的突然现身吓了一跳。他腾空另一张椅子,拉过来坐下。我看着他把饼干碎屑收起来,激起我一种莫名的羞耻感。我正想溜走,他先开口说话了。

"今天有什么计划吗?"他问我。

他试着套近乎。我把那一筒饼干的袋子扭上,擦干净手上的碎屑,突然变得特别讲究了。"不知道。"我答。

他虚饰的耐心这么快就耗光了。"你就打算在家里瞎闷着吗?"他问。

我耸耸肩,我正打算这么做。

他脸颊的肌肉跳了一下。"好歹出去转转吧,"他说,"你待在屋里像是被人关在这儿了似的。"

弗兰克没有穿靴子,脚上只有一双白得亮眼的袜子。我吞下一声无法抗拒的哼笑,看见一个成年男人穿袜子的脚多少有些可笑。他看见我的嘴角抽动了一下,烦躁起来。

"你觉得一切都很好笑,是吗?"他说,"想干吗就干吗,你觉得你妈妈不知道发生了什么吗?"

我浑身僵硬,但没有抬头。他指的可以是很多事情:农场、我和拉塞尔做的事、米奇,还有我对苏珊的感觉。

"她那天真的很想不通,"弗兰克继续说,"她丢了一些钱。直接从钱包里不见了。"

我知道我的脸红了,但还是保持安静,眯起眼睛盯着桌子。

"让她省省心吧,"弗兰克说,"可以吗?她是位可敬的女士。"

"我没有偷。"我的声音又尖又假。

"借的,行了吧?我不会说出去的。我明白。但不能有下次了。她非常爱你,你知道吗?"

浴室的水声停了下来,这意味着母亲很快就要出现了。我试着估定弗兰克是不是真的什么也不会说——他想表现得好一些,不让我有麻烦,我明白这一点。但我不愿感激。他是为了在我面前像个父亲的样子。

"镇上的聚会还在进行呢,"弗兰克说,"今天和明天都有。也许你可以去镇上看看,好好玩一下。我确定那会让你妈妈开心的。你得找点儿事情做。"

母亲走进来,用毛巾擦干发梢,我立刻变得快活了,换上像在听弗兰克讲话的神情。

"你觉得呢,珍妮?"弗兰克盯着母亲说道。

"觉得什么?"她问。

"伊薇应该去看看狂欢节,是不是?"弗兰克说,"那个百年纪念?别让她闲着。"

母亲抓住这个讨好的主意,似乎这是智慧的灵光一闪。"我不确定是不是百年纪念——"她说。

"好吧,镇子聚会,"弗兰克打断她,"百年纪念,都一样。"

"不过这是个好主意,"她说,"你会玩得很开心的。"

我能感觉到弗兰克在看我。

"好啊,"我说,"一定会的。"

"很开心看到你们能好好地聊聊天。"母亲羞涩地补充道。

我做了个鬼脸,把杯子和饼干收起来,但母亲没有注意到,她已经弯下腰去亲吻弗兰克。她的长袍低垂,我看到一道三角形的阴影,还有被太阳晒出斑点的胸口,不得不移开了目光。

镇上在庆祝110年纪念,不管怎么说,不是100年,这个尴尬的数字奠定了这场寒碜的盛会的基调。叫它狂欢节似乎都太过慷慨,不过镇上大部分人都来了。公园里有一场盒食义卖会,在高中的露天圆形剧场还有一场关于小镇成立的表演,学生会成员穿着戏服挥汗如雨。他们封了路,不让车过,我发现自己就在攒动的人群中,人们抱着休闲与寻乐的愿望推来挤去。丈夫们的脸上绷着悲惨的责任感,身边的妻子和孩子想要毛绒动物,还有颜色浅淡的酸柠檬水、热狗和烤玉米。这都是开心时光的证明。河里垃圾淤塞,上面缓缓漂着爆米花袋子、啤酒罐和纸扇。

弗兰克说动我出门的神奇能力让母亲印象深刻。这正是弗兰克想要的。这样她就能想象出他利索地楔进了父亲的角色。我得到的乐趣和期待中的一样多：吃了果味冰沙，纸杯慢慢变软，直到冰沙漏到手上。我把剩下的冰沙扔掉，即使在短裤上擦了擦，手上还是沾了残渣儿。

我在人群中移动、阴影里进出。我看见了认识的男孩子，可他们都是学校里一闪而过的背景人物，没有一个是我真正相处过的。但我还是不由自主地在脑海里念咒般唤出他们的姓名：诺姆·莫洛维奇、吉姆·舒马赫。大多数是农家孩子，靴子一股腐烂味儿。他们在课堂上回答问题时轻声细语，只在被叫到时才发言。课桌上的牛仔帽翻过来，里面一圈卑微的灰尘。他们有礼貌，品行端正，身上有奶牛、苜蓿地和几个小妹妹的印迹。他们和农场里的人绝然不同，在农场里，哪个男孩要是还尊重父亲的权威，或是进入母亲的厨房之前规规矩矩擦干净靴子，那就一定会被耻笑。我想知道苏珊此刻在做什么——在小河里游泳，还是和唐娜、海伦甚至是米奇躺在一起？这个想法让我下意识地咬住嘴唇，用牙齿磨着嘴巴上的干皮褶。

我只须在狂欢节上再多待一会儿，然后就可以回家了，弗兰克和母亲会为这一剂健康的社交药感到满意。我想到公园去，但那里塞满了人——游行已经开始，皮卡车后厢里载满彩色纸塑的镇政厅绉纸模型。银行职员和穿着印度式服装的女孩们在花车上扭动身体，游行乐队的声音强烈、迫人。我从人群中钻出来，沿着边缘疾走，紧贴着较为安静的那一侧街道。乐队声音越来越吵闹，游行队伍绕向东华盛顿街去了。一阵有指向的表演似的笑声传来，切断了我的注意力。我抬头前就知道这是针对我的。

是康妮。康妮和梅。康妮手腕上吊着一只网兜袋子。我能看出里面兜着一罐橙味苏打水和别的杂货。康妮的衬衣下显出泳衣的轮廓。通过这些可以解读出她们简单的一整天——暑气恹恹，橙味苏打水跑了气，泳衣在阳台上晾干。

我第一反应是松了一口气，有种拐进自己的车道的熟悉。接着是不安，这些事实来回碰撞着：康妮对我很恼火；我们不再是朋友了。我看着康妮过了最初的惊讶。梅警犬似的把眼睛眯起来，急切地等着看好戏。她的牙箍让她的嘴巴有点儿厚。康妮和梅互相耳语了几句，然后康妮移过来。

"嘿，"她谨慎地说，"最近过得怎么样？"

我以为会遭遇怒气和嘲笑，但康妮表现得很正常，看见我甚至有些开心。我们差不多有一个月没说话了。我看着梅的脸想找到一丝线索，但她一直没有表情。

"没什么事。"我说。过去的几个星期应该增强了我的抵抗力，农场的存在减少了我们熟悉的戏剧的筹码。可是旧日的忠诚那么快就回来了，像被赶着走的驮畜，我想要她们喜欢我。

"我们也是。"康妮说。

我心中突然涌起对弗兰克的感激——幸好我来了，真开心能和康妮这样的人待在一起，她不像苏珊那样复杂和费解，她只是一个朋友，日子一天天变换，而她还是我熟知的她。我和她曾一起看电视，直到被屏幕闪得头痛，也曾在浴室刺眼的灯光下帮对方挤掉背上的痘痘。

"没劲，是吧？"我指了指游行队伍的方向，"一百一十年。"

"附近有一群怪人。"梅嗤着鼻子说，我怀疑她是在影射我，"在河边。他们身上一股臭味儿。"

"是啊，"康妮更友善地说，"表演也很蠢。苏珊·塞耶的裙子那么透。每个人都能看到她的内衣。"

她们互抛了一个眼神。我嫉妒她们共享的回忆，她们一定是一起坐在观众席，在阳光下无聊又焦躁。

"我们可能会去游泳。"康妮说。这个宣言对于她们俩而言都似乎有种暧昧的好笑，我试探性地加入了她们的笑，仿佛明白这个笑话。

"嗯。"康妮好像在和梅默默地确认什么，"你想和我们一起去吗？"

我该知道不会有好结果的。这一切都来得太容易了，我的背叛不会被容忍的。"去游泳？"

梅走近我，点点头："是啊，在草场俱乐部。我妈妈可以载我们过去。你想来吗？"

我可以和她们一起去，这个念头是那样一个滑稽的时空错乱，仿佛有一个平行宇宙展开，在那里康妮和我还是朋友，梅·洛佩斯邀请我们去草场俱乐部游泳。在那里你可以喝到奶昔，吃到烤奶酪三明治，奶酪融化成荷叶花边。味道很简单，是给孩子们吃的食物，只要签上父母的名字就可以代替结账。我任由自己去感到受宠若惊，去回忆与康妮之间那种轻松的熟悉感。我对她家是如此熟悉，闭着眼睛也知道每个碗、每个塑料杯放在柜子的哪个地方，它们的边缘被洗碗机磕豁了。这一切是多么美好、多么简单，是我们令人信服的友谊进行曲。

正在这时，梅向我走过来，把一罐橙味苏打水往前一送：里面的苏打水打到我的脸时有些倾斜，所以没有湿到往下淌的程度。噢，我想，我的胃在往下坠。噢，当然了。整个停车场开始倾斜。苏打水有些温热，我闻到了化学制品的味道，没有香味的液体滴在柏油地面上。梅把几乎空掉的易拉罐扔掉。它滚了一段路后停了下来。她的脸像一枚二十五分硬币那样闪闪发光，她似乎也被自己的放肆吓到了。康妮更是拿不定主意，她的脸像个闪烁的电灯泡，直到梅把她的袋子拉得警铃般乱响，她的注意力才恢复了全部的功率。

这些液体几乎没有擦到我。事情本可以更糟的，我会真正湿透而不是面对现在这种微弱的攻击，可是不知为何我渴望全身湿透。我想要这个事件像我的羞耻感一样巨大、残忍。

"祝你夏天愉快。"梅啼啭着,她挽住了康妮。

然后她们就走了,手上的袋子挤来撞去,凉鞋在人行道上响亮地啪嗒着。康妮转身瞥了我一眼,但我看到梅用力地拽她。冲浪音乐从对街上一扇打开的车窗传来,如血脉奔流——我觉得好像看见彼得的朋友亨利在车上,不过这可能只是我的想象。在我孩子气的耻辱上编织一张更大的阴谋网,似乎这是一种升级。

我脸上维持着一个精神病人的平静,害怕也许有人在看我,警惕自己出现任何软弱的迹象。尽管我确信这很明显——我的面容紧绷着,是一种受伤的坚持,坚持表明我很好,一切都很好,这不过是个误会,是少女式的朋友间的玩闹。哈哈哈,像《家有仙妻》里面的那段笑声,达林杏仁蛋白糖似的脸上恐惧的表情在笑声里流尽了所有意义。

才离开苏珊两天,我就轻易地滑入青春期生活的乏味河流了——康妮和梅愚蠢的闹剧。母亲冰冷的双手突然放在我脖子上,像要通过惊吓来刺激我爱上她。这个糟糕的狂欢节和我糟糕的家乡。我对苏珊的愤怒已再难找到入口,像一件打包起来的旧毛衣,很少被想起。我想到拉塞尔扇了海伦耳光,这件事冒出头来,就像某些念头背后的一个小故障、一种警觉的记忆。但我总有办法让事情说得通。

第二天我回到了农场。

※※※

我发现苏珊在床垫上弯腰专心地盯着一本书。她从不读书,看见她这样专注地静止不动是件奇怪的事情。封面的一半已经被撕坏了,上面有一个未来主义的五角星形,还有一些块状的白色印刷字体。

"这是讲什么的?"我站在门口问道。

苏珊抬起头,被吓了一跳。

"时间,"她说,"空间。"

看见她,和米奇那一晚的记忆又闪现出来,但不是清晰的聚焦,而是像二手的映像。对于我的消失,还有关于米奇,苏珊什么也没说。她只是叹了口气,扔下书,躺倒在床上,研究起自己的指甲,捏着胳膊上的皮肤。

"好胖啊。"她宣布道,等着我反驳。她知道我会这样做的。

那一晚我辗转反侧,难以入眠。我又回到她身边。对她脸上每个信号都那样警觉,弄得我都讨厌自己了,但望着她,我是快乐的。

"我很开心自己回来了。"我悄悄地说,黑暗允许我说出这句话。

苏珊微笑了一下,半睡半醒地说:"但是你一直都可以回家的。"

"也许我永远不会回去了。"

"自由的伊薇。"

"我是认真的。我再也不想离开了。"

"夏令营结束的时候所有的孩子都这么说。"

我可以看见她的眼白,还没来得及说什么,她突然深深地呼出一口气。

"我太热了。"她宣布道,踢开床单,转过身去。

10

达顿家的钟很吵。网兜里的苹果看起来滑滑的,褪了色。我能看见壁炉架上的照片:泰迪和他父母的熟悉面孔。他的姐姐嫁给了一个IBM推销员。我一直等着前门被打开,等着有人发现我们入侵。太阳点亮了窗户上的一颗折纸星星,让它变得亮闪闪的。达顿太太一定花了不少工夫把那个东西挂起来,让自己的家美观一些。

唐娜消失在另一个房间里,接着又重新现身。我听见抽屉的颤响、东西挪位的声音。

那天仿佛是我第一次看见达顿家的房子。我注意到客厅里铺着地毯,摇椅的座上放着一个看起来像手工制作的十字绣枕头,电视机的天线摇摇欲坠,空气中有股像陈腐的百花香的气味。我知道主人不在家,这里的一切都像被大水冲过:文件摆放在矮桌上,厨房里一瓶阿司匹林还敞着口。没有达顿家的人出现赋予这一切生机,它们看起来都毫无道理,就像3D图像的模糊浮影,直到戴上眼镜的那一刻才一下子变得清晰。

唐娜不断地把一些东西碰离原位:都是些小东西。装花的蓝色玻璃瓶向左移了四英寸。一只拖鞋被从另外一只身边踢开。苏珊什么也没碰,至少一开始是这样。她用眼睛挑拣东西,把一切都吸收进脑海里——带框照片、陶瓷牛仔男孩。那个牛仔男孩让唐娜和苏珊都咯咯笑得发软,我也在笑,但我并没懂她们笑的是什么,只有胃里怪异的感觉,空洞的阳光强烈地照射着。

那天下午早些时候,我们三个开着一辆借来的车去找吃的——一辆特兰斯艾姆[1],可能是米奇的车。苏珊打开收音机——KFRC[2]电台,K.O.贝利[3]在大610千赫上。苏珊和唐娜看起来充满活力,我也一样,很开心自己又回到她们中间。苏珊把车停进正面是玻璃橱窗的赛福味超市,我对这里很熟悉,它有着倾斜的绿色屋顶,母亲偶尔会来这里购物。

"到扒拉垃圾的时间了。"唐娜宣布道,自己把自己逗笑了。

---

1 特兰斯艾姆:Trans Am,美国通用汽车公司旗下的一个品牌的汽车——庞蒂亚克火鸟。
2 KFRC:旧金山的电台,调幅610千赫,放摇滚乐,其黄金时期正遇上"爱之夏"。
3 K.O.贝利:K.O.Bayley,KFRC电台知名DJ。

唐娜攀上垃圾桶的边缘,像野兽一样热切。她把裙子在腰上打了个结,好挖得更深。她兴奋起来,快乐地在湿软的垃圾上踩来踏去,发出吧唧吧唧的声音。

回农场的路上,苏珊宣布了一个决定。

"是时候来场小旅行了。"她说,大声招揽着唐娜加入计划。

我喜欢知道她想着我,想要安抚我。我注意到,自米奇那次后,她身上有了一种新的绝望气息。我更留心她有没有注意到我、怎样让她把目光放在我身上。

"去哪里?"我问。

"待会儿就知道了。"苏珊说,抓住唐娜的目光,"这像是我们的药,针对烦恼的小药方。"

"哦——"唐娜朝前探过身子叫道,她似乎立马领会到了苏珊的意思,"好,好,好。"

"我们需要一所房子,"苏珊说,"这是头一件事。一所空房子。"她朝我投过来一眼,"你母亲不在家,对吗?"

我不知道她们要做什么。尽管如此,我还是察觉到一丝危险的气息,意识到该使我自己的家幸免于难。我在座位上挪了挪身子:"她一整天都在那儿。"

苏珊失望地哼了一声。但我已经想到另外一所房子现在可能空着,就毫不费力地提出她们可以去那里。

我给苏珊指了方向,看着路旁的风景变得越来越熟悉。苏珊停下车,唐娜走出来,把牌照的前两位数用泥巴糊上,这时我只是有一点点担心。我心中聚积起一种不熟悉的勇敢、一种冲破界限的意识，想把自己交付给不确定。我以一种不熟悉的方式把自己锁在了身体里。也许是这种感觉——我会做任何苏珊想让我做的事。这是一个奇怪的想法——不管发生什么，我都会在这条明亮的河流里随波漂浮，只有这种庸常的感觉。事情可以如此简单。

苏珊飘忽不定地开着车，驶过一个停车标志，在一长段时间里凝视着路外面，陷入她不为人知的白日梦。她拐上了去我家的路，一家家的大门如一串熟悉的念珠，一扇接一扇。

"那里。"我说。苏珊把车速慢下来。

达顿家的窗户拉了窗帘，看起来很朴素，石板路画出一条通往前门的线。车棚里没有车，只有柏油路上闪着的油光。泰迪的自行车没在院子里——他也不在。整个房子看起来空空如也。

苏珊把车略往路边停了下来，车身几乎让人看不见。唐娜步子轻快地去了侧院。我跟在苏珊后面，但心里微微有些犹豫，拖着凉鞋在灰土中走。

苏珊转身对着我："你到底来不来？"

我笑了一下，但确信她看到了这份笑容的艰难："我只是不明白我们在做什么。"

她扬起头笑了："你真的在乎？"

我有些害怕，又说不清原因，只好嘲弄自己怎么会任由思绪狂乱驰骋，直想到最糟糕的事。管她们要做什么呢？——也许是偷窃。我不知道。

"快点儿。"苏珊说。我能看出她已经有些恼火，尽管还在笑着："我们总不能就这么站着吧。"

午后阳光穿透树林，日影倾斜。唐娜从木质侧门那里探出身子。"后门是开的。"她说。我的心一沉——接下来要发生什么已经无法阻止了。然后提基出现了，朝我们四蹄乱刨地奔过来，吼叫着发出可恶的警告。它叫得全身抖动，瘦瘠的肩膀在抽搐。

"禽。"苏珊咕哝道。唐娜也后退了几步。

我想那只狗可以是很充足的借口了，我们可以挤回车里，然后返回农场。一部分的我希望是那样，但另一部分的我想要让胸中病态的势头继续下去。达顿一家也不算什么好人，就跟康妮和梅一样，还有我父母，他们都因自私和愚蠢而隔绝在自己的世界里。

"等等，"我说，"它认识我。"

我蹲下来伸出手，眼睛盯着那只狗。提基走过来闻着我的手掌。

"乖提基。"我轻抚着它说，挠着它的下巴底下，然后狗叫声停了，我们进了屋。

※ ※ ※

即便我们轻而易举地移入了达顿家的领地,越过那条看不见的界线,我也不相信什么都没有发生,不相信没有警车在我们身后呼啸。我们为什么要这样做?毫无理由地去触碰未受侵犯的家庭之网?仅仅是为了证明我们可以?苏珊碰达顿家的东西时,脸上一副面具般的平静,这让我很疑惑,她随意地把东西挪来挪去,即便我整个人都在一种奇异而难以捉摸的紧张之中震颤。唐娜检视着这所房子里的珍宝——一个乳白色陶瓷摆件。我走近仔细一看,发现是一个小小的荷兰女孩的身形。多么奇怪,这些生活的遗迹,一旦从它们的背景中脱离出来,即使再珍贵也变得像垃圾一样不值一文。

我的体内打了个趔趄,让我想起年幼时的一个午后,父亲和我弯腰坐在明湖的岸边。父亲在正午的酷日下眯着眼,泳裤下的大腿像鱼肚一样白。他指着水里的一条蚂蟥,那条蚂蟥吸饱了血,身子紧鼓鼓的,震颤着。他很开心,用一根棍子戳蚂蟥让它动,但我被吓坏了。那条墨黑的蚂蟥在我体内引发了某种扯动,我现在又一次感到了,就在这儿,在达顿的家里,苏珊的眼神越过客厅与我的相会。

"你喜欢吗?"苏珊略带着笑说,"很野,对吧?"

唐娜出来到入口处。她的手臂沾了黏糊糊的果汁,闪着光,手里拿着一块三角形的西瓜,器官一样海绵状的粉红。

"致敬。"她说,嚼得唧唧响。

唐娜的身上散发出一种野性的东西,就像一股难闻的气味。她裙子的下摆边缘被踩得破破烂烂的,她与周围锃亮的咖啡桌、整洁的窗帘放一起看是那么格格不入。西瓜汁水一直往地板上滴。

"洗碗池里还有,"她说,"真的好吃。"

唐娜从嘴里挑出一粒黑色的西瓜籽,动作纤细地轻夹着,然后将西瓜籽弹到墙角去了。

我们在那里只待了半个小时左右,但感觉上待得久得多。噼啪地开关电视机,翻看靠墙桌子上的邮件。我跟着苏珊上楼梯,心里好奇泰迪现在会在哪里、他父母又在哪里。泰迪是不是还等着我给他带大麻?提基在走廊里东碰西撞的。我惊讶地意识到,我活到现在一直都是认识达顿家的。我能辨认出挂着的相片下方墙纸的拼缝,墙纸已经开始剥落,上面缀着粉色的小花,还有指纹留下的脏印。

我时常想起这所房子。我多么天真地告诉自己:这是无害的取乐。我不顾后果,想要赢回苏珊的注意,想感觉到我们重新组合在一起对抗这个世界。我们在达顿一家的生活里撕开了一道小小的裂缝,这样他们就会从不一样的角度来看自身,哪怕只有一刻。这样他们才会注意到一丝轻微的扰动,试着回忆他们是什么时候动了鞋子或把闹钟放进抽屉里的。

我告诉自己,这只会有好处,这种强迫的视角。我们是在帮他们的忙。

　　唐娜在主卧里,把一条长长的丝绸衬裙盖在自己的衣服上。

　　"七点钟我需要劳斯莱斯。"她说,晃了晃水一般的衣料子,香槟色的。

　　苏珊哼笑了一声。我能看见一个雕花玻璃的香水瓶歪倒在床头柜上,金管口红像子弹壳一样躺在地毯上。苏珊早已把写字台的抽屉挑拣过一番,她用手撑满肉色尼龙袜,做出各种下流的凸起形状。胸罩沉甸甸的,看起来像医疗器具,缠绕着金属丝,显得僵硬而笨拙。我举起其中一支口红打开盖子,闻了闻橙红色膏体那爽身粉的香味。

　　"噢,是的。"唐娜看着我说。她也抓起一支口红,做了个卡通的噘嘴动作,假装要涂口红。"我们应该留点儿信息。"她望了望四周,说道。

　　"留在墙上。"苏珊说。我看得出来这个想法让她兴奋。

　　我想要反对:留下记号似乎有些太暴烈了。达顿太太将不得不把墙擦洗干净,即便如此,墙上也很可能会一直有一片幽灵般的细毛,是使劲擦洗的结果。但我没有作声。

　　"画一幅图?"唐娜说。

　　"画心。"苏珊补充道,走了过来,"我来画。"

　　那一刻苏珊在我脑中有了惊人的幻象。绝望透了出来,显现在外,一片黑暗空间在她体内张开大口。我不去想那片黑暗空间有能力做出些什么,只感觉到自己双倍的靠近它的渴望。

苏珊从唐娜那里拿过口红,还没来得及把口红头按在象牙白的墙上,我们就听到车道传来一阵响声。

"妈的。"苏珊说。

唐娜扬起眉毛,微微有些好奇:接下来会发生什么?

前门打开了。我感受到了嘴里污浊的气味,是恐惧发出腐臭的宣告。苏珊看起来也被吓到了,但她的恐惧疏远,带着点儿玩世不恭,似乎这是沙丁鱼游戏[1],我们只是躲在这里等别人发现我们。听见高跟鞋的声音,我知道是达顿太太回来了。

"泰迪?"她喊道,"你在家吗?"

她们把农场的车停在路边,不过没用,我敢肯定达顿太太已经留意那辆陌生的车。可能她会以为是泰迪的朋友——某个年龄大些的邻家伙伴。唐娜用手捂住嘴咯咯笑着,乐得眼睛鼓出来了。苏珊做了一个夸张的"嘘"的鬼脸。我耳朵里脉搏狂响。提基怦咚怦咚地穿过房间跑下楼,我听见达顿太太柔声地和它说着什么,提基叹息着回应。

"人呢?"她喊道。

紧随其后的沉默明显让人不安。她很快就会上楼,然后呢?

---

[1] 沙丁鱼游戏:一个人躲,其他人分头找,找到的人加入躲的队伍,最后找到的人为输,成为下一轮躲的人。

"来吧。"苏珊小声说,"我们从后面溜出去。"

唐娜无声地笑着。"糟了,"她说,"糟了。"

苏珊把口红扔在台子上,但唐娜还穿着那件衬裙,拉了拉肩带。

"你先走。"她对苏珊说。

要出去必须经过厨房,而达顿太太就在厨房。

她可能正在好奇水池里那一堆粉色的瓜瓤,还有地板上黏糊糊的一堆果肉。可能她捕捉到了空气中的一丝骚乱、一种房子里有陌生人的刺痒。一只紧张的手在她喉咙里挠着,她突然希望丈夫此刻在她身边。

苏珊跑下楼梯,唐娜和我匆匆跟在后面。我们从达顿太太身边开路穿过,脚步声凌乱、喧嚣,全速冲过厨房。唐娜和苏珊快笑破了肚皮,达顿太太在惊恐中尖叫,提基追着我们狂吠,叫得快而狂热,爪子在地板上飞掠而过。达顿太太退了两步,那是一种毫无遮拦的害怕。

"嘿,"她说,"站住!"但她的声音在颤抖。

她碰到一只高脚凳,失去了平衡,重重地摔在瓷砖上。我们撞过去的时候,我回头看了一眼——达顿太太瘫坐在地板上。认出人的神色在她脸上紧绷起来。

"我看见你了。"她从地板上叫道,努力坐直身体,呼吸变得狂野,"我看见你了,伊薇·博伊德。"

第三部

朱利安从洪堡回来了,一起来的还有一个想搭车去洛杉矶的朋友。这个朋友叫扎夫。这个名字有那么点儿拉斯塔法里教徒[1]的意味,尤其是他发音的方式。尽管扎夫的肤色像鱼肚一样白,一头橙色头发乱糟糟的,用一根女式橡皮筋扎在脑后。他比朱利安大很多,可能有三十五岁,穿得却像个青少年:同样是过长的大口袋短裤,T恤磨损成了破布。他眯着眼在丹的房子里边绕边估量,拿起一只象牙还是骨头雕刻的小公牛,又把它放下。他凝视着朱利安的母亲在沙滩上怀抱着他的那张照片,然后把相框放回架子上,自个儿咯咯笑起来。

"他今晚待在这儿没问题,对吗?"朱利安问,好像我是

---

[1] 拉斯塔法里教徒:Rastafarian,拉斯塔法里教是20世纪30年代在牙买加黑人知识群体中兴起的新宗教运动。基于《圣经》,鲍勃·马利是其忠实信徒。

幼童军的女指导。

"这是你的房子。"

扎夫走过来和我握手。"谢谢,"他说,然后把手抽走,"您真是一个正派的人。"

萨莎和扎夫似乎认识,很快他们三人就谈论起洪堡附近一家生意惨淡的酒吧,那个老板是一个灰头发的种植农。朱利安用胳膊环着萨莎,那神气像一个壮汉刚从矿上回来。很难想象他会伤害一只狗,或是别人,一望便知萨莎很高兴待在他身边。这一整天她在我面前都很少女气、含蓄,身上没有流露出我们前一晚谈过话的迹象。扎夫说的什么话让她笑了——很美的、抑制的笑声。她半掩着嘴,似乎不想露出自己的牙齿。

我已打算好走到镇上吃晚餐,让他们单独待着,但朱利安注意到我正朝门口走去。

"嘿,嘿,嘿。"他说。

他们都转过来看着我。

"我打算去镇上待一会儿。"我说。

"你应该和我们一块儿吃。"朱利安说。萨莎点点头,蹭到他身边。她绕在爱人的轨道里,给予我的注意力是那种潦草的、漫不经心的。

"我们有很多吃的。"她说。

我习惯性地微笑着推辞,但最后还是脱下了夹克,已然适应了被人关注。

他们从洪堡回来的路上买了些食物：一块巨大的冷冻比萨，打折的装在塑料托盘里的碎牛肉。

"一顿大餐。"扎夫说，"蛋白质有了，钙也有了。"他从口袋里掏出一个药瓶，"蔬菜也有了。"

他在桌子上卷了一支大麻，过程中用了多张不同的纸，在造型上花费了不少功夫。扎夫隔着一段距离端详他的作品，又从药瓶里捏了一点儿出来，整个房间都浸泡在潮湿大麻的臭味里。

朱利安在炉子上烧牛肉，那块肉逐渐失去了光泽。他用黄油刀戳了戳生肉饼，捅了一下，又拿鼻子去嗅。这是学校宿舍的烹调方法。萨莎把比萨放进烤箱，将塑料包装纸胡乱揉成一团，然后在每张椅子面前放一份餐巾纸，是郊区式的晚餐前摆桌子的家务记忆。扎夫喝了一瓶啤酒，看着萨莎，带着饶有兴趣的轻蔑。烟卷还没点燃，他拿在指间飞速地旋转着，一脸的享受。

我听到他和朱利安讨论毒品，带着内行人的那种热情，像两个证券交易员一样交换数据：温室产量和自然产量，以及不同品种的四氢大麻酚[1]含量。这一点儿都不像我年轻的时候，

---

[1] 四氢大麻酚：THC，大麻中令人产生精神愉快感的主要成分。

那时大麻只是一种消遣，种在番茄秧边上，装在玻璃罐里分传。如果你愿意，还可以从芽上摘点儿种子自己种。卖一小包好有足够的油钱进城。现在听到大麻成为一堆毫无生气的数字感觉挺奇怪的，它成了可知的商品，而非一道神秘的传送门。可能扎夫和朱利安的方式更好吧，切断了一切云里雾里的唯心主义。

"妈的。"朱利安说。厨房传出一股灰味儿和淀粉的糊味儿。"该死，该死，该死。"他打开炉子，徒手拉出比萨，一边咒骂着一边把它扔到桌子上。比萨已经烤得焦黑，还在冒烟。

"伙计，"扎夫说，"这还是好的那种，很贵的。"

萨莎狂乱了，冲过去查看比萨盒背面的说明。"预热到450华氏度，"她喃喃地说，"我照做了。我不懂。"

"你什么时候放进去的？"扎夫说。

萨莎的目光移向时钟。

"这个钟是坏的，傻瓜。"朱利安说，他抓起盒子塞进垃圾桶，萨莎看起来快要哭了。"随便吧。"他厌恶地说。他扒拉着奶酪上的糊壳，然后把手指搓干净。我想起教授的那只狗，那个可怜的动物一瘸一拐地绕着圈子。毒药让它的血管里如雪泥一般。还有其他许多萨莎可能不会告诉我的事。

"我可以做点儿别的，"我说，"橱柜里有些意大利面。"

我试图捉住萨莎的眼神，设法用意念传递给她一些告诫与同情。但萨莎无法接收，她被失败刺痛了。房间里一片沉寂。

扎夫还在指间把玩着烟卷，等着看接下来会发生什么。

"牛肉挺多的，我觉得，"朱利安终于开口了，他的愤怒从目光里慢慢消退，"没什么大不了的。"

他搓了几下萨莎的背，动作粗糙，我觉得是如此，尽管这个举动看似是想安慰她，把她带回这个世界。当他亲吻萨莎时，她闭上了眼睛。

晚餐时我们喝了一瓶丹的葡萄酒，酒渣扒在朱利安的牙缝里。之后我们又喝了啤酒，酒精冲淡了我们呼吸中的油腻气。我不知道现在几点了。窗外黑漆漆的，风从屋檐穿过。萨莎把打湿的酒瓶商标围成一丝不苟的阵堆。我能感觉到她不时瞥我几眼，朱利安的手在她颈后摩挲着。他和扎夫整个晚饭期间都在用行话交流，萨莎和我淡入沉默中，这种沉默我自青春期就一直很熟悉：打破扎夫和朱利安同盟的努力不会有值得的回报。更简单的做法是看着他们，看着萨莎，她表现得好像仅仅坐在那里就已满足了。

"因为你是个靠谱的人，"扎夫不断重复道，"你是个靠谱的人，朱利安，所以我不让你预先付款。你知道和麦金利、山姆他们就没办法这样。那些笨蛋。"

他们三个人都喝醉了，可能我也醉了，天花板被喷出的烟熏得灰蒙蒙的。我们一起抽了支滚粗的大麻烟卷。一阵色欲的靡意向扎夫袭来，他惬意地眯着眼睛。萨莎已更深地沉入自己的世界,尽管她已拉开运动衫的拉链,阳光照不到的胸口横斜着淡淡的蓝色血管。她的眼妆比先前重了一些,我不知道她是什么时候补的妆。

大家吃完饭,我站了起来。"我有些事要做。"我说。

他们半心半意地挽留我,我挥挥手推辞了,然后进屋关上卧室门,但他们的只言片语还是溜了进来。

"我尊敬你,"朱利安对扎夫说,"我一直都是这样,兄弟,自从见过斯卡利特这样的人之后,你一定要见见这个人。"他表现出一种夸张的仰慕,high了的人往往倾向于做出乐观的结论。

扎夫做了回答,重操他们那老一套行话。我能听见萨莎的缄默。

之后我再经过时,事态并没有什么变化。萨莎还在聆听他们谈话,像是将来某天会被测试似的。朱利安和扎夫的陶醉已经进入热烈的状态,他们的发际线汗湿了。

"我们声音太大了吗?"朱利安问。又是这种怪异的礼貌,那么轻易地就楔入了。

"一点儿也没有,"我说,"我只是出来喝点儿水。"

"和我们坐一会儿吧。"扎夫说,端详着我,"聊聊天。"

"没关系的。"

"来吧,伊薇。"朱利安说。他叫我名字时那种诡异的亲密让我惊了一下。

桌上到处印着酒瓶留下的圆圈，还有晚餐留下的垃圾。我开始收拾餐盘。

"你不用管这些的。"朱利安说，身子迅速往后退好让我拿他的碟子。

"是你做了饭。"我说。

我把萨莎的盘子摞起来时，她瞥了我一眼表示感谢。扎夫的手机屏幕亮了，在桌面上震颤。有人打来电话：一张模糊的图像在屏幕上闪烁——是一个身穿内衣的女人。

"是莱克茜吗？"朱利安问。

扎夫点点头，没有理会这通电话。

朱利安和扎夫互相递了个眼神，我故意不去注意这一点。扎夫打了个嗝，他们都大笑起来。那股味道让我想起嚼过的肉。

"本尼现在做电脑那种鬼玩意儿，"扎夫说，"你知道吗？"

朱利安击了一下桌子："这他妈的不可能吧？"

我端着盘子走向洗碗池，收拾起桌上被揉成一团的餐巾纸，把食物残渣儿扫进手里。

"他胖得跟猪一样。"扎夫说，"太可笑了。"

"本尼是你高中里那个人吗？"萨莎问。

朱利安点点头。我把水池放满水，看见朱利安转过身面对萨莎，膝盖碰着她的膝盖，然后在她太阳穴上亲了一下。

"你们俩太他妈过分了。"扎夫说。

他的语气里有种油滑的调调。我把盘子沉入池底，水面上浮起一层满是渣滓的油网。

"我只是不明白，"扎夫继续说，对着萨莎，"你怎么会和朱利安在一起。你火辣得他配不上。"

萨莎咯咯笑了起来，我回头瞥了一眼，发现她正费劲地估摸该怎么回答。

"我的意思是，她是个美妞儿，"扎夫对朱利安说，"我说的对吗？"

朱利安露出笑容，在我看来，那是独生子才会有的笑容，这种人从小就相信，只要是自己想要的，就能得到。他可能的确一直能得到。他们三个映显在灯光中，像一幕电影里的场景，而我已经年纪大得不适合观看了。

"但是萨莎和我了解彼此，不是吗？"扎夫对萨莎微笑道，"我喜欢萨莎。"

萨莎维持着礼貌的笑容，她的手指在不停地整理着那一堆撕坏的商标。

"她不喜欢自己的奶子，"朱利安一边有节奏地轻拍萨莎的后颈一边说，"但我告诉她它们很好。"

"萨莎！"扎夫装出一副难过的神情，"你的奶子很棒。"

我的脸唰地红了，匆匆收拾着餐具。

"对啊，"朱利安说，手还放在萨莎脖子上，"如果你不这么觉得,扎夫会告诉你的。"

"我向来说实话。"扎夫说。

"他确实是这样。"朱利安说,"这是真的。"

"给我看看。"扎夫说。

"它们太小了。"萨莎说。她的嘴巴紧绷着,仿佛是在打趣自己,又在座位上挪了挪。

"它们永远也不会下垂,所以这样很棒。"朱利安说,拿指头挠着她的肩膀,"让扎夫看看。"

萨莎的脸涨得通红。

"照做,宝贝儿。"朱利安说,他声音里的粗鲁让我瞥过去一眼。我遇上了萨莎的眼睛——我告诉自己她脸上的表情是恳求。

"算了吧,你们。"我说。

男孩们转过头,带着饶有兴趣的惊讶。不过,我觉得他们一直在追踪我的行迹。我在场是这个游戏的一部分。

"怎么了?"朱利安说,他的脸突然换上一副无辜的神情。

"就消停了吧。"我告诉他。

"噢,没事的。"萨莎说,略微笑了下,眼睛望着朱利安。

"我们到底做什么了?"朱利安说,"我们到底该消停什么?"

他和扎夫哼笑了一声——那些旧的感觉这么快就回来了,内心里羞耻的乱撞。我把双手交叉在胸前,望向萨莎:"你们让她很为难。"

"萨莎没事的。"朱利安说。他撩起她的一缕头发别在她耳后——她费力挤出一个微弱的笑。"还有,"他继续说,"你恐怕不是那个该给我们上课的人吧?"

我的心猛地一缩。

"你不是,相当于,杀过人吗?"朱利安说。

扎夫吸了一下牙齿,然后发出一声紧张的干笑。

我的声音像被卡在喉咙里:"当然没有。"

"但你知道他们要做什么,"朱利安说,带着获胜的激动咧嘴笑着,"你当时和拉塞尔·海卓克什么的在一块儿。"

"海卓克?"扎夫说,"你没在逗我吧?"

我竭力抑制声音里要出现的歇斯底里:"我差不多都不在那里。"

朱利安耸耸肩:"听起来可不是那样。"

"你们真的不用相信那些的。"但他们的脸色没有一点儿变化。

"萨莎说你是这样告诉她的。"朱利安继续说,"比如你也有可能做出这种事。"

我倒吸一口凉气。可悲的背叛:萨莎把我说的一切都告诉朱利安了。

"所以给我们看看,"扎夫说,他转向萨莎,我又一次成了隐形人,"让我们看看那对著名的奶子。"

"你不用非得这样做。"我对她说。

萨莎朝我的方向眨了眨眼睛。"这没什么大不了的。"她说,她的语气冰冷,带着明显的轻蔑。她把胸前的领口拉下来,低头沉思,望着自己的衬衣。

"看见了?"朱利安说,朝我狠狠地笑了一下:"听萨莎的。"

在我和丹走得还近的时候,我去参加过一场朱利安的独奏会。朱利安那时九岁左右。我记得他很擅长拉大提琴,细细的胳膊奏着成人的悲伤乐曲,鼻孔边上挂着鼻涕,小心翼翼地维持着大提琴的平衡。那个曾用音乐唤起渴望与美好的男孩,似乎不大可能变成眼前这个快成年的男人,他正盯着萨莎,眼里涂了一层冷冷的光。

她拉下自己的衬衫,脸发红,却又几乎如在梦中。当领口卡在胸罩上时,她手法娴熟地不耐烦地一拽,然后两只苍白的乳房暴露出来,皮肤上有胸罩的印痕。扎夫赞许地欢呼起来,伸出手指拨弄她的玫瑰色乳头,朱利安在一边看着。

我在这儿待了太久,却早已什么忙都帮不上了。

1969

11

我被抓住了，我当然会被抓住。

达顿太太在厨房地板上喊出我的名字，像喊出一个正确答案。我犹豫了一下——对听到自己名字做出的发蒙的、像牛一样迟缓的反应，想到应该帮助摔倒的达顿太太——但苏珊和唐娜已经远远跑在了前头，等我回过神的时候，她们几乎不见了踪影。苏珊回头看了会儿，正好看到达顿太太用颤抖的手钳住我的胳膊。

母亲做出了痛苦的、受挫的声明：我是一个废物。我有病。她把危机的气氛披戴在身上，仿佛穿了一件讨人喜欢的新大衣，怒气的洪流扮演着隐形的陪审团。她想知道是谁和我一起闯进了达顿家。

"朱迪看见和你一起的有两个女孩，"她说，"可能是三个。

她们是谁?"

"没有人。"我像个求爱者似的照料着我坚毅的沉默,内心洋溢着崇高感。在苏珊和唐娜消失之前,我试图向苏珊闪去一个信息:我会担起责任,她不必担心。我理解她们为什么丢下我。"只有我。"我说。

愤怒让她有些语无伦次:"你不能待在这个房子里还满嘴鬼话。"

我能看出这困窘的新局面弄得她有多慌乱。她的女儿以前从没给她找过麻烦,一直乖乖地顺着自己的路往前走,不曾有半点儿反抗,有条不紊,自给自足,如同那些自己清洁鱼缸的金鱼。她又怎么会需要费心担忧别的情况呢?更别说为这种可能做准备了。

"你告诉我你整个夏天都在康妮家,"母亲几乎是在吼叫了,"你说了那么多次。看着我的脸。然后呢?我打电话给亚瑟。他说你已经几个月没去了。差不多有两个月。"

那会儿母亲看起来几乎像头动物了,面孔因为暴怒而走了样,气喘吁吁,眼泪奔流。"你这个骗子。在那件事上你撒了谎,在这件事上你也撒谎。"她两只手紧紧地绞在一起,不断地抬起来,又垂在两边。

"我去见朋友了。"我恶声恶气地说,"除了康妮,我还有别的朋友。"

"别的朋友。那是当然。你出去跟野男友瞎搞,天知道你干了什么。你这个下流的小骗子。"她几乎不看我,嘴里的话像一个变态狂咕哝着猥亵的脏话一样无法控制又狂热,"可能我得把你送到少管所去。那样你就满意了吧?很明显我再也管不了你了。我会让他们来管你,看能不能把你扳正。"

我挣脱出来,但即使在走廊里,即使已把房门关上,我还是能听见母亲痛苦的泣吟。

弗兰克被叫过来增援。他把我的卧室门从合页上卸下来的时候,我就在床上看着。他做得小心翼翼的,很安静,尽管这花了他一会儿工夫。他缓缓地把门从门框里移出来,仿佛那是一扇玻璃,而非不值钱的空心木板。他把门轻轻地靠在墙上,然后在变得空荡荡的门口徘徊了一会儿,晃着手里的螺丝钉,像玩骰子一样乱响。

"很抱歉这个样子。"他说,似乎在表明自己只是雇来的帮手,是个执行母亲意愿的维修工。

虽然他并不想,但他眼中真实可见的善意还是让我无法不注意,它顷刻间就将我对他的仇恨说辞泻干,再也无法有真正的热度。我第一次可以想象他在墨西哥的样子,微微有些晒伤,胳膊上的毛发变成了铂金色,一边吸柠檬苏打水,一边监管金矿——在我的想象中,金矿应该是一个洞穴,里面布满鹅卵石一般生长的金块。

我一直期待弗兰克告诉母亲我偷钱的事,在我的罪状上再添一笔，但他没有。或许他看出来她已经够生气了。在母亲和父亲的多次通话中，弗兰克像一个沉默的守夜人候在桌边，我从走廊里听着。她尖声的抱怨、她所有的疑问都挤压成一个惊慌失措的登记询问。什么样的人会闯进邻居家里？闯进一个从小就熟识的家庭？

"毫无原因，"她尖声补充道，然后暂停了一下，"你以为我没问过她？你觉得我没试过？"

漫长的沉默。

"噢，当然，对啊，我敢打赌。你想试试吗？"

于是我被送去帕洛阿尔托了。

我在父亲的公寓里待了两个星期。公寓对面是一家丹尼斯餐厅[1]，母亲的房子有多不规则、多密实，这些波托菲诺式公寓就有多方正、多空荡。塔玛和父亲搬进了最大的单元，里面处处都显示出静止的成年生活，显而易见，是她刻意安排成这样的：柜子上一碗打了蜡的水果，小酒车上未开瓶的酒，地毯上有真空吸尘器留下的淡淡的痕迹。

我想，苏珊会忘了我的，没有了我，农场也会飞速运转，而我一无所有。我的被迫害感狼吞虎咽，肥胖得远离了这些忧虑。苏珊在我眼里如同士兵的家乡情人，因为距离变得朦胧

---

[1] 丹尼斯餐厅：Denny's，美国著名连锁餐厅。

而完美。但也许有一部分的我松了一口气,我需要离开一段时间。达顿家那件事吓到了我——我在苏珊脸上看到的漠然神色。这些都是些细小的叮咬,微弱的内心移挪和不适,可即便细微,它们还是在那儿。

和父亲还有塔玛住在一起,我还期待什么呢?期待父亲试着侦查出我行为的缘由?期待他会惩罚我,履行一个父亲的职责?他似乎觉得惩罚是一项他已放弃的权力,他像一个老去的家长那样待我,谦和有礼。

他第一眼看到我时被吓了一跳——已经有两个月没见了。他似乎想起应该拥抱我,趔趄着朝我走过来。我注意到他耳边多了一束头发,从来没见过他身上的牛仔衬衣。我知道自己看起来也变了样,头发变长了,发梢粗乱,和苏珊的一样,身上的农场衣服穿得那么破,套袖子的时候都可以钩住手指。父亲走过来想帮我拿包,但我已抢先一步把它放进后座了。

"还是谢谢你。"我说,努力挤出一个微笑。

他双手伸在两旁,笑着回应我,像需要再问一遍路的外地人那样,脸上挂着无助的歉意。我的脑袋对于他来说是个神秘的魔术,他的反应只有惊诧,他绝不会费心苦苦思索那隐藏的结构。我们落座后,我感觉到他正集中精神激发出父亲角色的台本。

"我不用把你锁在房间里,是吧?"他说,犹豫地笑着,"不会再闯进别人的房子里吧?"

我点点头,他明显松了一口气,似乎已清除了某个障碍。

"你现在来得正是时候。"他继续说,好像这全是我自愿的,"现在我们已经安顿下来了。塔玛对家具什么的很挑剔。"他发动引擎,已不再提麻烦了,"她一路跑到半月湾的跳蚤市场淘来那辆小酒车。"

有那么一瞬间我想越过座位伸手触碰他,在自己和这个称为父亲的男人之间划一条界线,但这一刻过去了。

"你可以选个台听。"他提出,害羞得像一个舞会上的男孩。

最开始的几天,我们三个都很紧张。我很早就起床收拾客房的床,把装饰用的枕头归为原状。我把自己的生活限制在拉绳钱袋和一提包衣服之间,让自己的存在方式尽可能地干净利落、不留痕迹,像一次野营、一场自力更生的小冒险。第一晚,父亲带回家一纸桶冰激凌,上面缀有条纹状的巧克力。他从里面恣意地大勺大勺舀着,我和塔玛只是在自己的那份里挑挑拣拣,但父亲打定主意再吃一碗。他一直抬眼看,似乎我们能看出他的愉悦。他的女朋友、女儿和他的冰激凌。

塔玛倒是个惊喜。她穿着毛巾布短裤和衬衫,上面的校标是我没听说过的大学的。在浴室里,她用一套复杂的设备给腿脱毛,使整个公寓都弥漫着樟脑的湿气。她还有很多护理药膏和发油,研究自己指甲上的月牙白,看有没有营养不良的征兆。

对于我的出现,她一开始看起来不太开心,给的拥抱很尴尬,像在沮丧地接受做我新母亲的任务。我也很失望,她只是一个女孩,而不是我曾经想象的那个具有非凡魅力的女人——我原先觉得让她独特的那些东西,实际上不过成了拉塞尔所称的"规矩世界活法"的证据。塔玛做了她应该会做的事——为我父亲工作,穿着她的小套装,渴望成为某个人的妻子。

不过她的正式很快就消失了,那层成年人的面纱不过是作为临时的戏服。她任由我翻看她的夹棉化妆袋,里面有她的化妆品和乱糟糟的香水瓶子,带着一个真正的收藏家的骄傲在一边看着。她拿一件喇叭袖、珍珠纽扣的衬衣在我身上比着。

"这已经不是我的风格了。"她耸耸肩,拣着一根松线头,"但你穿上一定很漂亮,我知道。伊丽莎白一世风格的。"

我穿上确实挺好看。塔玛很懂这些。她知道大部分食物的卡路里含量,她经常用讽刺的语调背诵这些数字,似乎在打趣自己那点儿知识。她煮蔬菜咖喱肉,一锅锅扁豆上面淋着黄色酱汁,使扁豆散发出异样的光亮。父亲拿起一卷粉末状的抗酸剂,像吃糖果一样吞咽。塔玛伸过脸去让父亲吻她,父亲想拉住她的手时却被拍掉了。

"你浑身都是汗。"她说。父亲发现我注意到了,就微笑一下,但看起来有些尴尬。

父亲被我们的串通逗乐了。但有时串通会被引爆,我们就一起嘲笑他。有一次塔玛和我聊起"斯班奇和我们的帮"[1]，父亲插了句嘴，说就像《小淘气》一样。塔玛与我对视了一眼。

"这是支乐队，"她说，"你知道的，是那种年轻人喜欢的摇滚乐队。"父亲困惑、孤儿一般的表情又触发了我们的串通。

他们有一台时髦的唱机，塔玛出于不同的音效或美观上的考虑，经常说要把它移到另一个角落或者另一个房间里。她总是提到未来的计划：橡木地板、天花板饰条，甚至不同样式的洗碗布，尽管这些计划本身似乎就是一种满足。她放的音乐要比农场里那些吵闹的音乐更浮华。是简·柏金[2]和她上了岁数的法国佬丈夫赛日的。

"她很漂亮。"我端详着唱片封面说。她的确很漂亮，皮肤晒成坚果一般的棕褐色，面容精致，长着一对小兔牙。赛日让人厌恶，他那些关于睡美人的歌里，一个女孩眼睛永远闭着的时候看起来最让人渴望。简为什么会爱赛日呢？塔玛爱我父亲，女孩们爱拉塞尔。这些男人，与别人告诉我我会喜欢的那

---

[1] 斯班奇和我们的帮：Spanky and Our Gang，美国20世纪60年代乐队，乐队名字来自20世纪30年代喜剧小电影《我们的帮》(*Our Gang*)，后来这部电影被改编成电视剧《小淘气》(*The Little Rascals*)，更为大众所熟知。

[2] 简·柏金：Jane Birkin，法国歌手、演员，与流行音乐大师赛日·甘斯布在文艺界极尽风流，1969年推出极暧昧的经典单曲《我爱你，我不爱你》(*Je t'aime, moi non plus*)，演员夏洛特·甘斯布即二人之女。

些男孩没有一丁点儿相像，男孩们胸口没有毛发，面容多愁善感，沿着肩膀长了多如牛毛的斑点。我不愿想起米奇，因为这会让我想起苏珊——那一晚发生在别的某个地方，在蒂伯龙的一座小玩具屋里，带了个小小的泳池，还有个小小的绿草坪。我可以从上面看这座玩具屋，掀开屋顶看到像心脏腔室一样分隔开的房间，床是火柴盒的大小。

塔玛和苏珊的不同之处在于塔玛更随和。她不复杂。她不会那样密切地跟踪我的注意力，也不会提示我支持她的宣告。她要是想让我腾个位子，就会直接说出来。我放松下来了，这种感觉是陌生的。尽管如此，我还是想念苏珊——苏珊，我想起她，如同想起那些打开一扇久已遗忘的房门的梦。塔玛亲切友善，但她在其中转悠的这个世界像一台电视机：有界限、直接、世俗，带着常态的符号和结构。早餐、午餐和晚餐。在她所过的生活和她怎么看待这种生活之间并无令人惊骇的鸿沟。我在苏珊身上常常感觉到一个漆黑的峡谷，也许自己身上也有。我们两个都不能完全地参与进一天天的日子，尽管后来她以一种无可挽回的方式参与了。我的意思是我们都不太相信摆在面前的就够了，而塔玛似乎怡然自得地接受了这个世界，仿佛那就是终点了。她的计划实际上完全不是要做什么改变——她只是把已知的定量重新排列组合，拼出新的秩序，仿佛生活是一张延长的座次表。

※※※

我们等父亲回家的时候,塔玛做了晚餐。她比平时看起来更年轻一些——据她说,她用的洗面奶里面含有真正的牛奶蛋白,能够预防皱纹。她头发湿湿的,把身上那件大T恤的肩膀处颜色浸深了,下身是一条蕾丝棉短裤。她属于某个宿舍,吃着爆米花,喝着啤酒。

"可以递给我一个碗吗?"

我照做了,塔玛留出一份鲜扁豆。"不加作料。"她翻了个白眼,"为'温柔心'的肠胃留的。"

我心里酸楚地闪过母亲为父亲做的那些事情:轻柔的抚慰,微小的调整,让整个世界都成了父亲需求的映像。为他买十双同样的袜子,这样他就不会搭配错了。

"有时候他简直就是个孩子,你知道吗?"塔玛捏出一定量的姜黄粉,说道,"我离开他一个周末,回来时他只剩下牛肉干和一个洋葱可以吃了。要让他照顾自己他会死的。"她看着我,"但我大概不应该告诉你这些,对吧?"

塔玛不是有意刻薄,但还是让我心里一惊——她轻轻松松就消解了父亲的形象。我以前从来没想过,没真正想过,他可以是一个让人取乐的角色,是一个可能犯错误的人,或者行为举止像个小孩,又或者在世界上无助地跌跌撞撞,需要他人指明方向。

我和父亲之间没发生过什么糟糕的冲突。往回看，我找不出一个那样的时刻，没有大吵，没有摔门。我只是有一种感觉，这种感觉逐渐渗透一切直到显而易见，那就是他不过是个普通人，和别人没什么两样。他会担心别人怎么看他，他路过门口时会迅速瞟一眼镜子，他仍在坚持听磁带自学法语，我听过他重复默读单词。他的肚子比我记忆中的要大，有时会从衬衫的中缝里露出来，现出一格格皮肤，如新生儿一般的粉红色。

"我爱你的父亲。"塔玛说。她措辞小心翼翼，似乎每句话都会被存档："我确实爱他。我答应和他吃晚餐之前他已经邀请了六回，但他态度一直那么好，似乎他比我更早知道我会答应。"

她似乎发觉自己讲错话而突然住了嘴——我们两个都意识到了。父亲曾经住在家里，和母亲躺在一张床上。塔玛畏缩了，明显在等我说我会说的话，但我聚集不起一点儿怒气。这才是奇怪的地方——我不恨父亲。他想要某种东西，就像我想要苏珊，母亲想要弗兰克。你想要一些东西，自己也无法控制，因为你醒来的时候，只有自己的人生、只有自己要面对，你又怎么能告诉自己，你想要的是错的？

塔玛和我躺在地毯上，膝盖弯着，头朝唱机的方向斜着。我嘴里还有橙汁的酸味留下的麻乱，那是之前我们走了四个街区在一个摊位上买来的。我凉鞋的木后跟在人行道上啪嗒着，塔玛在夏日温暖的薄暮中愉快地聊天。

父亲走进来微笑了一下，但我察觉到他被这音乐惹恼了——那种故意轻快的节奏："你能把音量调小一点儿吗？"

"得了吧，"塔玛说，"声音根本没那么大。"

"是啊。"我附和道，为不熟悉的联盟感到激动。

"看见了吗？"塔玛说，"听你女儿的。"她没有挪眼，伸手拍了拍我的肩膀。父亲一言不发地离开了，一分钟后回来把唱针抬了起来，房间陡然寂静了。

"嘿！"塔玛坐起来说，但他早就昂首大步走开了，然后浴室响起了淋浴的水声。"去你妈的。"塔玛咕哝道。她站起来，腿肚上印着地毯的痕迹，她瞥了我一眼，心不在焉地说："抱歉。"

我听见她在厨房里低声说话。她是在打电话。我看见她的手指一遍又一遍地穿过电话线圈，紧紧捂住听筒掩嘴笑起来。我确定她是在嘲笑我父亲，这让我很不舒服。

我不知道自己是什么时候明白塔玛会离开他的。不是马上离开，但会很快。她的脑子已经在别处了，在为自己书写着一种更有趣的生活。父亲和我只是一桩逸事中的布景，一场更广阔、更正确的旅途中绕的弯路，装饰了她自己的故事。到那时父亲会拥有谁呢？他为谁挣钱，为谁带甜点回家？我想象着他结束了一天的辛劳，回到家，打开空荡荡的公寓大门。那些在他离开后完全没受到另一个人的生活打扰的房间会是什么样子呢？沙发孤独的边沿，垫子上还留着他睡觉时的身形印迹，也许会有那么一瞬，在他开灯之前，他会想象着在黑暗中揭开另一种生活。

很多年轻人都出走了。那阵子你这样做可以仅仅是因为觉得无聊了，根本不需要有一出悲剧。决定回农场并不难。我的另一个家已不再是一个选项，有可能母亲会把我拖去警察局，这多荒唐。父亲的家里有什么呢？有塔玛，她坚持和我结成年轻的同盟。还有晚餐之后的巧克力布丁，带着冰箱里的冷气，像日常分配的快乐额度。

也许在去农场之前，那种生活是足够的。

但农场的存在证明了你可以过另一种罕见的生活。你可以从琐碎的人性弱点中脱身而出，进入更广阔的爱中。我的这种爱，我以青少年的方式相信它绝对正确和优越。我自己的感觉形成了它的定义。那种类型的爱是父亲甚至塔玛永远无法理解的，我当然得离开。

我在父亲公寓炎热憋闷的阴暗中整天看电视的时候，农场的情况在一天天变糟，尽管到后来我才知道糟到了什么地步。问题是那桩唱片交易——交易不会发生，而这是拉塞尔不能接受的事情。米奇告诉拉塞尔，他也爱莫能助，他没办法强迫唱片公司改变主意。米奇是一个成功的音乐人，一个颇有天赋的吉他手，但他确实没有那样的权力。

这是真的——我和米奇的那个夜晚因为这个原因而显得可怜，是车轮转动中无依无凭的嗖嗖风声。但是拉塞尔不相信米奇，或者说这已经不重要了。他觉得全世界都是令人恶心的，而米奇是这种恶心就近的宿主。拉塞尔的斥责在频率和时长上不断升级，他把这全怪到米奇头上——那个喂得太饱的犹大。.22口径手枪被拿去换了班特林长管手枪，拉塞尔把被背叛的狂怒渗进其他人的心。他甚至懒得再去隐藏自己的愤怒。盖伊分发兴奋剂[1]，和苏珊跑去水泵房，回来时眼睛像浆果一样黑亮。他们把树当靶子进行练习。虽说农场从来都不属于那个更大的世界，但它现在越来越孤立了。那里没有报纸，没有电视，没有收音机。拉塞尔开始谢绝访客，每次跑垃圾都把盖伊和女孩们派出去。这个地方长了渐渐变硬的外壳。

我能想象到，在那些早晨苏珊醒来，对过去的日子毫无知觉。食物供应情况变得岌岌可危，一切都染上了轻微的衰败色调。他们吃不到多少蛋白质，大脑只靠碳水化合物和偶尔出现的花生酱三明治维持运转。兴奋剂抹掉了苏珊的感觉——她从自身麻木的电流网中移动，一定如在深海中潜行。

农场里相关的人在那种情形下还能待下去，这在之后所有

---

[1] 兴奋剂：Speed，主要指安非他命和甲基安非他命（冰毒）。

人看来都难以置信。但苏珊没有别的，她将整个生命都献给了拉塞尔，那时它成了拉塞尔股掌之中的东西，他可以随意翻转，估摸分量。苏珊和别的女孩已没有能力做出确定的判断，她们的"自我"肌肉没有锻炼，变得松弛而无力。长久以来，她们的世界里不再有以任何真实方式存在的对与错。不管曾拥有怎样的直觉——良心上微弱的刺痛，担忧的啃咬——即使这些直觉曾被发现过，现在她们也听不见了。

她们离坠落并不遥远——我知道，在这个世界上，只是身为女孩，就会妨碍你相信自己。感觉似乎是完全不可靠的，如同占卜板上擦掉的充满谬误的胡言乱语。小时候去看家庭医生总让我压力很大，也是出于同样的原因。他会轻声问我一些问题：我感觉如何？怎样描述那种痛苦？是尖锐一些还是分散一些？我只是绝望地看着他。我需要的是被**告知**，这就是看医生的全部意义——接受检查，让射线精确扫描我的身体内部，然后被告知真相是什么。

那些女孩当然没有离开农场，她们能忍受的远远不止这些。我九岁的时候，从秋千上掉下来摔断了手腕。令人惊厥的碎裂，眼前一黑的痛楚。但即使在那时，即使我的手腕肿胀，袖口沾了凝血，我还是坚持说自己没事，没什么大不了的。父母立刻相信了我，直到医生把X光片给他们看，骨头断得干干净净。

12

等我把东西都塞进提包里时,客房看起来就像从没人待过似的——我的离开被迅速吸收掉了,也许这正是这类房间的意义。我以为塔玛和父亲已经上班去了,但我一走进客厅,父亲就在沙发上咕哝起来。

"塔玛买橙汁还是什么鬼东西去了。"他说。

我们一起坐着看电视。塔玛去了很久。父亲不停地摩挲着他刚刮过胡子的下巴,脸色半生不熟的样子。广告里那种过分自信的感觉让我感到尴尬,似乎在嘲笑我们的安静。父亲紧张地估量着这沉默。要是在一个月前,我会怎样因为期待而绷紧了神经啊,我会在我的生活经历里采捞出一些珠宝呈现给他。但现在我再也提不起那个劲儿了。父亲于我比以前任何时候都更可知,也更像一个陌生人——他只是一个常人,对辛辣食物很敏感,一直估测他的国外市场,坚持不懈地学法语。

一听到塔玛的钥匙在门口乱响,他就立刻站起来。

"我们三十分钟前就该出发了。"他说。

塔玛瞥了我一眼,用肩膀把钱包往里耸了耸。"抱歉。"给了他一个勉强的笑。

"你知道我们几点得走。"他说。

"我说了我很抱歉。"有那么一瞬间,似乎她是真心感到抱歉。但接着她的眼神不由自主地飘向了还开着的电视机,尽管她想要收回注意力。我知道父亲察觉到了。

"你根本就没买橙汁。"他说,因受伤而声音有些颤抖。

最先捎带我的是一对年轻情侣,女孩头发是黄油色的,衬衣在腰上打了个结,她一直回头冲我笑,从袋子里拿开心果给我吃。她亲吻男孩时,我能看见她伸出来的舌头。

在这之前我没搭过车,没有真正搭过。陌生人会从一个长发女孩那儿期待什么呢?不管是什么样子,我都得做到,这让我感到紧张——我不知道该对战争表露多大的愤怒,不知道如何谈论学生朝警察扔砖头,或控制客机要求去古巴。我从来都在那些事情之外,似乎是在观看一部本该是自己生活的电影。但现在不同了,现在我要去往农场。

我不断想象着塔玛和父亲下班回家后会意识到我真的走了。他们会慢慢明白,塔玛可能比父亲更早得出这个结论。公寓里空荡荡的,没有一丝我的痕迹。也许父亲会给母亲打电话，但他们又能做什么呢？会给我下达什么样的惩罚？他们不知道我去了哪里，我超出了他们的视界。连他们的担忧都自有让人兴奋的地方：会有一刻他们不得不去想我为什么离开，些许阴沉的内疚感会浮出水面，他们不得不感受到它全部的力量，哪怕只有一秒。

这对情侣把我带到伍德赛德。我在卡尔玛超市的停车场等着，直到搭上下一辆车——一个男人开的吱吱嘎嘎响的雪佛兰，他带着一个摩托车部件要开到伯克利去卸下。每当驶过路面上的凹坑，用布基胶带粘上的手套箱就要咔嗒咔嗒响一阵。乱蓬蓬的树木在车窗外一闪而过，洒满了阳光，紫色的海湾在眼前延伸。我把钱包拿在腿上。他叫克劳德，这个名字与他的外形实在不搭调，他看起来对此有些羞愧。"我母亲喜欢那个法国演员。"他咕哝着说。

克劳德郑重地翻开钱包，给我看他女儿的照片。她是个胖乎乎的女孩，粉红色的鼻梁，发型是过时的欧式宫廷鬈发。克劳德似乎感觉到了我的同情，突然抽回了钱包。

"你们女孩子都不该这么做。"他说。

他摇摇头，脸上出于对我的担忧而微微动了一下，我觉得这是对我自己是多么勇敢的一种承认。尽管我本该明白，当一个男人警告你要小心时，通常他是在警告你他脑海中正在上演的黑暗电影。某些暴力的白日梦激发出他们罪恶的劝诫，让你"安全回家"。

"你看，我真希望自己像你一样，"克劳德说，"轻松自由，到处游玩。我总是有工作要做。"

他的眼神从我身上滑过，然后转回到路上。这是第一次让人不舒服的刺痛感——我已变得很会识别特定的男性欲望的表现。清嗓子，凝视里估测的叮咬。

"你们这些人都不工作的，是吧？"他说。

他可能是在取笑我，但我说不准。他的语调中有种尖酸，有真正的愤恨的刺蜇。也许我应该畏惧他。这个年长的男人看见我孤身一人，觉得我欠他点儿什么，而这是那种男人能有的感觉里最糟糕的情况了。但我并不害怕，我是受保护的，整个人被一种欣喜若狂、不可触及的晕眩所占据。我就要回到农场了，我能见到苏珊了。在我看来克劳德几乎是不真实的，一个纸扎的小丑，无害而可笑。

"这里行吗？"克劳德说。

他把车停在伯克利[1]校区附近，钟楼和阶梯式房子厚密了身后的群山。他关掉引擎。我感受到了外面的炎热，贴近的人来车往的缓流。

"多谢。"我拿起自己的钱包和大提包说。

---

[1] 伯克利：Berkeley，指加州大学伯克利分校，以自由的文化氛围著称，20世纪60年代发生了著名的"言论自由运动"。

"别急,"我正要打开车门时听到他说,"就跟我坐一小会儿,嗯?"

我叹了口气,但还是坐回位置上。我能看见伯克利上部干燥的山丘,惊讶地记起冬天有那么一阵子,这些山丘翠绿、饱满、湿润。那时我还不认识苏珊。我能感觉到克劳德正向我这边看过来。

"听着。"克劳德挠了挠脖子,"如果你需要钱的话——"

"我不需要钱。"我没有害怕,耸耸肩算是简短的告别,然后打开车门,"再次感谢,"我说,"谢谢你载我一程。"

"等等。"他说,一把抓住我的手腕。

"滚开。"我说,使劲把胳膊从他链环一样的紧握中挣脱出来,声音中有种不熟悉的激烈。摔上门之前,我看见了克劳德虚弱又气急败坏的脸。我走开时激动得喘不过气,几乎要笑出来。人行道散发着均匀的热量,粗暴的阳光在跳动。这场交战让我感到振奋,仿佛突然在这个世界上被许给了更广阔的空间。

"婊子。"克劳德喊道,但我没有回头看。

电报街拥挤不堪:人们在卖焚香台或贝壳状首饰,皮革钱包挂在小巷的围栏上。那年夏天伯克利城所有道路都在整修,于是一堆堆碎石积在人行道上,柏油路裂出壕沟,像部灾难电影。一群人身着垂到地面的长袍,对我挥舞着宣传册。男孩们没穿衬衣,胳膊上印着淡淡的瘀青,上下打量着我。和我差不多年纪的女孩们拖着毛毡旅行袋,袋子撞着膝盖,在八月的炎热中穿着天鹅绒长外套。

即便遇到克劳德那样的人,我还是不怕搭车。克劳德只是在我的视野角落无害地飘浮着,安宁地飘入空无。汤姆是我遇到的第六个人,他钻进车里的时候,我拍了拍他的肩膀。他似乎对我搭车的请求受宠若惊,好像这是我为了接近他而编的理由。他匆忙拍了拍副驾驶座椅,碎屑如雨般无声地落在脚垫上。

"本该弄干净的。"他抱歉地说,就像我有可能会比较挑剔似的。

汤姆开着他的小型日本车行驶在路上,速度刚好控制在最高限速,变换车道时眼神越过肩膀看着。他的格子衬衫肘部有些稀薄,但干干净净的,折了起来,细长的手腕透着一股男孩气,让我心里一动。他把我一路送到农场,尽管那里离伯克利有一小时车程。他声称自己要去圣罗莎[1]的专科学校看朋友,但他很不会撒谎,我能看见他的脖子变红了。他很有礼貌,是伯克利的学生。读医学预科,但他喜欢社会学,还有历史。

---

[1] 圣罗莎:Santa Rosa,加州索诺玛郡城市。

"LBJ[1]，"他说，"现在成前总统了。"

我了解到他来自一个大家庭，有一只叫"妹妹"的小狗，还有过重的课外作业：他在上暑期班，想顺利通过预修课。他问我学什么专业。他犯的错让我感到兴奋——他一定以为我至少十八岁了。

"我不上大学。"我说，刚要解释自己还在上高中，但他立刻辩护起来。

"我也在考虑那么做。"他说，"退学，但我得先上完暑期班。我已经交费了。我的意思是，要是没交就好了，但——"他的话音消失了，盯着我，直到我意识到他在请求我的原谅。

"真倒霉。"我说，似乎这样就够了。

他清了清嗓子。"你不在学校的话，那你有工作什么的吗？"他说，"天哪，除非这个问题太莽撞了，你也可以不回答。"

我耸耸肩，装成泰然自若的样子。不过这趟搭车的确让我感到很轻松，似乎我在这个世界里可以活动得天衣无缝。和陌生人聊天，应对各种状况，这些简单的方式就能让我满足。

"我要去的地方——我一直待在那里，"我说，"那是个大群体，我们互相照顾。"

他的眼睛盯着路，但我在解释农场的时候他听得很仔细。

---

1 LBJ：林登·B. 约翰逊（Lyndon B. Johnson），美国第36任总统，1963—1969年在位。

那座滑稽的老房子，小孩们。盖伊在院子里装的管道系统，水管上全是乱打的结。

"听起来像国际学舍，"他说，"我就住在国际学舍，那儿一共有十五个人。走廊里有一块杂务黑板，我们轮流做最辛苦的那些活儿。"

"是的，也许差不多吧。"我说，但心里明白农场和国际学舍没有一点儿相像之处。那里有斜视眼的哲学专业学生为谁没洗盘子争论不休，一位来自波兰的女孩小口吃着黑面包，为远方的男朋友哭泣。

"那所房子属于谁？"他说，"它是类似于一个机构中心还是别的什么？"

向某个人解释拉塞尔是一件奇怪的事情，会让人记起原来还有拉塞尔和苏珊不在其中的整个领域。

"他的专辑会在圣诞节左右出来，有可能。"我想起来，补充道。

我滔滔不绝地讲述着农场和拉塞尔，随意地抛出米奇的名字，像那天唐娜在车上说的那样，经过了精心的部署。离农场越近，我就变得越兴奋，如同因为思念畜棚而脱缰的马，忘记了背上的主人。

"听起来很不错。"汤姆说。我看得出来自己的故事已经使他沦陷，他脸上有种梦幻般的兴奋，如同受到睡前故事中奇异之境的催眠。

"你可以去逛逛,"我说,"如果你想去的话。"

这个邀请让汤姆喜悦起来,他因感激而害羞。"要是不打扰的话。"他说,两团绯红凝在脸上。

我想象着苏珊他们会很开心看到我带新人来,扩充队伍什么的,那些老把戏。一个馅饼脸的崇拜者和我们一起抬高声音,为粮仓做贡献。但这里面也有别的东西,我想让它延伸:车里紧张而令人愉悦的安静,混浊的高温蒸腾起椅皮子上的水汽。右侧后视镜里我的映像扭曲,只看得见浓密的头发和长着雀斑的肩膀。我有了女孩的体态。汽车驶过桥,穿越垃圾堆粪臭的幕幛。我能看见远处的另一条高速路,与邻近的水并排延伸,先是沼泽似的平原,接着突然坠入峡谷,藏在山里的农场现身了。

到那时,我所熟知的那个农场已不再存在了。结局已经来临:每一个场景都是一曲自身的挽歌。但在我身上仍有太多充满希望的势头。汤姆的车拐进农场的道上时,我的心都要飞出来了:离开两个星期了,完全不算久,但回来还是让我喜不自胜。只有看见一切还在那里,还是一如往常地鲜活、古怪、亦真亦幻,我才明白自己为什么曾担心它可能会消失。再遇见那栋不可思议的房子——就像《飘》里的那栋,我才意识到,这些都是我爱着的。淤泥沉积的方形池塘,一半的水位,密布的水藻，裸露的混凝土：这些都可以重归我所有。

汤姆和我离开车的时候，我脑中闪过一丝犹豫，注意到汤姆的牛仔裤过于干净了。也许那些女孩会嘲弄他，也许邀请他一起来本是个错误的决定。我告诉自己没事的。我看见他用眼睛吸收着周围的景象——我把他的表情解读为印象深刻，尽管他一定已经注意到了失修和废弃的汽车骨架。一只死青蛙脆扁的尸壳漂浮在池面上。但这些细节对我来说不再值得大惊小怪，比如尼科腿上的疮口沾着小碎石。我的眼睛已经习惯了腐烂的质地，因此我以为自己回到了光明的地界。

13

唐娜看见我们后停下脚步,怀里抱着一堆要洗的衣服,闻起来像满是灰尘的空气。

"麻——烦,"她大叫着,"麻烦,"一个来自久已遗忘的世界的词,"这位女士把你逮着了,嗯?"她说,"伙计。厉害。"

黑眼圈在她眼睛下添了两道月牙,让她的面容有种空洞的塌陷,尽管这些细节被高涨的亲切感盖过了。她看到我似乎也很开心,但当我介绍汤姆的时候,她飞速地扫了我一眼。

"他带了我一程。"我热心地补充。

唐娜的笑容有些迟疑,把怀里的衣服往上顶了顶。

"我待在这里没事吧?"汤姆悄悄问我,好像我有什么权力似的。农场向来欢迎造访者,把他们置于注意力的中心,经受玩笑话的夹攻。我想象不出来这一点为什么会改变。

"当然。"我说,转向唐娜:"对吗?"

"这个嘛,"唐娜说,"我不知道,你应该去和苏珊说,或者和盖伊说。嗯。"

她漫不经心地咯咯笑了起来。她有些古怪,不过在我看来这就是一贯的唐娜式聊天——我甚至对它有了感情。草里的响动抓住了她的注意力:是一只蜥蜴,疾爬着寻找阴影。

"拉塞尔几天前看见了一头美洲狮,"她重新说起,没有具体对着谁,睁大眼睛,"狂野吧?"

"看看是谁回来了。"苏珊说,问候里有怒气在跳,仿佛我消失的这段时间是度假去了,"还以为你都忘了怎么到这儿来了呢。"

即使她当时看见达顿太太拦住了我,她还是不住地拿眼睛瞟汤姆,好像他才是我离开的原因。可怜的汤姆,他在长满草的院子里徘徊,像博物馆的常客那样拖着犹豫的脚步。牲口的气味、淤积的茅厕刺激着他的鼻子。苏珊脸上为一种遥远的困惑所遮蔽,和唐娜一样:她们设想不出一个会受惩罚的世界。我突然为那些与塔玛共度的夜晚感到愧疚,有整整几个下午我甚至没想起苏珊。我尽力把父亲的公寓描述得比本来的样子糟糕,仿佛我无时无刻不被监禁,承受着无穷无尽的惩罚。

"天,"苏珊哼着鼻子,"真没趣。"

农场房子的阴影沿着草地铺伸,仿佛一个奇异的户外空间，我们占据着这片荫翳的福地，一队蚊子在午后细薄的阳光中盘旋。空气里燃爆着狂欢的光彩——女孩们熟悉的身体挤着我，把我撞回了原来的自己。金属的光影在树林中迅疾闪过——是盖伊开着一辆车在农场后方颠簸，呼喊声回荡起来又归于静寂。孩子们的身影让人昏昏欲睡，他们围着地上彼此相接的浅水坑嬉闹：有人忘了关水管。海伦用毯子裹住身体，直拉到下巴，像是一圈羊毛飞边领，唐娜一直想把它拽走，露出底下海伦高中女王般的胴体和有血肿块的大腿。我觉察到一旁的汤姆窘迫地坐在土中，但基本上我都在为身边苏珊熟悉的身形而激动。她飞快地讲着话，脸上一层汗，衣服肮脏，眼睛却闪亮。

我想到塔玛和父亲此刻还没到家，我已人在农场，而他们还不知道我已离开，这还真有意思。尼科骑着一辆对他来说太小的三轮脚踏车，车身生了锈，使劲一踩踏板就咣啷咣啷响。

"可爱的孩子。"汤姆说。唐娜和海伦笑了起来。

汤姆不确定自己说的什么惹人发笑，但他眨了眨眼，表明愿意了解。苏珊坐在从屋里拉出来的一张旧靠背椅上，扯着一根燕麦草。我留意着拉塞尔，但一直没看见他。

"他去城里一会儿。"苏珊说。

听到一阵刺耳的响声，我们同时转过头：原来是唐娜想在门廊上倒立，她双脚扑腾，踢翻了汤姆的啤酒瓶。可他却是道歉的那一个，四下张望着像是想找个拖把。

"天哪,"苏珊说,"放松点儿。"

她汗津津的手在裙子上抹了一下,眼睛微微响了声——兴奋剂使她像只瓷猫一样僵硬。那些高中女生用这种方法来保持苗条,但我从没试过,因为觉得冲突:我只把它和农场那种萎靡的 high 联系在一起。它使苏珊比往常更难接近,我不想承认这种变化,假定她只是生气了。她的注意力从没真正集中过,总是欲聚还散的。

我们像往常一样聊天,互相递着一支大麻烟,它让汤姆咳嗽起来。但同时我也注意到了别的事情,心里飘过一丝不安——农场的人口比过去少多了,没有陌生人端着空盘子转悠,问晚饭什么时候好。他们把头发甩向脑后,请求别人在去洛杉矶的长路上带他们一程。还有,我也没看见卡洛琳。

"她很怪。"我问起卡洛琳时苏珊回答道,"好像你可以透过她的皮肤看到她里面。她回家了。有人来把她接走了。"

"她父母吗?"这个想法听起来很荒谬,农场里的人竟然会有父母。

"没事的,"苏珊说,"一辆去北方的卡车,我猜是门多西诺还是什么地方。她从别处认识他们的。"

我试着想象卡洛琳回到父母家的情景,不管那是什么地方。卡洛琳安全地在别处,我没有再想下去。

汤姆明显有些不自在。我确定他习惯的是大学里的女孩子,她们做兼职,随身携带借书证,发梢有些分叉。海伦、唐娜还有苏珊都很粗野，身上散发出一种敌意的调子，连我也受了震动。我才度过和塔玛在一起的两个星期，探看、接近她所沉迷的打扮，有一把特制的尼龙刷，她只用在指甲上。我不想去注意汤姆的犹豫，每当唐娜直接对着他说话时，他脸上都会闪过一丝畏缩的阴影。

"那张唱片有什么新消息吗？"我大声问道，期待得到符咒一般令人安心的成功音讯，好加固汤姆的信心。因为这里还是那个农场，我所说的一切都是真实存在的——他只须对它敞开自己。但苏珊给了我一个异样的眼神。其他人看着她想定个基调，因为事情的走向并不好，这就是她那样盯着我的原因。

"米奇是他妈的叛徒。"她说。

我太过震惊，一时间无法全部接收苏珊仇恨的凶恶神情：拉塞尔怎么会真的做不成交易？拉塞尔身上环绕着奇异电流的光环，他周围的空气都在轻轻低语，米奇怎么会看不见这些？不管拉塞尔拥有的是什么样的力量，难道只对这一块地方起作用吗？但是苏珊浮夸的愤怒把我也召进去了。

"米奇吓坏了，谁知道为什么。他撒谎了。那些人，"苏珊说道，"那群他妈的笨蛋。"

"你不能耍拉塞尔的，"唐娜点点头说，"说的是一套，背地里又搞另一套。米奇不知道拉塞尔有多大能耐。拉塞尔连手指都不用抬一下。"

拉塞尔那次打了海伦一巴掌，像什么都没发生过一样。我不得不做出让人不舒服的调整，眯起心灵的眼睛，好换个角度看事情。

"但是米奇会改变主意的，对吗？"我问。等我终于看向汤姆时，他却没注意到，眼神越过了门廊。

苏珊耸耸肩："我不知道。他叫拉塞尔别再给他打电话了。"她哼了一声，"去他妈的。像没做过承诺一样，就这么消失了。"

我想着米奇。那一晚，他的欲望让他如野兽一般，让他不在乎我的畏缩，我的头发被压在他胳膊下面。他眼神蒙了雾，看我们是模糊的，我们的身体仅仅是身体的符号。

"但没关系，"苏珊挤出一个笑容，说道，"这不是——"

她的话被汤姆突然的惊讶打断了。他站起来猛冲出去，哐当当跑下门廊，朝水池的方向全力冲刺，嘴里喊着什么我听不清的话，衬衣从裤腰里跑了出来。那是一种毫不掩饰的脆弱的叫喊。

"他在搞什么？"苏珊说。我不知道，因极度的尴尬而红了脸，尴尬又转化为恐惧：汤姆还在呼喊，匆忙跳下台阶进了水池。

"孩子，"他说，"那个男孩。"

尼科。我脑中闪出他在水里沉默的身形，小小的肺里装满了水，往外喷溅着。门廊倾斜起来。我们匆匆赶到池边的时候，汤姆已经在把孩子从泥泞的水中往外拖了，很快就弄清楚孩子没事。尼科坐在草地上，浑身湿答答的，脸上一副愤愤不平的神情。他用拳头揉着眼睛，把汤姆推开。他更多是因为汤姆而哭泣，这个奇怪的人冲他大喊大叫，还把他从池子里拽出来，可他刚刚玩得正开心呢。

"有什么不得了的事？"唐娜对汤姆说。她粗鲁地拍了拍尼科的头，像在表扬一只听话的狗。

"他跳进去了。"汤姆的恐慌仍在全身回荡，裤子和衬衣都湿透了，脚被鞋子吸住了。

"所以呢？"

汤姆睁大了眼睛，不明白解释只会让事情更糟。

"我以为他掉池子里面去了。"

"但里面有水。"海伦说。

"那个湿地方。"唐娜窃笑着说。

"这孩子没事。"苏珊说，"你吓坏他了。"

"咕嘟咕嘟咕嘟。"海伦忍不住一阵咯咯笑，"你以为他死了还是怎么的？"

"他还是有可能淹死，"汤姆说，他的声音抬高了，"没有人看着他。他太小了，还不是真的会游泳。"

"瞧你的脸，"唐娜说，"天，你完全被吓蒙了，不是吗？"

汤姆拧着衬衣上的臭池水。院子里的垃圾熠熠发光。尼科站起来，甩了甩头发，带着他那种古怪的孩子气的尊严微微哼了哼。女孩们全都在笑，于是尼科轻松地走掉了，没有人注意到他的离开。我假装自己也没担心过，假装知道一切都无事，因为汤姆看起来很可悲，他的惊惶就那样暴露在面上，没有后退的余地，连那个孩子都生他的气。我为带他来这里感到羞愧——为他造成的这场虚惊，现在苏珊正盯着我看，于是我完全知道这是个多么蠢的主意。汤姆求助地望向我，但看见了我脸上的冷漠，我的眼神滑落回地上。

"我只是觉得你们应该小心点儿。"汤姆说。

苏珊哼了一声："我们应该小心点儿？"

"我以前是救生员，"他说，声音有些沙哑，"即使在浅水区，人也有可能淹死。"

但苏珊没有听，冲唐娜做了个鬼脸。我觉得她们共同嫌恶的人里也包括我，我受不了了。

"放松点儿。"我对汤姆说。

汤姆看起来很受伤："这是个糟糕的地方。"

"那你就应该离开。"苏珊说，"这难道不是一个好主意吗？"兴奋剂在她体内吵闹着，那空洞、残忍的笑——她原本不需要这么刻薄。

"我能和你说句话吗？"汤姆对我说。

苏珊笑了起来："噢，伙计。我们走吧。"

"就一小会儿。"他说。

我正犹豫着，苏珊叹了口气。"去和他说吧，"她说，"天哪。"

汤姆从其他人旁边走开，我脚步踌躇地跟在他后面，好像距离能防止传染似的。我不断地回头看那群女孩，她们正往门廊走去。我想加入她们。我对汤姆一肚子火，他傻不拉几的裤子，稻草一样的头发。

"怎么了？"我不耐烦地说，嘴唇紧闭。

"我不知道，"汤姆说，"我只是觉得——"他迟疑了一下，飞快地扫了一眼那座房子，拉了拉衬衣，"你现在就可以跟我回去，要是你愿意的话。今晚有一个晚会，"他说，"在国际学舍。"

我能想象是什么样的晚会。那里有丽兹饼干，热诚的小组成员围挤着一碗碗水果冰激凌，聊天的内容是学生争取民主社会组织，互相比较书单。我半耸了耸肩，几乎没动作。他似乎理解了这个动作的假意。

"或者我可以把电话号码写给你。"汤姆说，"这是门厅的电话，但是你可以直接让我接。"

我能听到苏珊毫无遮拦的笑声波浪般从空气中涌来。

"没事的，"我说，"反正这里也没有电话。"

"她们不像好人。"汤姆盯着我的眼睛说。他看起来像一个刚接受过洗礼的乡村牧师，湿裤管紧贴着腿，满眼真挚。

"你知道什么？"我说，一丝惊慌烧红了我的脸，"你都不认识她们。"

汤姆做了一个表示失败的手势。"这里就是个垃圾堆，"他急急忙忙地说，"你看不出来吗？"

他指了指那座摇摇欲坠的老房子、杂乱生长的草木、废弃的汽车和油桶、遗弃给霉菌和白蚁的野餐毯。这些我全都看在眼里，却没有领会在心：我已对他硬了心肠，再没什么好说的了。

汤姆的离去让女孩们可以沉入自己的原始状态，不会被一个外来者的凝视打破，再也没有了安宁的懒洋洋的闲聊，也没有轻松的沉默温和地延伸。

"你那位特别的朋友呢？"苏珊说，"你的老朋友？"这声虚假的问候很空洞，她抖着腿，尽管表情一片空白。

我想和她们一样笑，但不知为何，想到汤姆回伯克利去了我就很不安。关于院子里的垃圾，他的看法是对的，不仅如此，尼科也真的有可能受伤，还有什么呢？我注意到所有人都变得更瘦了，不只是唐娜，她们的发质也变脆了，眼底深处迟钝而枯竭。她们笑的时候，我瞥见了闹饥荒的人才会有的舌苔。我下意识地把希望都寄托在拉塞尔的归来上，期待他压下我念头扑跳的边角。

"负心人。"拉塞尔一看到我就奚落道，"你总是跑掉，"他说，"你每次抛下我们，都让我们伤透了心。"

看见拉塞尔熟悉的面孔，我试图说服自己农场还和往常一样，但当他拥抱我时，我发现他腮帮上似乎被什么东西弄脏了。是他的鬓胡，它们不像毛发一样一个点一个点地立着，而是平顺的。我凑近一看，发现那是画上去的，用的是木炭笔或眼线笔之类的东西。这个想法让我不安；这里面有种乖僻、一种欺骗的脆弱。好比我在佩塔卢马认识的一个男孩，他从商店偷化妆品来遮饰脸上的青春痘。拉塞尔的手在我的脖子上摩挲，传递来一小片能量。我说不出来他是不是在生气。他的到来这么快就把这群人的注意力敲回来了，他们结队尾随着他，像一群毛糙不齐的小鸭子。我想把苏珊拉到身边，像过去那些日子一样挽着她的胳膊，但她只是不温不火地笑了下，眼神恍惚，甩开，坚定地跟着拉塞尔。

我了解到拉塞尔连续几个星期都在骚扰米奇，不请自来，出现在他家。他派盖伊去打翻垃圾桶，米奇回家时就会看到草坪上乱丢着空瘪的麦片盒子、撕碎的蜡纸和沾着食物残渣儿的油亮的锡纸。米奇的看守人也看见拉塞尔出现过，只有一次——斯科特告诉米奇，他看见有人把车停在大门口，就在那儿盯着。斯科特要他离开的时候，拉塞尔微笑起来，告诉斯科特他是这栋房子原来的主人。拉塞尔也曾在录音师家出现，死乞白赖地索要他和米奇商谈的录音带。这个人的妻子在家。后来她回忆道，门铃声让她生气：他们新生的婴儿在后面的卧室里睡觉。当她把门打开时，拉塞尔正穿着那身脏兮兮的Wrangler牛仔服站在那里，斜着眼笑。

她从丈夫那里听说过商谈的事，因此她知道拉塞尔是谁，但她并不害怕，没有真的害怕。第一眼看上去，他并不是一个可怕的人，当她告诉拉塞尔她丈夫不在家时，他耸了耸肩。

"一眨眼我就能把带子拿走，"他说，收紧眼神越过她看去，"一进一出，就那么容易。"那时她才感到一丝危机，脚往旧拖鞋里抓深了，婴儿的咿呀声飘过厅来。

"他把那些东西都放在工作的地方。"她说。拉塞尔相信了她。

那个女人记得，后来那天夜里院子里有响声——玫瑰丛的拍打声，但当她从窗户里探出头时什么都没看到，除了鹅卵石车道，以及月光下草坪的根茬儿。

我回来的第一天晚上和以往那些晚上迥然不同。旧日的夜晚是生机勃勃的，我们脸上都挂着青年人的欢愉——我会抚摸那只狗，它到处嗅着寻找关爱，我在它耳朵后面热心地抓挠一番，来回的手进入了欢快的节奏。当然也有一些奇怪的夜晚，我们会集体嗑药，或者拉塞尔不得不缠上某个喝醉的摩托党，把那套颠覆三观的逻辑用在他身上。但我从来没有感觉到恐惧。那一晚不同，石头围成的圈里火苗微弱。火灭的时候，没有人去注意，每个人激荡的能量都指向拉塞尔，他的行动如一条随时要崩断的橡皮筋。

"就是这个，"拉塞尔说，他弹拨着一首快歌，"我刚写出来就火了。"

吉他跑了调,比音准要低——他却似乎没注意到。他的声音急迫又狂乱。

"还有一首。"他说,摆弄着弦钮,然后漫不经心地拨出刺耳的声音。我想要抓住苏珊的眼神,但她瞄准了拉塞尔。"这是音乐的未来,"他在嘈杂声中说,"他们以为收音机上放了自己的歌,就知道什么是好的,但那都是狗屁。他们心中没有真正的爱。"

似乎没有人注意到他的话正在边缘崩溃:他们都回应着他的话,嘴巴在共享的情感中扭动。拉塞尔是一个天才,我是这样告诉汤姆的——我能想象出,如果汤姆在这儿看到拉塞尔这个样子,他的脸上会显出怎样的同情,这让我憎恨汤姆,因为我也能听出来,所有那些歌里的空白处都让你意识到它们的粗糙,甚至不只是粗糙,而且低劣:矫揉造作的甜言蜜语,那些关于爱的词句像小学生说的一样直而浅,如一只胖乎乎的手画的心。阳光、花朵、微笑。即使是那种时候,我也无法完全承认这一点。苏珊望着他时脸上的神情——我想和她一起。我以为爱别人可以是一种自我保护的测量器,就像他们会明白你感情的分量和热度,然后以相应的程度回应你。这在我看来似乎很公平,就像这个世界会把公平当一回事似的。

有时我会做梦,从梦的尾梢醒来,臆想某些画面或事情会真实发生,把这臆想从梦境带到现实生活里。等意识到我并没有结婚,也没有破译远走高飞的密码,这落差是多么刺心,那时我心里会生出一种真正的忧伤。

拉塞尔告诉苏珊去米奇·路易斯的房子给他一个教训。我老是觉得自己目睹了实际发生的那一刻:暗夜,蟋蟀清脆嘹亮的鸣叫,那些幽灵般的橡树。然而我当然没有看见。我读过太多次,以至于相信自己可以清晰地看见那一幕,带着童年回忆的那种夸张色调。

那个时候我是在苏珊的房间里等着,烦躁、绝望地等她回来。那个晚上我有许多次想和她谈话,我拖着她的胳膊,追寻她的目光,但她总是把我推开。"晚一点儿再说。"她说,我在幽暗的房间中等她履行诺言,这句话成了唯一的依托。当我听见进入房间的脚步声时,胸口陡然一紧,脑子里涨满了这个念头——苏珊在这里——但随后我感觉到了偏斜的一击,我飞快地睁开眼,发现那人只是唐娜。她朝我扔过来一个枕头。

"睡美人。"她偷笑着说。

我想再度回到优美的憩息中;被单因为我紧张地翻来覆去而发烫,我的耳朵敏锐地捕捉着苏珊归来的任何声响。但她那晚没有到房间里来。我等得要多久就有多久,对每声吱嘎和震颤都保持警醒,直到不情愿地落入昏沉沉的杂乱的睡梦。

事实上,苏珊是和拉塞尔在一起。拖车房里的空气可能因为他们的性交而变得闷浊。拉塞尔披露了对米奇的计划,他和苏珊盯着天花板。我能想象他是怎样直奔边缘，然后迂回到那些具体细节，这样苏珊也许开始认为自己也有同样的想法，这想法也是她自己的。

"我的小地狱犬。"他对她柔声唤道，眼睛因为狂热而像轮转焰火般绽放，可能让人误以为那是爱。苏珊会在这一刻感到飘飘然是一件不可思议的事，但她的确如此。他抓挠着她的头皮，男人们也喜欢在狗身上激起这股兴奋的愉悦。我能想象这种压力如何开始聚积，变成一股想顺着更浩荡的急流而前的欲望。

"场面要大，"拉塞尔说，"要让他们忽视不了。"我看见他把苏珊的头发缠在手指上绕成结，拉着，似扯非扯，让她分不清那悸动是疼痛还是快乐。

他打开那扇门，鼓动苏珊穿过去。

第二天，苏珊一整天都魂不守舍。一个人离开，脸上宣示了她的匆忙，或者急迫地与盖伊密谈。我嫉妒，绝望，她自身转让给拉塞尔的部分我争不过来。她已把自己包裹了起来，我成了一个遥远的顾念。

我护理着自己的疑惑，照料着充满希望的解释，但当我对她微笑时，她用那种过半天才认出来的方式眨眨眼，仿佛我是来归还她已忘记的钱包的陌生人。我不断地在她眼中看到一种士兵的神情、一种冷酷的内心转换。后来我明白这就是准备。

晚餐是重新加热的豆子，尝起来有种铝的味道，是锅里烧煳的碎屑。来自面包店的巧克力蛋糕已经不新鲜了，上面裹着一层灰白的糖霜。他们想在室内吃饭，于是大家坐在破裂的地板上，盘子放在大腿上，这样我们就得像原始穴居人一样弓着背。似乎没有一个人吃得多。苏珊用一根手指按蛋糕，看着它被捣碎。他们在房间里互相对视着，神情里燃烧着一种抑制的狂欢，像一个惊喜派对的共谋。唐娜用一种意味深长的神色递给苏珊一块破布。我什么都不懂，可怜的异位感让我一直盲目而渴望着。

我铁了心要和苏珊谈一次。但我刚把视线从盘子里难吃的剩饭上抬起来，就看见她站起来，她的动作接收到了我看不见的信息。

当我跟着她手电筒跳跃的光束追上她时，才意识到他们正要去某个地方。我内心一阵颠簸，因绝望而窒息：苏珊要丢下我。

"让我也去吧。"我说，努力追着她，跟在她从草地里迅疾开辟出的道上。

我看不清苏珊的脸。"去哪儿？"她的声音平稳。

"你去哪儿我就去哪儿，"我说，"我知道你们要去一个地方。"

取笑的轻快语调："拉塞尔没要你去。"

"但是我想去，"我说，"求你了。"

苏珊没有明确地说可以,但慢下来好让我匹配她的大步,这对我来说是新的步伐,是有意的。

"你应该换衣服。"苏珊说。

我低下头,想弄清是什么让她不满:我的棉衬衣、长裙。

"换一身黑衣服。"她说。

14

那段在汽车上的行程如同一场久病,被略过去了,是不可信的。盖伊开车,海伦和唐娜挨着他坐在副驾,苏珊坐在后座,盯着窗外,我就坐在她身旁。夜色已深,汽车在街灯下驶过,硫黄色的灯光滑过苏珊的脸颊,其他人都一脸恍惚。有时我似乎感觉自己从没真正离开过那辆车。另一个我一直在那里。

那一晚拉塞尔留在了农场。我甚至都不会把这和奇怪联系起来。苏珊和其他人是他的灵兽,被他放出,来到这个世界——事情一向如此。盖伊像他决斗时的副手,苏珊、海伦和唐娜则不会犹豫。露丝本该去的,但她没有去——后来她声称自己有种不好的预感,就留了下来,但我不知道这话是否可信。是不是拉塞尔把她留下来,因为感觉到她内心执拗的道德感会束缚她,让她无法在真实世界放开手脚?露丝陪着尼科——她自己的孩子。露丝，后来真的成了指控其他人的主要证人，穿着一袭白裙站在证人席上，头发笔直地从正中分开。

我不知道苏珊是否告诉过拉塞尔我也跟着去了——这个问题从没有人回答过我。

汽车上的收音机开着，放的是可笑的外国电影原声，放进其他人的生活里。其他人正准备入睡，母亲们把鸡肉晚餐的最后一点儿残渣儿擦进垃圾桶。海伦唠唠叨叨地说个不停，讲一头鲸在比斯摩海滩搁浅，问我们这是否真的是大地震来临的预兆。接着她在椅子上跪起来，就像这个想法让她激动不已。

"我们就不得不去沙漠了。"她说。但没人上钩。一片静默覆盖在车内。唐娜咕哝了句什么，海伦咬了咬牙。

"你能把窗户打开吗？"苏珊说。

"我很冷。"海伦用她的娃娃音哀叫道。

"别闹。"苏珊说，用拳头捶着座位后背，"我他妈都要化了。"

海伦把窗户摇下来，车内立刻灌满新空气，有尾气的味儿，还有附近海水的咸味。

那时我就在她们中间。拉塞尔变了样，事态也在恶化，但我和苏珊在一起。她在场，把我心中任何离散的担忧都赶回了围栏。我就像一个孩子相信母亲在她床边守夜会挡开恶魔一样，这个孩子还无法辨识出母亲也可能会感到害怕。然而母亲明白，要保护孩子，她什么都做不了，除了献出自己脆弱的身体做交换。

也许有一部分的我知道事态会走向何处,黑暗中一丝沉没的微光;也许我感觉到了可能的轨迹,但还是走了下去。在那个夏天过后,以及在我生命中各种不同的节点,我会反复筛翻着那个夜晚,在一片盲目中去感觉。

苏珊说的,就是我们去拜访一下米奇。她的话里剌挑着我之前没听到过的残忍,即便如此,这也是我思维的最远延伸了:我们要去做在达顿家做过的事。我们会执行一场让人不安的精神中断,这样米奇就不得不感到害怕,就一两分钟,让他不得不重新安排这个世界的秩序。很好——苏珊对他的憎恨允许并点燃了我心中的憎恨。米奇,用他肥胖的手指探进我体内,从上面看着我和苏珊时,嘴里结结巴巴地不停念叨着无意义的话,仿佛他单调的话语可以愚弄我们,让我们不去注意他眼神中流淌着秽亵。我想让他感觉到脆弱。我们会占领米奇的房子,像来自异境的捣鬼精灵。

因为我的确感觉到了,是真的。我感到某种东西把车里的我们全都联结在一起,来自别的世界的凉风拂过我们的皮肤和头发。但我从没想过——一次也没有,那别的世界可能是死亡。我不会真正相信的,直到连篇的新闻聚集起它赤裸裸的势态。当然,在那之后,死亡似乎给一切都涂上了色彩,像没有气味的雾充满了车里,贴挤着窗户,被我们吸入又呼出,塑造了我们说的每一个字。

我们走了没多远,离开农场也许二十分钟,盖伊沿着山中黑得密实的弯道慢慢开着,然后进入空旷连绵的平原,车提了速。耸立的桉树往后倒退,窗外的雾寒意阵阵。

我的警觉把一切都精确地封在了记忆的琥珀里:收音机,身体的扭动,苏珊的侧脸廓影。在我的想象中,这就是一直以来她们所拥有的——这张共同存在的网,仿佛某种因为离得太近而难以辨认的东西,只是一种感觉,顺着手足之情的急流漂浮,是一种归属感。

苏珊把手搁在我们俩之间的座位上。这熟悉的场景让我心中一动,想起在米奇的床上她是怎样想要抓住我。她的指甲表面布满斑点,因为粗劣的饮食而变得脆弱。

我心中焚烧着愚蠢的希望,相信自己会待在她注意力所赐的幸福之地。我想去拉她的手。在她的掌心轻拍一下,仿佛我有字条要传。苏珊有些吃惊,从迷糊中醒来,这迷糊被打破时,我才注意到它的存在。

"怎么了?"她严肃地说。

我的脸失去了任何伪装的能力。苏珊一定看到了那贪求的爱的涌集,一定在估量,如石头落井——但没有声音标记那终点。她的眼神黯淡下来。

"停车。"苏珊说。

盖伊没有理会。

"靠边停。"苏珊说。盖伊回头瞥了我们一眼，然后把车停在右道的路肩上。

"怎么回事——"我说，但苏珊打断了我。

"出去。"她打开门说，动作迅疾到我来不及阻止她，像电影胶片断掉在先，声音滞落在后。

"别这样。"我说，在这个玩笑面前尽量让自己的声音听起来欢快一些。苏珊已经下了车，等着我离开。她不是在开玩笑。

"但这里什么也没有。"我说，绝望地环视了一眼高速公路。苏珊不耐烦地换着脚。我瞥了眼其他人，想寻求帮助。他们的脸被车顶灯照亮，光线过滤了每个人的面容，于是他们看起来就像冰冷无人味的青铜雕像。唐娜把目光移开，海伦带着医学般的好奇看着我。盖伊在驾驶座挪了挪身子，调整着后视镜。海伦默声说着什么——唐娜嘘声制止了她。

"苏珊，"我说，"求你了。"我的声音无力地倾斜。

她什么也没说。当我沿着座位慢慢挪出车门时，苏珊都没有犹豫一下。她钻回车里，关上门，车顶灯啪地关掉，把他们带回黑暗之中。

然后她们就开走了。

我孤身一人。我明白，即使我还抱着某种天真的愿望——她们会返回来，这只是一个玩笑，苏珊绝不会这样丢下我，不会真的丢下我——我还是知道我被抛在一边了。我只能赶紧离开,在林木线的某处徘徊,俯瞰着一个女孩独自站在黑暗中,见不着一个认识的人。

15

最开始的几天各种各样的谣言满天飞。霍华德·史密斯错误地报道米奇·路易斯被杀害了,尽管这比别的谣言更迅速地得到了纠正。大卫·布林克利报道,有六名受害者遭到砍伤和枪击并被弃于草坪上。然后这一数字修改为四名。布林克利是第一个声称发现兜帽、绞索以及撒旦式标志的人,客厅墙上的心形图案激起了疑惑。它是用毛巾一角蘸着那位母亲的血画的。

混乱是讲得通的——他们当然会从这一图形解读出令人毛骨悚然的意义,臆想这是什么神秘的、厄运的涂画。想象这是一场黑弥撒的现场遗留,远比相信真正的事实更容易:这只是一颗心,就像一个得了相思病的女孩在笔记本上乱画的一样。

沿路走了一英里后,我发现了一个出口,附近是德士古加油站。我在硫黄色的灯光里进出，灯发出煎培根一样的声音。我警觉地摇晃着身子，盯着路面。我最终放弃了有人来找我的幻想，在电话亭拨了父亲的号码。是塔玛接的电话。"是我。"我说。

"伊薇，"她说，"感谢上帝。你在哪儿？"我能想象出她在厨房里绕着电话线，把线圈聚起来的样子，"我知道你很快就会打电话来。我告诉你爸爸你一定会打来的。"

我向她说明了我在哪里。她一定听出了我声音里的沙哑。

"我马上出发，"她说，"你就待在原地。"

我抱着膝盖坐在马路牙子上等着。夜气凉人，带着秋天的第一声讯息。星云似的刹车灯沿着101车道明灭，大货车加速时声音轰鸣。我为苏珊找理由找得头都晕了，心想找着找着就会掉出某个她这样做的解释。但结果什么都没有，除了可怕而直接地明白——我们从来就没亲近过。我什么都算不上。

我能感觉到好奇的眼神往我身上瞟，那些卡车司机从加油站买来袋装瓜子，熟练地往地上吐着夹杂着烟渣儿的口水。他们走着父亲式的步子，戴着牛仔帽。我知道他们在估摸着我孤身一人这件事，看着我光着的腿和长发。我汹涌的震惊一定散发出了某种保护性的狂乱，警告他们不要靠近——他们没有过来。

终于我看见一辆白色的普利茅斯驶近。塔玛没有关引擎，我坐进了副驾驶位，塔玛熟悉的脸让我感激得说不出话来。她的头发是湿的。"我没有时间吹干。"她说，表情亲切又带着疑惑。我能看出她有问题想问，但她一定知道我不会解释。青少年栖居的隐秘世界，只会在威逼之下偶尔浮出水面，训练父母在心理上准备好他们会出走。而我已经消失了。

"不用担心，"她说，"他没告诉你妈妈你离开的事。我告诉他你会出现的，和她说的话，她只会瞎担心。"

我的悲伤已成倍增加，出走是我唯一的背景。苏珊永远地离开了我。一次无摩擦力的坠落，踏空一步的震惊。塔玛用一只手在钱包里搜寻着，直到摸出一只小金盒，上面盖着粉色压花皮革，像一只卡片盒，里面单装着一支大麻。她朝手套箱点了点头——我找到了一只打火机。

"别告诉你爸爸？"她吸了一口说道，眼神没有离开路面，"他也会把我关禁闭的。"

塔玛说的是实话：父亲没有给母亲打电话，尽管他气得发抖，但他也是羞怯的，女儿是他忘记喂养的宠物。

"你可能会受到伤害的。"他说，像一个演员在猜测自己的台词。

塔玛在去厨房的路上平静地拍了拍他的背，然后给自己倒了一杯可乐，留下我面对父亲灼热、紧张的呼吸，受到惊吓的脸和不停地眨的眼睛。他的目光穿过客厅注视着我，烦乱慢慢减弱。发生的这一切——我并不害怕，父亲的愤怒虚有其表。

他能对我做什么呢？他又能从我这儿拿走什么呢？

然后我就回了帕洛阿尔托乏味的房间，在那毫无特色的台灯光线下，仿佛我正处于一场商务旅行。

第二天早上我从房间出来时，公寓是空的，父亲和塔玛已经上班去了。他们中的一个——可能是塔玛——没关电风扇，一株看起来假的植物在风中颤抖。离我上寄宿学校只剩一个星期，然而在父亲公寓待七天似乎太过漫长，要挨过七顿晚餐，但同时也不公平地短暂——我不会有时间来形成生活习惯和背景。我能做的只有等待。

我打开电视，在厨房里搜吃的，喋喋不休的背景音让人安心。壁橱的脆米花盒子里只剩一点儿碎壳，我倒在手上捧着吃了，然后把空盒子捏扁。我倒了一杯冰茶，平衡着一摞薄脆饼干，饼干带有扑克筹码币那种令人愉悦的数量和厚度。我把食物运到沙发上，正准备舒服地躺坐下来，屏幕里的内容让我停住了。

挤成堆的图片，翻倍增加，铺展开来。

对嫌疑人或嫌疑团伙的搜寻仍然没有进展。新闻主播说米奇·路易斯无法就此发表评论。饼干在我湿湿的手里被捏成了碎片。

只有到了审判后，事情才变得清晰，那个夜晚也具有了像今天这般熟悉的弧线。每个细节、每个瞬间都被公之于众。有些时候我试想自己会扮演哪些部分、哪些事会归到我身上。最容易的想法是，我什么都不会做，就像我会阻止他们，我在场是让苏珊留在人性界域的锚。这是但愿发生的事，是令人信服的道德故事。但有另一种可能性在垂头前行，坚决，未被察觉。那藏在床下的鬼怪、楼梯底部的蛇：也许我也会做些什么。

也许那原本很容易做到。

她们把我丢在路边后直接去了米奇家。又是一段车里的三十分钟，这三十分钟也许因为我戏剧性的被开除而注入了能量，让他们团结成了一群真正的朝圣者。苏珊双臂交叉俯身在前排椅背上，散发出安非他命的魔力，那明晰的确定。盖伊开出高速路，驶上了双向两车道，越过环礁湖。匝道外是低矮的灰泥墙汽车旅馆，桉树若隐若现，给空气里调了胡椒味儿。海伦在她的法庭证词中宣称，这是她第一次对其他人表达克制想法的时刻。但我不信。如果真有任何人质疑自己，那也全是在表面之下，薄膜似的肥皂泡在脑海中浮现又瞬间破裂。她们的疑虑像梦的细节一样逐渐消弱。海伦意识到自己的刀落在了家里。根据审判记录，苏珊吼了她，但这群人否决了回去拿刀的打算。他们已然在一种更强烈的势头裹挟下滑行。

※※※

他们把福特车沿路停着，甚至懒得把它藏起来。他们朝米奇家的大门走去时，思绪似乎盘旋、落附在同样的动作上，像一个单独的生物体。

我能想象那片视野。从砾石车道上看米奇家的房子，宁静的窗面墙体，客厅像船头一样凸出来。这对他们来说很熟悉。在我认识她们之前，她们曾在这里和米奇住了一个月，积欠了一大堆送货单，因为混用潮湿的毛巾而得了软疣。但我依然认为，那一晚他们可能重新被这栋房子打动，它像冰糖一样，每个棱面都闪着熠熠的光。住在里面的人的命运已经写定，如此确定，这群人几乎为他们感到了一种预先的悲哀。他们在更大的行动面前是那样彻底的无助，他们的生命已经是多余的，像一卷磁带末尾录下的静电音。

她们本指望能找到米奇。现在每个人都知道了这部分：米奇被叫去了洛杉矶，为《石神》制作一首歌，那部电影从未发行。那天晚上他乘坐最后一班环球航空公司的航班离开旧金山，降落在伯班克。他把房子交到斯科特手上。斯科特在那天早上修整了草坪，但还没清理游泳池。米奇的前女友打电话来让帮个忙，问她和克里斯托弗是否可以过来挤两晚，两晚就够了。

苏珊和其他人惊讶地发现了房子里的陌生人,没有一个是他们之前见过的。这本可以是行动流产的时刻,一个意见一致的眼神在他们之间传递。然后他们回到车里,陷入泄了气的安静里。但他们没有回头,他们做了拉塞尔要他们做的事情。

做个大场面,做点儿每个人都会听说的事。

主屋里的人已经准备睡觉了——琳达和她的小男孩。她晚餐给他做了意大利面,从他碗里偷吃了一叉子,却懒得给自己做什么吃。她们睡在客房——衣服从她拼缝的周末旅行包里漏出到地板上。克里斯托弗的毛绒蜥蜴脏兮兮的,有墨黑色的纽扣眼睛。

斯科特邀请他的女朋友格温·萨瑟兰来听唱片,趁米奇不在,用他的浴缸。她二十三岁,是马林一所大学刚毕业的学生,她在罗斯[1]的一场烧烤餐会上认识了斯科特。格温本人不算特别有魅力,但温和友善,这种女孩永远都会有男孩请她们帮忙缝扣子或修剪头发。

他们都喝了几瓶啤酒。斯科特抽了点儿大麻,格温没有。他们是在那间小小的木屋里度过傍晚的,斯科特一直把屋子收拾得如部队标准的整洁——日式床垫上的床单按医院的叠法四角折得齐紧紧的。

---

[1] 罗斯:Ross,加州马林郡的一个小镇。

※※※

苏珊和其他人首先遇到的是斯科特,当时他在沙发上打着盹儿。苏珊分头去探清格温在浴室里弄出的声响,盖伊对海伦和唐娜点点头,让她们去搜查主屋。盖伊用肘把斯科特推醒。他鼻子哼了一声,从梦中惊了回来。斯科特没戴眼镜——他睡着时把它们搁在胸口上——他一定以为盖伊是米奇,提前回来了。

"抱歉,"斯科特说,想着游泳池还没有清理,"抱歉。"他摸索着眼镜。

然后他忙乱地把眼镜戴上,看见盖伊手里的刀冲他笑着。

苏珊在浴室里捉住了那个女孩。格温在洗脸池上方弯着腰,往脸上扑水。当她直起身子时,眼角看见有个人影。

"嘿,"格温说,脸上滴着水。她是个有教养的女孩,很友好,即使在受惊的时候。

可能格温以为这是米奇或斯科特的朋友,但几秒之内她就意识到事情明显不对头。那个回她笑容的女孩(因为苏珊的确回笑了,她的招牌表情)眼神像一堵砖墙。

海伦和唐娜把主屋里的女人和小孩赶到一起。琳达凌乱了,手在脖子上发抖,但她还是跟着她们走。琳达穿着内裤和大T恤，她一定以为只要保持安静和礼貌就会没事。她试着用眼神让克里斯托弗安心。他胖乎乎的小手在她手里，指甲没有修剪。那个小男孩到后来才哭起来。唐娜说，一开始他看起来很有兴趣，就像这是一场游戏——捉迷藏，"红海盗[1]，红海盗"。

我试着想象这一切发生的时候拉塞尔在做什么。也许农场生了火，拉塞尔在跃动的火光中弹奏吉他。也许他把露丝或别的女孩带到拖车房里，接着也许他们会共抽一根大麻，看着烟雾飘升，在天花板下盘旋。那个女孩会在他的手掌下，在他独有的关注中扬扬得意，尽管他的思绪已在远方，在水滨路那栋门外就是海的房子里。我能看见他狡猾地耸了耸肩，眼神在缠绕，使得眼珠子像门把手一样光亮又冰冷。"她们想做这件事，"后来他这样说，冲着法官的脸大笑，笑得太厉害甚至被自己呛着了，"你以为是我让他们做的？你以为这双手做过一件事？"法警不得不把他从法庭上拉下去，拉塞尔笑得太厉害了。

---

[1] 红海盗：Red rover，一种儿童游戏，两队人，各队人手拉手，轮流派出一人冲撞对方拉手处，突破成功则回队，失败则留在对方队里，最后剩一人的队为输。"红海盗，红海盗"是游戏开局时喊的话。

※ ※ ※

她们把每个人都带到主屋的客厅里。盖伊让他们坐在那张大沙发上。受害人互相传递的眼神表明他们还不知道自己是受害人。

"你们要对我们做什么?"格温不停地问。

斯科特翻了翻眼皮,面色悲惨,流着汗,格温笑了起来——也许她突然间看出来了,斯科特保护不了她。他不过是个年轻的男人,眼镜雾蒙蒙的,嘴唇在颤抖,而她离自己的家很远。她开始哭泣。

"闭嘴!"盖伊说,"天哪。"

格温想停止啜泣,无声地颤抖着。琳达试图让克里斯托弗保持安静,即使女孩们把每个人都绑了起来。唐娜用毛巾在格温的手上打了一个结。在被盖伊推开前,琳达最后一次紧紧地拥抱了克里斯托弗。格温坐在沙发上,裙子被钩到大腿上,充满了放任的悲哀。她大腿上裸露的肌肤,依然湿着的脸。琳达对苏珊低声说,钱包里的钱都可以拿走,所有的钱,如果她们把她带到银行,还可以拿到更多。琳达的声音是一种平静的单调,她想保持对自己的控制力,尽管她一丁点儿都没有。

斯科特是第一个。盖伊把腰带绕在他的手上时,他挣扎起来。

"稍等一下。"斯科特说,"嘿。"他被这粗暴的捆绑惹毛了。

盖伊失去了理智,猛地挥刀刺下去,他是那么用力,以至刀柄裂成了两半。斯科特挣扎着却只能跌倒在地,他努力翻转身体想保护自己的肚子。血泡从他鼻子和口腔里汩汩涌出。

格温的手被绑得有些松——当刀刃没入斯科特的身体时,她猛地挣脱开,从前门跑了出去,尖叫得有种动画片里的不顾一切,听起来有些假。她几乎要跑到大门口的时候,绊了一跤,跌倒在草坪上。她还没站起来,唐娜就按住了她,趴在她背上挥刀捅下去,直到格温礼貌地问她自己是否已可以死去。

最后他们杀了那对母子。

"求你们了。"琳达说,语气坦直。我想,即便到那时,她也在希望能被免除死刑。她很美丽,很年轻。她还有一个孩子。

"求你了,"她说,"我可以给你弄到钱。"但苏珊不要钱。安非他命紧绷着她的太阳穴,一种魔咒般的搏动。这位美丽女子的心脏,正在胸腔里如发动机一般震动——那麻木的、绝望的旋转。琳达一定相信,正如美丽的人都相信,事情总有解决的办法,她会得救。海伦把琳达放倒在地上——她放在琳达肩上的手一开始是试探性的,如同一个拙劣的舞伴,但苏珊突然厉声呵斥了她,她用力按了下去。琳达闭上了眼睛,因为她知道要发生什么事了。

克里斯托弗开始哭泣。他蜷缩在沙发后面,没有人觉得需要去控制他。他的内裤让尿湿透了。他的哭声变成了尖叫,所有的情绪喷涌而出。他的母亲在毯子上,再也不动了。

苏珊蹲在地板上,向他伸出手。"来这里,"她说,"过来。"

这一部分哪里都没有写过,却是我想过最多的部分。

苏珊的手一定已沾满鲜血,头发和衣服上附着人体温热的医学的腥气。我能想象这一幕,因为我了解她脸庞的每一寸、她周身那股令人镇静的神秘氛围,仿佛她在水中行走。

"过来。"她最后一次说道。小男孩慢慢地挪过来。接着他就在她的膝盖上了,她把他抱在那里,刀子像送给他的礼物。

等到新闻播报结束时,我坐了下来。沙发似乎是被从公寓里剪了出来,占据着没有空气的空间。我脑子里的画面像梦魇之藤,长了瘤,分了杈。房子外面是无动于衷的大海。在连续的镜头里,警察穿着衬衣制服,从米奇家的前门走出来。他们已经没有必要匆忙了,我看见——这一切都结束了。没有一个人幸免。

我明白这个新闻比我自己要重大得多。我只是吸收了最初一闪而过的片段。我东倒西歪地冲向一个出口,一个耍花招的门闩:也许苏珊与这群人决裂了,也许她没卷进去。但所有这些疯狂的幻想只有自身的回声作答。她当然做了。

曾经可能发生的事冲刷过来。为什么米奇不在家？我是怎样可能和要发生的事情交缠在一起的？我怎么可能会忽视所有的警告？我努力不让自己哭出来，呼吸被勒紧。我能想象出，要是苏珊看见我难过会多么不耐烦。她那平淡的声音。

你为什么哭呢？她会问。

你什么也没做啊。

在谋杀案还未告破的时候想象时间的延伸，想象这一行为分别发生在苏珊和其他人身上，这让人感觉很奇怪。但对于这个更大的世界来说，事实就是如此。他们在后来很多个月里都不会被抓获。这桩罪行——离家那么近，又那么凶狠残暴——让每个人都歇斯底里得反了胃。家的定义被重新塑造，突然变成了一个不安全的地方，素日的熟悉感回弹到户主的脸上，仿佛在奚落他们——看，这就是你的客厅、你的厨房，看看所有那些熟悉感多么无力，到最后，它们多么无用。

整个晚餐时间新闻都在吵闹不休。一旦眼角注意到任何风吹草动，我就立刻转过头去，但看到的只是电视画面的流动，或是车头灯从窗外一闪而过。我们看电视时，父亲挠了挠脖子，脸上的表情对我来说很陌生——他感到害怕了。塔玛不肯让这个新闻话题跳过去。

"那个小孩，"她说，"要是他们没有杀那个小孩，事情还不至于这么糟。"

我抱着一种麻木的确定,相信他们会从我身上看出来——我脸上的破碎,显而易见的沉默。但他们没有看出来。父亲锁上了公寓门,睡前又检查了一遍。我一直醒着,手在灯光下毫无生气,汗津津的。这些结果之间是否只存在极微小的偏差?如果星球那明亮的脸在另一种安排的轨道上运转,或者那一晚是一场不同的潮汐吞没了海岸——是否这些就是那层薄膜,隔开了我参与的世界和未参与的世界?当我试着睡觉时,体内凶猛的旋转让我又睁开了眼。还有别的东西在背景里谴责我——即便是那时,我还是想念她。

这场杀人事件背后的逻辑太过隐晦,难以揭示,涉及太多的层面,有太多的错误线索。警察所掌握的一切就是几具尸体,散乱的死亡场景就像毫无次序的笔记卡片。这是随机的吗?目标是米奇?还是琳达,或是斯科特,甚至是格温?米奇认识那么多人,混杂了名人会有的敌人和心怀怨愤的朋友。拉塞尔的名字被提起,米奇说过,别人也说过,但它只是很多名字中的一个。等到警察终于去搜查农场的时候,这伙人已抛弃了那栋房子,开着巴士沿着海岸上下,四处野营,躲进沙漠中。

我不知道调查是怎样陷入僵局的,警察又是怎样被细枝末节缠住——草坪上的钥匙扣最后被发现是属于一个管家的,米奇的经纪人老哥受到了监视。死亡使无足轻重的事更为瞩目，它杂蔓的光把一切都变成了证据。我知道发生了什么，因此似乎警察一定也知道。我等着苏珊被捕，等着警察上门找我的那一天——因为我把自己的提包落下了。因为那个伯克利的学生汤姆会把凶杀和苏珊嘶声说到米奇组合起来，然后联系警方。我的害怕是真实的，但没有根据——汤姆对我只知名不知姓。也许他作为一个好市民，的确和警察说了，但什么结果也没得出——警方已经被电话和信件淹没了，各种各样的人宣称对此事负责，或知道些秘闻。我的提包不过是个普通提包，没有什么可以指认的特征。里面有衣服、一本关于"绿骑士"[1]的书、梅尔·诺曼的小管子。是一个小孩装大人的财物。当然那些女孩可能已经把它翻了个遍，扔掉没用的书，留下衣服。

我说过许多谎，但这一个划占了一片更大的沉默。我想着要告诉塔玛，告诉父亲，但接着我会设想苏珊，她挑着指甲，眼神突然扫向我。我没有对任何人说过任何事。

尾随命案而来的恐惧感不难回忆起。去寄宿学校之前的那一星期我几乎没有一个人待过，我跟着塔玛和父亲从一个房间

---

[1] 绿骑士：Green Knight，中世纪亚瑟王故事里的角色，神秘、强大，为亚瑟王的敌手，检验他的以圆桌骑士为代表的宫廷，曾派自己的妻子引诱高文爵士。

到另一个房间,往窗外瞥一眼看有没有黑巴士。一整夜都醒着,就好像我艰辛地守夜可以保护我们,受苦的时间——对应着奉献。难以相信的是,塔玛或父亲都没有注意到我是多么苍白,突然间多么不顾一切地需要他们的陪伴。他们所料想的是生活会前进。事情必须得做,而我带着麻木切换到了他们的逻辑轨道,让我成为伊薇的不管什么东西,都被这种麻木所取代。我对肉桂味硬糖的爱,我所梦想的一切——这些全都换成了现在这个新的我,这个低能儿,有人对着我说话,我就点头,把晚餐盘子浸洗、擦干,手在热水里泡红了。

去寄宿学校之前,我得在母亲这边收拾好自己的房间。母亲给我订了一套卡特林娜制服——我发现床上叠放着两件海蓝色的裙子和一件水手衫,衣料闻起来有一股工业清洗剂的刺鼻味儿,像租赁桌布一样。我懒得试衣服,把它们塞在行李箱里的几双网球鞋上。我不知道还有什么需要打包,似乎这也没什么关系。我在恍惚中盯着房间。所有我曾珍爱的东西——塑料封皮的日记本,生日石护身符,铅笔画册——看起来都毫无价值,失了效,流掉了活力,无法想象哪种女孩会喜欢这些东西,会在手腕上戴护身符或记录她的日子。

"你需要大一点儿的箱子吗?"母亲在我门口问道,吓了我一跳。她的脸看着有些皱,我能闻到她抽了不少烟。"你可以用我那个红色的,要是你愿意的话。"

我觉得她注意到了我身上的变化,即使塔玛和父亲没注意到。我脸上的婴儿肥消失了，五官的线条磨硬了。但她什么都没提。

"这个就挺好。"我说。

母亲停了一下，审视着我的房间和基本上空的行李箱。"制服合身吗？"她问。

我连试都没试，但点了点头，进入一种新的默许。

"很好，很好。"她笑的时候嘴唇裂开了，我突然感到情难自胜。

我把书塞进橱柜的时候发现了两张乳白色的宝丽来照片，它们藏在一摞旧杂志底下。苏珊突然就在我房间里了：她火热、野性的笑容，她圆乎乎的胸部。我可以回想起对她的嫌恶，在兴奋剂的刺激下，她因奋力屠杀而大汗淋漓。可同时我又被拉进了一股无法抗拒的涌流——这是苏珊。我知道，我应该处理掉照片，这个图像已受了指控，带着证据的有罪气息。但我不能。我把照片翻了面，埋在一本我永远不会再看的书里。第二张照片上面弄脏了，是某个人的后脑勺，转向一边，我盯着照片看了很久，直到意识到那个人是我自己。

第四部

萨沙、朱利安和扎夫早早地就离开了，我又成了一个人。房子看起来一切照旧。除了另一个房间里床上的被单被揉作一团，残留着性爱的味道，表明曾有他人来过。我会用车库里的洗衣机清洗床单，再叠起来放进衣橱架子上，把房间打扫回先前的一片空白。

午后我走在湿冷的沙滩上，贝壳碎片星星点点，沙蟹掘出的洞在徐徐移动。我喜欢灌进耳朵的风。风把人们赶走了——高中男生们匆忙压住起伏的毯子，一旁的女朋友发出阵阵尖叫声。出来玩的家庭也终于放弃了，往他们的车走去，提着折叠椅，廉价风筝那狭小的斜面已经残破。我穿了两件卫衣，那种厚实让我感觉受到了保护，也让我的行动变慢了。每走几步，我都会遇到巨大的、绳子一般的海藻，像消防水管一样厚厚地缠作一团。一种异形生物清吐出来的东西，似乎不属于这个世界。有人告诉我这是褐藻，一种巨型海藻。可知道它的名字不会让它少一点点奇怪。

萨莎几乎没向我道别。她钻到朱利安身侧，脸上像装了防护罩一样对抗我的同情。我知道，她的思绪已经飞远，去了另一个地方，在那里朱利安对她温柔体贴，生活让人愉快，就算不是愉快，那也是"有意思"，这不是有价值的吗？不是有意义的吗？我想对她微笑，想沿着一条看不见的线向她传递信息。但她要的从来都不是我。

卡梅尔[1]的雾变浓了，暴风雪一般降落在寄宿学校的校园里。教堂的塔尖，临近的海。那年九月我开学了，正如我应有的样子。卡梅尔是个老派的地方，同班的学生看起来要比实际年龄小得多。室友有一系列马海毛的毛衣，按颜色排列。挂毯让宿舍的墙壁变得柔软。宵禁之后的偷偷摸摸——高年级学生经营的小卖部出售薯片、汽水和糖果，女孩们获准周末九点到十一点半在小卖部吃东西，她们所有人表现得像这就是高雅和自由的顶点了。她们说的话，夸的口，还有成箱的唱片，这一切都让我同班的同学看起来很幼稚，连从纽约来的那些都是如此。有时候，当浓雾遮盖教堂塔尖时，有些女孩就会找不到方

---

[1] 卡梅尔：Carmel，加州蒙特雷半岛滨海地区。

向,迷了路。

最开始的那几个星期,我看着那些女孩隔着四方院互相大喊,她们的双肩包像龟壳一样背在背上,或吊在手上。她们似乎是在玻璃中穿行,像侦探剧里饱食终日又被宠坏的无赖,马尾辫上绑着缎带,周末爱穿棉格子衬衫。她们给家里写信时会提到心爱的小猫、崇拜自己的妹妹。公共休息室是拖鞋和家居服的领域,女孩们嘴里嚼着从迷你冰箱里拿出来的查尔斯顿糖棒[1],在电视机前挤成一团,直到似乎从精神上把电视光线吸收进去了。有个女孩的男朋友在一场攀岩事故中丧生,所有人都围着她,因为悲剧而极为激动。她们夸张的支持姿态里混合着嫉妒——倒霉倒得这么光彩是罕见的。

我担心自己会成为靶子,令人恐惧的暗流会显露出来。但这所学校的结构——它的独特、几乎是完全自治的风格——似乎破除了这片晦暗。出乎意料的是,我交到了朋友。杰丝敏,一起上诗歌课的同学,我的室友。在别人看来,我的恐惧是一种排外的气质,我的孤立是厌倦世事的孤立。

杰丝敏来自俄勒冈州附近一个养牛的镇子。她哥哥给她寄漫画——超级女英雄从衣服里爆炸出来,和章鱼或者卡通狗性交。这些都是他从一个在墨西哥的朋友那里弄来的,杰丝敏说,她喜欢这种傻傻的暴力,她看漫画的时候,头吊在床边。

---

[1] 查尔斯顿糖棒:Charleston Chews,糖果品牌,牛轧糖外面裹了一层巧克力的糖棒。

"这一本好扯。"她哼了声,朝我扔过来一本漫画。迸射的血浆和起伏的巨乳激得我有些恶心,我努力掩藏着。

"我正在节食,所以一切食物都要分享,"杰丝敏解释道,递给我一个她放在桌子抽屉里的玛洛玛[1],"我以前爱把所有的东西都扔掉一半,但宿舍里有了好多老鼠,所以我不能再那样了。"

她让我想起了康妮,她拉起贴在肚子上的衬衣时和康妮一样害羞。康妮,此刻应该在佩塔卢马一所高中里,踏过低矮的台阶,在裂纹四布的野餐桌上吃午餐。我再也不知道怎样去想她了。

杰丝敏渴望听我家乡的故事,她想象着我住在好莱坞巨大标牌的阴影下面,住的房子是加州钞票那果子露的粉色,有园丁清扫网球场。我来自一个乳制品小镇,也这样告诉她了,但没有用:还有其他更重大的事实,比如我的外祖母曾是怎样的一位人物。从学年开始,杰丝敏就臆想了我沉默的各种缘由,所有这些臆想——我任由自己踏进它们的轮廓中。我谈起交过的一个男朋友,只是一连串中的一个。"他那时候很出名,"我说,"不能告诉你他是谁,但是我和他住了一阵子。他的老二是紫色的。"我哼笑着说,杰丝敏也笑了,朝我投来一个裹着妒羡和好奇的眼神。也许这和我看苏珊的眼神一样,编出源源

---

[1] 玛洛玛:Mallomar,一种甜食,棉花糖外面裹一层巧克力。

不断的故事很容易，只需要一厢情愿地把农场生活中最美好的部分挪用过来，然后像折纸一样把它折成新的形状——一个一切都如我所愿的世界。

我的法语课老师刚订婚不久，长得很漂亮，她让那些受欢迎的女孩子试戴她的订婚戒指。我从库克小姐那里学习艺术课，上课时我满怀热忱，带着做第一份工作的忐忑。我有时候看见她腮边有一条化妆线，这让我对她感到同情，尽管她总是尽力对我友善。每当她发现我对着一片空茫发呆，或头靠在叠起来的手臂上时，她从不会多说什么。有一次她带我走出校园，买了味道寡淡如温水的麦乳精和热狗。她告诉我她是怎样从纽约搬到这儿来工作的，以及这个城市的柏油路面会反射出大片的阳光，邻居的狗在公寓楼梯上到处拉屎，她有点儿抓狂了。

"室友的食物我只吃了一小角，然后整个的就没了，我就会觉得恶心。"库克小姐的眼镜挤压着眼睛，"我从来没有这么难受过，却找不到任何实在的原因，你知道吗？"

她停下来，明显等着我讲个自己的故事来呼应她。她期待一个悲伤的、可以捏塑的故事，比如家乡男友的背叛、生病住院的母亲或犯贱的室友背后的流言蜚语，在这种情况下，她可以对我做出悲壮的理解，以一种更有阅历、更明智的观点来回应。一想到对库克小姐说出真相，我的嘴唇就因一种不真实的狂欢而绷紧。她知道那桩仍然未破的谋杀案——所有人都知道。家家户户都锁上门，安装锁定插销，加价买来看门狗。绝望的警方从米奇那儿一无所获，他在恐惧中逃往法国南部，尽管他的房子直到第二年才被夷平。朝拜者们开始从他家的大门前驶过，希望捕捉到一丝恐怖，就像在空气中寻找水蒸气。他们开着车在附近闲逛，直到忍无可忍的邻居把他们轰走。米奇不在的情况下，警察追踪过的线索从毒品贩子到精神分裂症患者，还有闲极无聊的家庭主妇。他们甚至请来一位通灵人在米奇房子的各个房间里行走，凝神接收感应。

"凶手是一个孤独的中年男人，"我听见那位通灵人在一档热线节目中说道，"青年时他为自己没犯下的过错蒙受了惩罚。我得了一个字母——K，我得到了一个镇子——瓦列霍[1]。"

即使库克小姐相信我，我又该告诉她什么呢？告诉她从八月起我就没睡过一天好觉，因为我怕极了无法监控的梦境？告诉她我醒来时确定拉塞尔在房间里——呼吸时发出浸湿的喘息，静止的空气像一只手蒙上我的嘴巴？我是否该告诉她情绪的蔓延使我畏缩：在某个平行世界里那个夜晚不曾发生，在那里，我坚持要苏珊离开农场；在那里，那个金发女人和她泰迪熊一般的儿子推着小车在杂货店的过道里穿行，急躁又疲倦地准备着礼拜天的晚餐；在那里，格温正用一条毛巾裹住湿头发，往腿上擦润肤露，斯科特在清理浴缸过滤器里

---

1 瓦列霍：Vallejo，加州索诺玛郡码头城镇，在旧金山湾北部。

的残渣儿，花洒那静默的弧线，一首歌从附近的收音机里飘进院子。

起初给母亲的信里的内容都是我故意演的戏，后来这些都变得足够真了。

课堂很有趣。

我交了一些朋友。

下周我们要去水族馆，观看水母在发光的水箱里张开身体，躲避，像精美的手帕一般悬在水里。

等我走到最远处的沙嘴时，风又重新呼啸起来。沙滩上空空荡荡，所有出来野餐的和遛狗的人都不见了。我踏过一堆卵石，回到沙滩主面上，沿着崖壁和海浪的交界线散步。我这样散步过很多次。我好奇萨莎、朱利安和扎夫他们这会儿到哪儿了，可能离洛杉矶还有一个小时。想也不用想，我知道朱利安和扎夫一定坐在前座，萨莎独自在后排。我能想象她不时倾身向前请他们重复讲过的一个笑话，或是指出一些有趣的路标，努力争取自己的存在感，直到最终放弃，躺倒在后座上，任由他们的对话在耳边模糊成无意义的噪音，而她看着路面，看着窗外飞驰而过的果树林。枝丫上用来驱赶鸟儿的银丝带忽闪忽闪的。

我和杰丝敏打算去小卖部，路过公共休息室时，一个女孩叫道："你姐姐在楼下找你。"我没有抬头，她不可能是在和我说话。但她确实是在和我说话。过了一会儿我才明白可能会发生什么。

杰丝敏似乎受到了伤害："我不知道你还有一个姐姐。"

我想我应该知道苏珊会来找我。

我在学校里的那种棉花般的麻木并非不令人愉悦，这与一条胳膊或一条腿入眠的方式相同。直到那条胳膊或腿醒来，然后刺痛来了，那回返的叮咬——我看见苏珊歪在宿舍大门的阴影中。她的头发没有梳，嘴唇翘着——她的出现把时间的金属板敲出一片刺耳声。

一切都回来了。我的心无助地频闪着，细微的恐惧夹杂其中。不过苏珊能做什么呢？现在是大白天，学校又是个人多眼杂的地方。我看见她注意到周围一片忙乱的景象，老师们赶着去赴家教之约，女孩们背着网球袋穿过四方院，呼吸中有巧克力牛奶的味道。苏珊的脸上有种好奇的、动物般的距离感，有种对自己身处的离奇之地的估量。

见我走近，她直起身板。"瞧瞧你，"她说，"从头到脚干干净净的。"我在她脸上看到了一种新的粗陋：指甲按着的一个血泡。

我什么也没说。我说不出口。我不断地摸着发梢。我的头发更短了——杰丝敏在浴室里瞄着杂志里的一篇教程帮我剪的。

"看你见到我挺开心的。"苏珊笑着说，我回了笑容，但笑得空洞，看起来更倾向于在取悦她。我内心的恐惧。

我知道我该做点儿什么——我们一直站在遮棚下面，这会加大遇到有人停下来问我或向我姐姐做自我介绍的可能性。但我挪不动脚。拉塞尔和其他人不会离得太远——他们在旁观我吗？那些建筑物的窗户似乎是活的，我脑海里闪出狙击手和拉塞尔凝视的画面。

"带我去你的房间，"苏珊宣布，"我想看看。"

房间是空的，杰丝敏还在小卖部。我还没来得及阻止，苏珊就推开我，径直进了门。

"真是美好。"她模仿英式口音尖声说道，然后坐在杰丝敏的床上，上下弹了几下。她看着用胶带粘起来的一张夏威夷风景海报，不真实的海洋和天空夹着沙滩，像一块夹着甜排骨的三明治。一套杰丝敏从没翻开过的《世界百科全书》，是她父亲送的礼物。杰丝敏在一个雕花木盒里存放着一沓信件。苏珊直接打开盖子，翻阅起来。"杰丝敏·辛格，"她照着信封念道。"杰丝敏。"她又重复了一遍，然后砰的一声把盒子关上，站了起来。"所以这一张是你的床了。"她带着嘲弄拨着我的毯子。我的胃倾斜了，脑子里浮现出我俩在米奇的床单里的样子。她的头发沾在额头和脖子上。

"你喜欢这里吗?"

"还不错。"我仍然站在门口。

"不错,"苏珊笑着说,"伊薇说学校还不错。"

我一直盯着她的手,想象着这双手具体做了哪些部分,就像那比例有影响似的。她跟随着我的目光,一定知道我在想什么。她突然猛地站起来。

"我有东西要给你看。"苏珊说。

那辆巴士停在一条小巷子里,就在学校大门外边。我能看见车内人影晃动。拉塞尔还有不知道哪几个仍然在附近——我猜测大家都在。他们给巴士引擎盖上了色,但其他的一切还是原样。那辆巴士像头野兽,坚不可摧。我突然确定:他们会围住我,把我逼进一个角落里。

如果有人看见我们站在斜坡上,会觉得我们是一对朋友,在星期六的氛围中闲聊,我双手插在口袋里,苏珊用手遮住眼睛。

"我们要去沙漠里待一阵子。"苏珊宣布道,看着我,我脸上的慌乱一定很明显。我感到了自己生活的贫瘠:当天晚上在法语俱乐部有一个聚会——格维尔夫人许诺会有奶油蛋挞、杰丝敏宵禁之后想抽的发了霉的大麻。即使已经知道我所知道的,有一部分的我想过要离开吗?我想起苏珊湿冷的呼吸、冰凉的手,我们躺在地上,嚼着荨麻叶来湿润喉咙。

"他没有生你的气。"她说,保持着一种小火慢炖般平稳的眼神交流,"他知道你什么也不会说的。"

事实的确如此:我什么也没说。我的沉默让我保持在看不见的界域。我被吓到了,是的。也许你会把一部分的沉默归于这种恐惧,即使在拉塞尔、苏珊和其他人入狱之后,这种恐惧也能被我唤醒。但这其中也有别的东西。我总是无可救药地想起苏珊。苏珊,她有时会用廉价的口红给乳头涂色。她行走时带着一股粗野劲儿,就像知道别人想从她那儿拿走什么东西似的。我没有告诉任何人,因为我想让她安全。因为除了我,还有谁爱她呢?有谁曾将苏珊拥入怀中,告诉她,在她胸口里有力跳动的心,它在那儿是有目的的?

我的手在出汗,但我不能在牛仔裤上擦一下。我试着弄清楚这一刻,试着把苏珊的形象印在我心里。苏珊·帕克。第一次在公园里看见她时,所有的原子都重新组合了。她的嘴巴那样笑起来,笑容进了我的嘴里。

在苏珊之前,不曾有人看我,没真正看过我,于是她成了定义我的人。她的凝视轻而易举地就让我的心肠变软,连她的照片似乎也在瞄向我,激起隐秘的含义。她看我的方式和拉塞尔的不同,因为她的视线中也有拉塞尔:它让他和其他任何人都变渺小了。我们和那些男人在一起,我们任由他们做想做的事,但他们永远也不知道我们对他们藏起来的那一部分——他们永远也不会察觉这种缺失,更不用说知道还有别的东西该去寻找。

苏珊不是好人。我明白这一点。但我把这个事实搁在一边。验尸官说琳达左手的戒指和粉色的手指分离了，因为她试图保护自己的脸。

苏珊看着我的样子，似乎是在等某个解释。但是那辆巴士被遮住的挡风玻璃后面一个细微的动静吸引了她的注意——即使在这时，她也对拉塞尔的一举一动保持着警觉——一种公事公办的调子出现在她身上。

"行，"她说，一只看不见的钟在嘀嗒着催促她，"我要走了。"我几乎想要受到威胁，得到一些她会回来的暗示，我应该惧怕她，或是用正确的字词组合把她拉回来。

只有在照片和新闻报道里，我才再次见过她。但我仍然无法想象她的离去是永久的。苏珊和其他人将会一直为我而存在，我相信她们永远不会死去。她们会永远盘旋在寻常生活的背景之中，在高速路上环形，在公园里穿过人潮，被一种不会停止也不会减缓的力量驱使着。

那天苏珊微微耸了耸肩，然后走下长满草的斜坡，消失在巴士里。她的笑里有种古怪的提醒，似乎我们经历了一次相会——她和我，在某个约定的时间和地点，并且她知道我会忘记。

我想要相信，苏珊把我赶下车是因为她看到了我们之间的不同。对于她来说,很明显我对谁都下不了杀手,苏珊的头脑还足够清醒,明白她才是我在车里的原因。她想要保护我,把我与将要发生的一切隔开。这是最容易的解释。

但还有一个复杂的事实。

她一定感受到了那种仇恨,让她去做那些事,她一次又一次奋力挥刀,似乎要让自己摆脱一种疯狂的病态:那样的仇恨对我来说并不陌生。

仇恨是容易滋长的,长年来不断地重组。集市上的一个陌生人将手掌穿过我的短裤贴在胯部。人行道上的一个男人冲向我,看我退缩后大笑起来。有一天晚上一个年长的男人带我去一家高档餐厅,尽管那时我还不到会喜欢牡蛎[1]的年纪,不到二十。餐厅老板加入了我们的桌子,还来了一位有名的电影制作人。那些男人陷入了激烈的讨论,我完全插不上话。我烦躁不安地摆弄着厚厚的餐巾,喝水,盯着墙面。

"把你的蔬菜吃了,"那位制作人突然转向我严肃地说,"你是个还在长身体的姑娘。"

那位制作人是想让我明白一件我已经知道的事情:我没有任何权力。他看见了我的需求,又用它来攻击我。

我对他的仇恨是迅即的,就像咽下的第一口早已变质的牛奶——腐坏的味道猛击着鼻腔,漫涌上整个天灵盖。制作人在

---

[1] 牡蛎: Oyster, 即生蚝, 在西方以"催情"效用著称。

笑我，其他人也一样，那个年长的男人随后送我回家的时候把我的手放在他的阳具上。

这些事并不稀少。类似的情况发生过几百次，也许更多。在我女孩的面孔之下震颤着仇恨——我想，苏珊认出来了。当然我的手会期待一把刀的分量，期待着人体那独特的柔韧。要毁灭的东西太多了。

苏珊阻止我去做我也许能做的事。凭此她把我释放到这个世界里，如同释放一个女孩的替身——一个她永远也不会成为的女孩。她永远也不会去上寄宿学校，而我仍然可以，她把我从她那儿派出来散布消息，就像我是她另一个自我的信使。苏珊给了我这些：墙上的夏威夷海报，沙滩和蓝天这些迎合大众口味的幻象；上诗歌课的机会；把装了换洗衣物的袋子放在门外；在父母来看望的日子里吃上一顿牛排，上面沾着盐，渗着血。

这是一份礼物。我用这份礼物做了什么呢？生活的积累过程并不像我曾想象的那样。我从寄宿学校毕业，上了两年大学，在洛杉矶坚持度过了空白的十年。我先是安葬了母亲，然后是父亲。他的头发变得像小孩子的一样纤弱。我付清账单，购买日用品，检查眼睛，与此同时，那些日子如同碎石从崖壁上剥落。生活是一个不断从崖边后退的过程。

我也曾有忘记过去的时刻。那个夏天杰丝敏刚生完第一个宝宝，我去西雅图看她——当我看见她在路边等待，头发裹进大衣里时，过去年月的织线自行拆解了，有那么一瞬间，我感觉到了曾经的自己——那个快快乐乐、清清白白的女孩子。和来自俄勒冈的男人待在一起的那年，我们共用的厨房里挂满了盆栽植物，汽车座椅上铺着印度毯，盖住裂缝。我们吃刷了花生酱的冷皮塔饼，在湿湿的绿地上散步。在温泉峡谷[1]的山间露营，在遥远的海岸边，我们附近有一群对《人民的歌曲》[2]里所有文字都烂熟于心的人。我们躺在一块被太阳晒得热烘烘的石头上，晾干从湖水中出来的身体，在石头上留下了相连的模糊印迹。

但缺席又展现出来。我几乎要成为妻子了，但失去了那个男人。我几乎可以被认作朋友了，但接着又不是。那些夜里，我关掉床头灯，发现自己置身在未加留意的孤寂的黑暗里。有时候我心中惊恐地一拧，想到这些没有一样是礼物。苏珊得到了信教之后的救赎——那些监狱《圣经》团体、黄金时段的采访节目、邮寄来的大学文凭。我得到了一个局外人湮灭的故事，是一个没有罪行的逃亡者，对于从未有人前来找我半带着希望又半带着恐慌。

---

1 温泉峡谷：Hot Springs Canyon，位于加州南部，洛杉矶以南。
2《人民的歌曲》：*The People's Song Book*，收集了100首民间、协会、国际歌谣，配以吉他谱和钢琴谱，出版于1948年，原意是想成为"一本自由的民间传说书，一种对抗战争和倒退的武器，一份面向未来的歌唱声明"。

※※※

最后是海伦说出来的。她只有十八岁，仍然渴望关注——令我惊讶的是他们竟如愿地在监狱外面逍遥了那么久。海伦因为在贝克斯菲尔德[1]用一张偷来的信用卡而被抓了，本来只需要在郡监狱里关一个星期就可以被放出来，但她忍不住向狱友吹牛。公共休息室里的自动投币电视机上放着正在调查的谋杀案的最新消息。

"那栋房子比这些照片里看起来要大得多。"海伦这样说，据狱友供述。我可以看到海伦若无其事的样子，下巴朝前扬起。一开始狱友一定没有理会她说的，对这女孩气的夸口翻了翻白眼。但是海伦一直说下去，这个女人突然听得仔细了，心里盘算着悬赏金和减刑。她怂恿这个女孩告诉她更多，继续说。海伦也许在这关注里满足了虚荣，就把一整团乱麻一一解开。甚至她可能会夸大其词，把词与词之间幽灵出没的地带拉伸开来，正如一场彻夜狂欢里讲的鬼怪故事中的咒语，我们每个人都想要被看见。

十二月底她们所有人都被逮捕了：拉塞尔、苏珊、唐娜、

---

[1] 贝克斯菲尔德：Bakersfield，加州中央谷地城市，洛杉矶以北。

盖伊,以及其他人。警方突袭了他们在帕拉敏特温泉[1]的帐篷营地:破裂的法兰绒睡袋和蓝色尼龙油布,一堆篝火的死灰。他们到达时,拉塞尔飞蹿出去,就像他可以跑过一整队警察似的。警车的大头灯在拂晓漂白了似的粉色中发着明亮的光。多么可悲。拉塞尔直接被抓住,被迫跪在草地上,手抱在脑后。盖伊被铐了起来,懵怔地发现带他走了这么远的逞强是有界限的。他们把小孩子聚到社会服务部门的厢车里,给他们裹上毯子,递上冷的奶酪三明治。他们的腹部鼓胀,头皮上虱子乱爬。当局不清楚哪个人做了哪些事,至少当时还不清楚,因此苏珊只是那乱作一团瘦得皮包骨的女孩中的一个。那些女孩像疯狗一样喷口水,在警察要铐住她们时身子软绵绵的。她们的抵抗里有种疯了似的尊严——没有一个人逃跑。即使是在最后关头,女孩们也比拉塞尔坚强。

就在同一星期,卡梅尔下起了雪,薄得近于无的雪片。上课取消了,我们穿着牛仔夹克踩踏过四方庭院,积雪在脚下脆响。那似乎是地球上的最后一个早晨,我们窥探着灰蒙蒙的天空,似乎会有更多奇迹降临,尽管不到一小时它就消融成一片泥水。

回沙滩停车场的半路上,我看见了这个男人。他正朝我走

---

[1] 帕拉敏特温泉:Panamint Springs,位于加州死亡谷。

来。相距大概一百码。他的头剃得很干净，显露出富有侵略性的头骨轮廓。穿着一件T恤，这很奇怪——他的皮肤在风中发红。我不想像我正感觉到的那样不安，无法控制地列数着眼下的事实：我独自一人在沙滩上，离停车场还很远。附近除了我和这个男人，再没有别的人。悬崖分明地勾勒出地衣上那每一道纹和筋脉。风拍打着我的头发，斜遮着我慌乱、脆弱的脸。风把沙子重新排列成了犁沟。我在不断地向他走近，强迫自己保持步态。

现在，我们之间只剩下五十码了。他的手臂布满蜂巢一般的肌肉。他野蛮的光头壳。我放慢脚步，但这无济于事——那个男人依然轻快地朝我的方向前进。他的脑袋随着步伐一弹一蹦的，是一种疯狂的富有节奏的痉挛。

一块石头——我发疯一样想到。他会捡起一块石头，他会敲开我的头骨，让我的脑浆流到沙子上。他会用手掐住我的喉咙，直到我呼吸衰竭。

我还想到一些愚蠢的事情：

萨莎和她带着咸味的孩子气的嘴巴；在我童年时的私家车道上，树木排成一列，那树梢上的太阳看起来是什么模样；苏珊是否知道我想过她；在最后关头，那位母亲会怎样苦苦哀求。

那个男人在向我逼近。我的手软弱无力、汗津津的。求你了，我在心里默念。求你了。我在对谁说呢？那个男人吗？还是上帝？还是掌管这一切的什么人？

接着他就在我眼前了。

哦，我想。哦。因为他只是一个普通人，无害，随着窝在耳朵里的白色耳机点着头。他只是一个在沙滩上散步的男人，享受着音乐和穿过雾气的柔弱阳光。他经过我时对我微笑了一下，我也回他一个微笑，就像你会向任何一个陌生人——任何一个你不知道的人笑一样。

图书在版编目（CIP）数据

女孩们 /（美）艾玛·克莱因著；韩冬译. — 北京：北京联合出版公司，2018.1（2018.3重印）
ISBN 978-7-5596-1223-6

Ⅰ.①女… Ⅱ.①艾… ②韩… Ⅲ.①长篇小说－美国－现代 Ⅳ.①I712.45

中国版本图书馆CIP数据核字（2017）第264994号

THE GIRLS
Copyright © 2016 by Emma Cline
Published by arrangement with The Clegg Agency, through The Grayhawk Agency.

女孩们

作　　者：（美）艾玛·克莱因　　译　　者：韩　冬
责任编辑：牛炜征　　　　　　　　产品经理：周乔蒙　蔡　苗
特约编辑：丛龙艳　　　　　　　　版权支持：蔡　苗

北京联合出版公司出版
（北京市西城区德外大街83号楼9层　100088）
北京联合天畅发行公司发行
天津旭丰源印刷有限公司印刷　新华书店经销
字数 210千字　880mm×1230mm　1/32　印张 11.25
2018年1月第1版　2018年3月第3次印刷
ISBN 978-7-5596-1223-6
定价：49.80元

未经许可，不得以任何方式复制或抄袭本书部分或全部内容
版权所有，侵权必究
如发现图书质量问题，可联系调换。质量投诉电话：010-57933435/64243832